2016
中国年度作品
散文诗

邹岳汉 主编

中国出版集团

现代出版社

目　录

【编者的话】

寻找多元：当代散文诗写作的必然选择

回顾 2016 年，中国散文诗创作硕果累累。

这源于散文诗写作的开放性、多样性。

今年选稿，我特别关注写亲情、写河流和写丝路文明的这三组同题作品。

在同一的题材中寻找多元的表达方式，需要诗人发挥更多的智慧。这里面隐含的欣赏价值，以及对于写作者的启示意义，都是极其独特甚至是无可取代的。然而，以往我们在这方面的研究还不够系统、深入。

人们常说，文学是人学。是写人类的思想，情感，命运。

本书第一辑"祖国·亲情"中六位散文诗人的作品，都是写个人与国家，或是父与子两代人之间的亲情的。

作品都很精短，优美而深刻。都是以最朴实、最直接而内涵深厚的语言，真实地表现出直抵人心的大爱。

而在诗人笔下，表现形式、风格却各有千秋。原因在于：他们都没有空泛高调的抒情，而是把想要表达的思想、情感，全部附着在日常生活中一些血肉丰满的细节上。

书写概念容易雷同；纳入细节，就彰显出诗人的个性、风格。

堆雪是一位有开阔想象力又能准确把握语言的军旅诗人。他在《雪的祖国》中，没有说如何热爱之类的话，他是写在大雪纷飞的时节，"一个人推门出去"，猛然看到辽阔的雪原，看到"雪的祖国"。这种在特定自然环境下油然而生的个体感受，让人身临其境。他的《描述一段铁轨》则是把人类最为高贵、最为隐秘的情感，用意象密集的诗句，结结实实地注入到看似生硬、冰凉的那"一段铁轨"里：

"有谁能够像铁轨一样剧烈地爱，并且剧烈地承受。"

诗人用他的想象力、表现力，把一段物质的"铁轨"，猛地提升到别人尚没有如此涉及的精神层面。

张道发、昊卉展、陈劲松、许泽夫等几位，都在作品中用各自的生活积累、生动入微的细节，写到自己的父亲。

作为一个共同主题的"父亲",他们都写到了父亲善良、慈爱等相似品质,然各人的"父亲"的面目、气质又不尽相同。

许泽夫写跪倒在祖母坟前的父亲:"他就是一个任性的儿子"。在那一刻,父亲的身份转换为一个放任情感、年少纯真的儿子;陈劲松则在诗中宣示:"父亲啊,你幸福时我是你的儿子,你痛苦时,让我做你肩并着肩的弟兄。"一个有担当的儿子,兄弟般地站在了父亲身旁。

吴开展是写已经身为人父的诗人,对自己父亲深深的忏悔:

"背你去医院时,我的心被你枯瘦的肋骨彻底戳痛。我才开始学着在文字里救赎,写下一个父亲,对另一个父亲的忏悔。""我的心被你枯瘦的肋骨彻底戳痛"这一句,是多么实在、独到的体验!

张道发的《时光啊》,笔触如同诗人的情感般细腻,写父亲和母亲从年轻到年老前后两个时期,在性格上、地位上颠覆性的变化——那不就是我们广大农村里常见的情形吗?这些读来令人微微感觉酸楚的细节,使人惊觉到,那看似平淡、缓慢的时光,有着怎样一种打磨生命的力量!也使这一个短章成为了许多农家人一辈子生活的缩影。他在《燕子飞走后,晾衣绳独自荡了好多年》里有场景、有画面,看似淡淡的书写,却把诗人对于若干年以前与妻子曾经相处的那一小段时光的追怀,表现得诗意隽永,回味绵长。

冷雪的《孩子,雪中的火焰》,则是以父辈慈爱的眼光去看待雪地里的孩子,我们从那漫天雪花、天寒地冻中,读出了些许人间的暖意。

经过精心选择、安排、发挥得当的细节,有着高于本身固有内涵的概括力。

另一组是"丝路花雨"。

"一带一路"是我国当前实施的一项重大战略决策,而对于文学艺术来说,沿着古丝绸之路往西,这里面包含了太多辉煌的历史和人文积淀,有待我们深入地去探寻、发掘。杨剑文的《张骞和他的马》、王琪的《丝路诗篇》、刘志宏的《河西河西》等,都有着一种苍凉古朴而灿烂、厚实深沉而激越的色调。

重大主题作品的思想性与艺术性之间并不矛盾。关键在如何处理好二者的关系。任何时候,都要不忘文学的本色,不忘诗人的初心。

我想,这一组作品就是很好的例证。

本人主编的《2013 中国年度散文诗》曾经在开篇位置推出过一组以"黄

河"为总题的作品，在全国广大读者中产生过较大影响。今年本书选取了卜寸丹的《那些密布的河流》、康湘民的《一条河的变奏》、王剑的《两条河，途经我们的城市》等14位作者的作品编成"河流的变奏"一辑，可说是又一次欣赏"河流"同题诗的盛宴了。

河流的生命力来源于不息的流动。河流的这个特性，与我们生活中处于变化中的一切事物以至我们求新求变的文艺创作，在本质上都是息息相通的。这，也就是一条河流在不同地域、不同年代，在不同作者梦幻般的笔下，会呈现出千姿百态的秘密。

今年10月9日，许淇先生在包头逝世，这是中国散文诗界的一大损失。

许淇是我国当代卓有成就的散文诗人之一。他的散文诗创作题材涉及草原、城市、古意翻新的"词牌散文诗"等多个方面。他还是一位优秀的画家。正如著名散文诗人刘虔在《他为我们的文学带来新荣耀——我读许淇》一文中说："许淇是中国当代最具敏锐目光最有求新意识最富创作心力的作家艺术家之一。他把他思想与情感的触角，他的全部灵感与灵性，放逐深入到了艺术的多重领域。他的语言艺术成就着他的小说、散文、随笔、文论，还有最负盛名的散文诗。"

据许淇夫人计晓荣女士回忆，许淇曾经于1997、2005年先后两次出访欧洲，陆续写成《欧洲的气息》共26章，首次编入2016年首发的《许淇文集》第1卷。这些作品，体现了许淇深厚的外国文学素养和他散文诗创作涉及的另一个少为人知的重要方面，也是许淇晚年作品更趋成熟的标志。本书从中选取三章与刘虔、沉沙的怀念许淇的诗作编成一辑。另，还有散文诗人方舟、林柏松二位也在2016这一年里先后去世，亦选刊他们的部分遗作，以志纪念。

2017年，是中国新诗的百年诞辰，也是中国散文诗的百年诞辰。

在新的一年里，我们当更求进取，获得有突破性的新成绩。

本书2017年将继续征稿。凡当年在全国各报刊上发表（或出版）的散文诗作品均可应征。作品复印件请寄至：413000湖南省益阳市长坡路38号市文联邹岳汉收。并在信封左下角注明"2017中国年度作品·散文诗应征稿"，同时将作品的电子版发至1204285699@qq.com（最好在写入稿件的Word文件图标下方依次写明"作者姓名－作品标题"两项，然后作为附件发送，便于收件人识别、处理）。不论新老作者，不论复印件或电子版稿件，篇末均需注明发表于何刊何报何期，以及作者详细通讯地址、邮编、电子邮箱、电话、手机号、QQ等联系方式、身份证号码，个人简介，以节约编者、出版者临时查找、复制的时间。自留底稿，不复不退。新出版的个人散文诗集则请寄来1-2册并附作者联系方式，将列入本书"附录"中的出版信息。截稿日期：2017年10月15日。

邹岳汉

2016，12，益阳

第一辑　年度关注：祖国·亲情六重奏

编者按：这一辑六组都堪称精短。都是以最朴实、最直接而内涵深厚的语言，表现出直抵人心的大爱。在军旅诗人堆雪的笔下，面对祖国辽阔无垠的雪野，让人内心感受到炉火般的温暖、油然而生的豪迈；张道发的《时光呵》，凸显看似缓慢的时光，却有着一种打磨生命的力量。

■［新疆］堆　雪　　　　　# 雪的祖国（外一章）

雪，还在下。一个人推门出去，看见雪的祖国。

一场又一场的，雪。

雪地里，睡着月亮和祖国。

此时，我的祖国格外白，格外辽阔。

其实，不过是一张又一张的纸，一程又一程的路程，一次又一次的呼吸与微明。

雪地里，埋着春风与松枝，马蹄与胡琴，骨骼与山林。

雪夜，有一扇窗户亮着。这，并不代表此时的原野，还没有睡着。

诗人和我睡得很香。那打开又合上的经卷，在灯下睡得很香。我劳作一生的母亲，睡得很香。

睡得很香的，还有窸窸窣窣的村庄，大雪下冒着热气的铁轨和火车。

那穿越整整一个世纪的火车呀，一路的坎坷，不必细说。

落雪之夜，不过是，油灯再一次抵近补丁与针脚。哈出胆气，擦拭生锈的枪支与发雾的明镜。不过是夜深了，有风，出门时记得披上大衣。

没有星宿的夜晚，只身经过墓地，最好是咳嗽两声。

不过是，反复给那个失恋者写信，写一千里的长信，再用剩下的半截橡皮，把那些字迹或脚印擦拭干净……

雪，还在下。

一个人推门出去，看见雪的祖国。

描述一段铁轨

有谁能够描述一段颤抖的铁轨。

一段被吼叫的火车，刚刚碾过的铁轨。

一段，爱着时哐当哐当地喘着粗气，通体冒着热气和火星的铁轨。

一段，爱过后还在，长时间痉挛或抽搐的铁轨。

它的身上，刚刚释去重负。它的内心，刚刚掠过风暴。

被钢铁占领，又被钢铁洗劫一空的铁轨。现在，静静地躺在最坚硬的大地上。

像一段，愤怒时暴起的青筋，爱恋时流动的蓝色血脉。

一段，飞过麦田时叫村庄失眠的铁轨。

一段，穿越树林时让草木战栗的铁轨。

一段，钻过山洞时带出尘埃和血丝的铁轨。

一段，疼痛时能够像蛇一样首尾相顾的铁轨。

一段又一段，一直能够这样爱下去、颠簸下去的铁轨。

有谁能够，用一列火车的速度描述一段铁轨，描述爱着时浑身战栗、通体透明的铁轨。

有谁能够像铁轨一样剧烈地爱，并且剧烈地承受。

（选自《山东文学》下半月版 2016 年第 2 期）

时光啊（外二章）

■［安徽］张道发

> 那只燕子飞走后，晾衣绳独自荡了好多年。

我常常在记忆里，看见母亲与父亲吵架后，抽泣着单薄的身子，从堂屋抱起父亲脱下来的脏衣服，低头去井台上搓洗。哗哗的水声从她的指尖溢出，都是委屈。

那时候，母亲还年轻，有一张俊美的脸和一副好脾气。

转眼间，杨花白头的母亲，脾气也越来越坏了，父亲反倒变得低声下气。他常常在母亲无休止的埋怨下，戴着裂纹的老花镜靠在门洞口，细细地用瓦片刮土豆皮，一脸温和的沉默。

时光推着树影进屋来，坐到父亲身旁，土豆皮在门槛上变黑了，白瓷碗闪着亮光。父亲一直这样沉默着，直到他重重地叹口气，母亲才端走一碗剥光皮的土豆，择一溜屋影走到后面的厨房。

屋子里静极了，母鸡的蛋歌唱得寂静有了青草的香气。

时光啊！

小麻雀

小麻雀在院子里单腿跳着走路，辛苦地觅食吃，小嘴壳粘着灰土，叫声一跛一跛的。

那些草籽被风吹落了，阳光一片煞白。

小麻雀走走停停，每次停下来时，胸脯就贴在地面的灰土上，眼睛慌乱地环顾四周，神情慌张，看得人心里发酸。

麻雀那只腿是怎么断的呢？

它让我无端地想起村里的一个老人，也是这样辛苦地活着。

燕子飞走后，晾衣绳独自荡了好多年

中午，看见两只练习飞翔的燕子，歇在邻家的晾衣绳上，晾晒的小衣裳刚刚收走，年轻女人摇摆着腰身闪进院门。

小风拂过，燕子的叫声很新，羽毛上的阳光也很新。

我蓦然想起九年前的初夏，妻和我吵过架，一个人躲到晾衣绳下哭泣（娘家那么远，她诉苦的地方，只能是一棵树或树下的一节晾衣绳）。

一只燕子衔着泥巴歇在晾衣绳上，叫声轻柔，像是在跟她打招呼。妻抬起头止住哭泣，燕子绕着妻飞了几圈，翅膀一次次碰在她的头发上。

后来，我们一起坐在树下望着这只小燕，妻又一次枕着我的膝盖哭了，劝也劝不住。

那只燕子飞走后，晾衣绳独自荡了好多年。

（选自作者散文诗集《乡村如此寂静》作家出版社 2016 年 8 月 1 版）

■［湖北］吴开展　　　　## 忏　悔（组章）

我才开始学着在文字里救赎，写下一个父亲，对另一个父亲的忏悔。

那些年，我们互为顽疾，你胸藏闷雷，冲我撂下最狠的话——就让他死在外面！

带着仇恨，我越跑越远。生活的惩罚雪球般利滚利堆到我的面前。

背你去医院时，我的心被你枯瘦的肋骨彻底戳痛。我才开始学着在文字里救赎，写下一个父亲，对另一个父亲的忏悔。

与父书

你闩起门，往死里打，我也不会哭。像钉子一样钉在地上跪着，就不起来。那时，我们互为对手，敌人。出气筒永远是母亲。

这些年，我们牵肠挂肚，你总抱怨着我给你打的电话太少，我埋怨你总把病灶藏着，掖着，掩着，扛着。母亲更是提心吊胆。

如今我终于懂得你针尖上，无限放大的父爱。

接　站

远远地，我就认出父亲。他的苍老不出所料，他的单薄不出所料，他的沉默不出所料，他的瘦削，不出所料。

曾经刀片一样的目光，此刻藏满怯怯的温柔。

父亲佝偻着背，扶着自行车站在马路对面。十年前给他买的那顶旧棉帽，仿佛没有更旧，帽带子在寒风里摇摆，右耳朵半耷拉下来，车水马龙，也没有淹没它啪啪的声响，仿佛被谁揪着、拎着、抽打着。

隔着一条马路，隔着川流不息的寒风，我的心，早已跪下……

我也很想和他说说我的忧伤

他已换了口气，开始喊我的学名，用那双打过我无数次的手，给我敬烟，有意地在我身边坐下，摸索话题。

这个牛脾气的男人，走起路来地动山摇的男人，一掌推倒母亲的男人，这个从没有抱过我的男人，老了。像一座快要散架的草垛……

现在，我们越来越像兄弟，我接受着他的前言不搭后语，他的病痛与无助，他的谨小慎微，甚至，越来越多的沉默。

更多的时候，我也很想和他说说我的忧伤。

（选自《散文诗世界》2016年第9期）

■［黑龙江］冷　雪　　**孩子，雪中的火焰**（组章）

孩子，你喊一声亲人，我就能幸福成，你脚印里的风暴。

月光下扫雪的孩子

孩子，更大的雪还没有到来。
更大的雪，就潜伏在你身后的脚印里。

你最先看到的是岩石旁的梅花。
你最先看到的是杜鹃啼出的血。
深陷在北风之中，不能自拔。孩子，亲人的手抚摸不到你流浪的心，亲人的眼睛已被月光下的雪花击伤。

时机还没有成熟。孩子，你手中的扫帚，是冬天的火焰；你可感觉出，温暖正在冬天的体内弥漫？
在寒冷之下的水声。
在春天之上的鸟鸣。
我可怜的孩子，你喊一声亲人，我就能幸福成，你脚印里的风暴。

一张白纸上画雪的孩子

就剩下最后一张白纸了，孩子。
你还在画雪，你还没有抬起头来。

我在离冬天很远的树下站着，阳光遮住了我的头发。
我不想惊飞梅树上的乌鸦，我只想静静站着，不让画雪的孩子发现。

最后，还是刮起了北风。
我看见孩子抬起了头，孩子望着我的目光，让我感觉到了炉火的温暖。
我还看见，孩子，如最后的一张白纸，在月光下，雪花般漫过我的身体……

大雪中走在路上的孩子

大雪淋湿了我的头发，孩子。
洁白的大雪，比愿望还干净的大雪，始终没有停下。

竟是如此滋润啊！
神谕的大雪，就这样淹没了我的影子。

正在路上的孩子，多么犹豫，脆弱的内心，正承受着北风致命的侵袭。

而我的儿子，正在长大，正在妻子如雪的泪中长大，如我最初的影子。

孩子，这不是一个真实的冬天。

而我无法告诉你更多的，关于冬天的意义和春天的消息……

（选自《天马散文诗专页》2016 年第 11 期）

■ [青海] 陈劲松　　　　　　　　# 向 西（外三章）

暮色中，父亲从旷野中回来，他鬓角的白，是最深最浓的霜迹。

无关落日，向西，被鞭影驱赶的人群如蚁。

向西，怀抱着太阳的人也怀抱着焦渴浑浊的渭水、黄河。

向西，过开封、郑州、西安、宝鸡，在秦岭里，再温习一遍背过身去的故乡，草木垂首，秋风浩荡，那绕树三匝的鸟群，衔着离歌，是一个人内心悲凉的食粮。

天水、陇西、定西，向西，向西，过了兰州，凉风紧，故人稀。

向西，向西，每一厘米，于我，都是背井离乡。

霜 迹

最冷的月光，有薄如刀锋的锐利。

万物的秩序，悄然进行，古老而神秘。

秋虫把歌吟压低，它们打制的银子的歌声如镰，把怀乡的人收割。

狂野阒寂。

那悄然撒下的，是神的足迹？

万物披覆着无边的凉意。

蓬勃之火，空余下疲惫的灰烬。

暮色中，父亲从旷野中回来，他鬓角的白，是最深最浓的霜迹。

母亲的白发

没有一种白，如此惊心动魄。

没有一种白，能按下我此刻的泪光闪烁。

娘啊，你解下头巾的那一刻，我看到岁月深处最大的一场雪。那刺眼的白，是突兀的闯入者。

穿过饥馑的年代，少年时的母亲，遭遇了一场又一场黑色的雪，痛，咬牙忍着；苦，咬牙忍着。

娘啊，我使出浑身力气，也无法推开你头顶的雪，这让我沮丧，更让我难过。

（我也渐入中年，头上也开始落下薄雪……）

娘啊，虔诚的基督教徒，我祈祷那些温暖的福音，在你身边，如雪飘落。

疝气——写给父亲

羞涩的父亲，极力遮掩着小腹上的隐疾，即使面对儿子，他也羞于提及。

倔强的父亲，总有独自承受的痛，我无法看清，更无法触摸。

沐雨而行的父亲啊，不喊痛，不停歇。

苦难如钉，沉默的父亲，无人时自己拔出那些带血的芒刺。告诉我啊，你的沉默中还埋藏着多少酸与痛，苦与涩？

父亲啊，你幸福时我是你的儿子，你痛苦时，让我做你肩并着肩的弟兄。

（选自《山东文学》下半月版 2016 年第 2 期）

■ ［安徽］许泽夫　　　# 刻骨的乡愁（组章）

在母亲面前，他就是一个任性的儿子。

初　犁

父亲迟疑了很久，把犁让给我；又迟疑一会，把牛绳塞给了我；再迟疑半晌，把牛鞭交给了我。

我占有了这块田垄，占有了广阔田野。我高举牛鞭，在半空挥舞，炸出脆亮的响声。

在父亲面前慢吞吞的老牛，撒开四蹄。父亲喘着粗气跟在身后，紧一步慢一步地叮嘱：

莫打牛，打不得！

驾驭的感觉真好，哪怕只是一头牛，一头俯首帖耳的牛，一头不会抗争只会逆来顺受的牛。

父亲颤颤的声音甩在身后。

父亲怒气冲天冲上来，给我一巴掌：小崽子，莫打牛，要打打我。

父亲像一尊神。

老牛将头埋在父亲的怀中，像个受委屈的孩子……

我一生的首都

炊烟准时升起，无论有没有太阳照耀，无论有没有云朵擦拭。

炊烟准时升起，在空中飘扬，就像一面放大的国旗，

躲身灶间的母亲，是庄严而慈祥的升旗手。

旗下的小屋，就是我一生的首都。

母亲来信

母亲没读过书，连自己的名字也不会写，但每年给我写几次信。

岁数大了，腿脚不便耳聋眼花还晕车，便托打工的堂弟，捎来一袋大米，特意叮嘱，没打过农药。

这些洁白的大米，就是母亲的文字。母亲经过精心修改，稗子沙子瘪壳，都当作错别字剔除。

一粒米掉在地上，我躬身捡起来，因为，那可能是母亲的一个标点符号。

母亲的每次来信，都让我泪流满面。

这是我的父亲吗

他趴在我祖母的坟前，咚咚咚磕了三个响头，花白的头发，随着他身体的弯曲，蓬乱了，遮住了额头和眼睛，露出盐碱地一样的谢顶。

他一把鼻涕一把泪，丝毫不加掩饰。

他号啕大哭，一口一声妈妈，让他身后的儿子和孙子，肝，一寸一寸断，肠，一寸一寸裂。

当他从地上爬起来时，膝盖，印上浓浓的黄泥。

这是我的父亲吗？严厉的父亲，倔强的父亲，苦难压顶不弯腰的父亲。

在母亲面前，他就是一个任性的儿子。

（选自《天马散文诗专页》2016 年第 5 期）

第二辑　年度焦点：丝路花雨·华夏魂（6佳）

编者按："一带一路"是我国当前实施的一项重大战略决策，而对于文学艺术创作来说，沿着古丝绸之路往西，这里面包含了太多辉煌的历史和人文积淀，有待我们去深入地探寻、发掘。杨剑文的《张骞和他的马》、王琪的《丝路诗篇》、刘志宏的《河西、河西》等，都呈现出一种特有的、古朴而灿烂、深沉而激越的色调。

■ [陕西] 杨剑文　　　　　　# 张骞和他的马（外一章）

一匹马、一个人、一条路，行走在历史深处，瘦若无骨，却耀若星辰。

瘦了。

那一条河瘦了。那一条路瘦了。那一枚夕阳瘦了。

门前等候的那一棵树也瘦了，当年栽种它的人也瘦了吗？

瘦了。瘦了。

那壮硕而魁梧的陕南汉子——张骞，瘦了；还有，那膘肥体壮的汗血宝马，也瘦了。

三万里跋涉，二十载春秋，

把一个人像一枚铁杵一样磨细磨细。

磨掉白嫩面皮，长出时光的沟梁；磨掉光洁脸庞，长出岁月的荒草；磨掉挺拔身躯，长出年轮的半截句号。但是，容颜改变了，不变的是使命，不改的是大汉的雄心。脸庞改变了，不改的是乐观笑容，不改的是向西的步伐；身躯改变了，不变的是挺拔的脊梁，不改的是使臣的膝盖与气节。

一个人，一匹马，一路风尘，一路艰辛，一路向西……一个人，一匹马，凿穿千山万水，而成一条流淌丝绸、流泻瓷器的万里长路。

一条路。

一个人，用不断叠加的脚印踩出一条路。

一个人，用双腿走出一首荡气回肠的大汉乐府；

一个人，用双脚踩出一篇气势恢宏的长篇汉赋。

一路播撒大汉的威仪气度，一路播撒大汉的雄心壮志，一路播撒大汉的锦绣繁华——从此，无论唐，无论宋，无论明……

一条路，是一曲昂扬的歌。

一条路，是一座躺着的丰碑。

一条路，是一部不断书写的书。

一条路，一匹马，一个人。路瘦、马瘦、人更瘦。

在瘦的西风中，在瘦的四季时光中，一个人，被雕刻成一段一路向西的神话。神话在五万里的路上，神话在三千年的历史中，神话在口口相传的交谈中。

在瘦的西风中，在瘦的四季时光中，一匹马，被雕刻成一道明亮的闪电。闪电在历史的时空中，闪电在东升西落的太阳中，闪电在芳菲如茵的记忆中。

一匹马、一个人、一条路，行走在历史深处，瘦若无骨，却耀若星辰。瘦如西风，却如朝阳。

瘦的马、瘦的人，在历史的两端；瘦的马、瘦的人，在东西方的两端，撑起东西方历史的桥梁，撑起东西方发展繁荣的彩虹。

瘦的人成为历史的巨人，

瘦的马成为历史的快车。

如今，

在东方，在西方，一个人与他的马匹依旧奔走在瘦的西风中，依旧行进在瘦的夜路中。

一个人。一匹马。在一条路上。

一条路辐射开来的大地上，长满苜蓿、玉米、胡萝卜、芝麻……这些植物，现在依旧是大地上最具活力的植物。大地如书，这些植物就是最动听的乐符最优美的文字。似诗歌、似词曲、似丝绸瓷器的国度特有的骈赋……

人在前，马在后。

一个人与一匹马成为史书上永恒的字迹成为记忆中永不褪色的素描。

牡丹，历史的灯盏

牡丹，历史的灯盏。

牡丹盛开，照亮历史深处的一位女子：

巧笑倩兮。美目盼兮。

一朵牡丹，盛开在鬓角，虽是故事主角的陪衬与装饰，却一不小心开进历史的角落，

美煞厚厚的尘埃！

牡丹，历史的灯盏，

照亮你们英雄美人缺席的书写……泛黄的纸张，漆黑的墨迹，在牡丹的雍容华贵中浮现，

你是一位落魄的秀才，遇见大家闺秀的她，燃烧起一见钟情的剧情。

有人在史书的边角写下：牡丹花下死……

牡丹，历史的灯盏，

照亮即将枯竭的诗情。在白马寺白马的蹄声中听出心跳，那是赶赴一场与花对视的考试，比的就是诗情。官位、权力、金银，全都不值一提。

牡丹，在这一刻决定着历史的走向，决定着爱情的进程……但是，牡丹不语。沉默。宁静。

宁静。沉默。这一刻，分不清是龙门石窟中的那些佛变幻成了这些牡丹，还是这些牡丹静止沉默让风镂刻成一尊尊佛。那佛的微笑，多像一朵盛开的牡丹！

牡丹盛开——像是最高深的思想，等待着属于它的季节。

牡丹依旧等待着，在等待着什么呢？

骑马的人走了。

摘花的人老了。

只有你曾经写给她的那些文字，还在坚硬的石壁上像一朵一朵盛开的牡丹，反射着昔日的光芒。

一杯牡丹花茶；

一壶洛阳老酒。

牡丹，历史的灯盏，穿越千年，成为回忆夜空中的月亮，照亮着一段段岁月过后留下的深深辙痕，医治着一场场宿醉过后留下的浅浅心痛……牡丹，盛开，

历史的灯盏。

思想的月亮。

牡丹，

一朵花开的是昨天。一朵花开的是今天。还有一朵花开的是明天。

若是一大片一大片地盛开，一定会有人相信：那是一个人写出来的一页一页文字。

一朵花一页字。一朵花一页字。

会是诗？会是词？会是歌？会是赋？会是自传？会是故事？

一朵花一页字。蘸着牡丹的花粉。浸着牡丹的汁液。牡丹，盛开，泛着月亮的光芒，像一盏灯慢慢亮起……

牡丹盛开，
在风中摇摆，就是生命的狂草。
在云下静止，就是时光的红痣。
牡丹，要开就开出一种光芒！
万丈光芒！

（选自《天马散文诗专页》2016 年第 12 期）

■ [陕西] 王　琪　　　　　## 丝路诗篇（组章）

西汉的雨落了下来，飘过陕西、甘肃、新疆，飘向更为广阔的西域。

丝路上的落日

落日硕大、浑圆，火球一般向丝路缓缓沉落。红色的幔帐裹着西天迷人的气息，闪烁着，闪烁着，分外耀眼。似乎要和遥远的地平线亲吻、融合，才肯挥别离去。

它会刺痛你的双眼吗？它会让一路向西跋涉的脚步因此停下来吗？

天地之间，一切都那么渺小、微茫，如梦如幻。万物涂上了金黄的油彩，凝固在本已黯淡的时光表层。灵动一现的那只秃鹫飞过孤霞，跨过时隐时现的远山，带来苍茫中的福音。

这宏阔中蕴藏着巨大的宁静，却无法让我宁静。躁动不再，喜悦占据心头。我一次次沉溺于它沉落前的从容自由，沉溺于它令人叹为观止的一幕。

胡杨、沙梁、莎草、牛羊、毡房，无一不回到原初状态，浸染余晖之美。即使夜色降临丝路，我瑰丽的想象还处于游离状态，远不能被吹来吹去的风——吹走！

凹陷或凸起部分，都必然是久远岁月勾勒出的清晰线条。当落日从丝路渐渐隐退，满面沙尘的人，久久不肯离去的人，愿意让金色光芒穿过身体内部的人，我敢肯定，不只是我一个。

丝路上的花雨

西汉的雨落了下来，飘过陕西、甘肃、新疆，飘向更为广阔的西域。

经过午后的雨丝，仍然编织着久远年月的旧梦。迷离的天空下，有人在春天走失于迢迢征途。雨雾朦胧的景象，演绎着岁月万千气象，令人为之动容。

盛世王朝的辉煌业已熄灭，留下这长长短短的笛音为谁而唱？人间虽有悲欢离合，但不经风雨摧折，怎能让尘间事物因情而生因情而灭，为情而歌为情而泣？

问寂寞梧桐，问千秋雨，问古老的歌谣，问入梦来的伊人……却已化作不朽的诗篇，供后人吟咏。

记忆未被风化。咫尺天涯的距离，仿若转身一瞬。

借青灯半盏，翻动书页，我在传世的古诗词里，闻到了草木幽幽的清香，欣赏到灿若星辰的流彩华章，看见牵着马匹和骆驼的商人，把文明的火种播撒五洲四海。

花瓣缤纷起舞，只为赶赴一场生命的邀约。雨丝悄然无声，是为这苍莽之中滋润人间万物。

雨丝飘着，大地一片清凉。花魂迎来久违的渴意，走在回乡的路上。向西，向西。

万木枯荣中，我心底泛起的涟漪，驻留天山脚下，与神灵共守到老。

丝路上的鸟鸣

鸟鸣打开的早晨，我独自一人在河西走廊的胡麻地里漫步。小白杨停留在近处，河水从这里拐了个弯向东流去。

高冈之下，空茫无际。只有河滩上奔跑的马匹，在草海深处形成绿色的旋律。旌旗猎猎招展，却无战鼓擂响。

百亩林带，异常幽静，可栖息、可欢歌、可采摘花朵，但不能大声言语。我惧怕，一不小心惊扰了或清脆或低沉的鸟鸣。

一声鸟鸣，我就要醒来，就要上路。像季节的嘱托，更像亲人的叮咛。

听到鸟鸣，仿佛就看到云岭与雪杉并立而行，它们走在时光的前面，等待黎明升起，与暮晚降落。那些窸窸窣窣的声音，为这斑驳的树影赋予一层朦胧的诗意。

天空深蓝，悠悠白云载着高原人深情的颂歌，春秋几度。

而时常高一声低一声的鸟鸣，是丝路上，再优美的歌声也不能抵达的原生态。

丝路上的大雪

鹰隼展翅盘旋，又很快藏匿于午后的山野。一种更大的静寂，旋即来自空旷的河西走廊，来自冬日内部。披一身长安的雪，我不顾千甲之遥，原来是为了赶赴这场苍茫深处的生命盛宴。

天地昏沉。沉湎既久的事物遗忘在来时的中途。一场丝路上纷扬的大雪，掩盖了伤痕，掩盖了时间的真相。

风暴呼啸而至的时辰，牦牛安详，羊群归圈，牧者围坐火炉对饮纵歌。跳跃的火苗，映红了他们古铜色的脸庞。

旧年的苦难，已化为一股云烟，融入远去的似水年华。

这是一个人可以隐姓埋名的地方吗？这是灵魂依附天地的地方吗？这是可以让人孤独、绝望，甚至埋葬苍凉、青春和意志的地方吗？

上苍无言。死亡的气息弥漫天地。

忏悔吧，向浮世和摇晃的倒影，向一个人的晚年。湖泊结冰，道路封锁，今夜，丝路上反复无常的大雪，除了阴暗，绝无杂音。

（选自《文艺报》2016 年 5 月 9 日第 3 版）

■［甘肃］刘志宏　　　# 河西、河西（组章）

在丝绸之路昂扬飞翔的诗意里，让世界惊异的眸子，斜逸出一串古色古香的华夏散曲。

敦煌飞天

霓裳羽衣，飘曳着丝路花雨；

戈壁柔魂，奔放着陇原飞天。

横空而飞、振臂腾飞、合手下飞、逆风而飞……高天流云，胡乐四起。琵琶如水的弦上，反弹少女轻盈的曲线，环佩叮当作响的神秘天光，让敦煌大片的石窟星群，灿然开放千年的梦境，翩翩阳光的语言舒卷永恒的净界，成为中国情结中最最壮丽的一朵。

北凉、北魏、西魏、北周、隋代、唐代……飞花碎玉，长袂翩翩。千年的演绎，千手观音永远以倾听的姿势，把飞天玲珑剔透的星眸，羽化为陇原阳光般的诱惑，在每一方洞窟幽雅的赭色里，弹响千古神话的美丽。

曼妙的舞姿，于彩绘剥落之壁，洗涤一路来的风尘。丝绸之路一片圣乐悠悠回荡，灵动地吐露一身幽香，舞蹈呼之欲出的慢板，飘逸在月牙泉的倒影中出神入化。

于是，河西大漠的春色，渐渐浮现金碧辉煌的意象，盛开在每一朵莲座上神采奕奕的微笑里，让千古的文明为虔诚而点燃的一炷炷心香，袅袅腾起几多温柔，几多希望，几多向往……

月牙泉

一弯深情的注视，独对荒漠难以愈合的伤口，以一种执着和无畏，滋润敦煌飞天的千古幽梦。年轻的血液，追寻着流光溢彩的新生，一任前世的夙愿在遥远的驼铃和呼啸的漠风中烙印殷红的史书。

天地发源，大音稀声。《阳关三叠》飙起远古的情思，叩响声声殷殷的相邀。

一双灵鸟摆渡着它们的双翅，剪辑着凉州词和古边塞诗中的句子，穿越时间的沙粒，让轻盈飞天冰肌玉骨的美丽，映照太阳月亮生命的标记，成为岁月最为深刻的走向。

独坐在鸣沙山的边缘，一种滚烫的情感奔流不息。聆听泉水潺潺的流动，那种静与美的色调，牵引一串串挣出身体的心跳，在波光粼粼的亮眸中，永远的相守相约自心间漫出，诠释一方热土，锻打一片忠贞！

一个苍凉美丽的手势，挽起大西部的缰绳，辉煌的风景在历史的镜头前缓缓升起，渗入民歌的情愫和永不衰败的气息，溅起几多灵性与神韵，窈窕一弯千古动人的魅力，灿烂精神，苗壮气节。

大漠尽头，那湾浓缩的光明昂然射出，放飞神奇的寓言和一次次壮美旅行之后的返璞归真……

鸣沙山

一粒粒金黄色的匍匐，打开虔诚的膜拜，柔和的线条进入游客的内心，让历史睿智而波澜不惊的光芒摆出挺立的姿势。

绵延近百里的身躯凸凹有致，高高低低的水袖，舞动飞天轻盈神奇的缥缈，让红、黄、蓝、白、黑晶莹透亮的五色，沿着月牙泉的眸子，走进唐诗宋词厚重佛缘的呢喃深处。

狼烟燃起的夕阳下，战马的嘶鸣于沙海深处流动无定，刀枪的霸气撞击出隆隆的千古传奇。于是，敦煌乐舞的美妙声中，鸣沙山像弯弯的月牙儿捧着相思，像金字塔高高耸起仰望天宇，像游动的蟒蛇蜿蜒而卧，像天边的鱼鳞丘丘相接排列整齐……

峰危似削，孤烟如画，自然的律动是生命永恒的颂词；

天地奇响，自然妙音，岁月的锋刃雕刻出绝世的英姿！

匍匐在沙海深层，生命的密码照亮了金黄色的天宇。在那圣洁的一刻，每个人的脸都保持着同一种肤色，每个人的心都没有污浊的缝隙……

古阳关

丝路、流沙、斜阳……一杯烈酒托出了千古诗情。

残垒、烽火、鼙鼓……几枝柳条摇响了渭城遗韵。

柳絮纷飞，大漠的落日下，多少个王朝过去了，从汉到唐，从元到清，渐行渐远的背影淹没在乡关的一次次风尘里，拂动古董滩驿站荒凉的胡须。

羌笛如诉，那别离的箫声吹出的音乐光芒，让悠悠驼铃荡起深深浅浅的相思，沿着丝绸之路，擦亮每一次思绪点燃的乡愁，壮行每一节骨骼，在大漠深处写下阳关三叠的缠绵与壮烈。

千年的呼唤已在岁月的双唇灌满了前方的诱惑，一匹奔马从寂寞的横断处踏火而来，让所有的雁阵划破斜阳的灵光，苍老成一片朔风吹旺的篝火，一任无言的归期闪烁西部的灵魂。

柳枝已不是一种点缀和信物，远离喧嚣的故土；思念的飞鸟衔一粒感情的种子，在敦煌八景之一的风光里，将长长的心路写进生命真实的核里，放飞岁月的竹枝词。

如今，那遗落的肢体，已风化成精神的丰碑。一片漠风，怀揣丰富的文字，在荧光屏的胸怀中，向瞻仰的目光和怀旧的心绪致以崇高的敬礼！

（选自《天马散文诗专页》2016 年第 12 期）

天上的若尔盖

■［四川］水　湄

在这世外净土，收割落日，收割月亮／在黑土地上种植家园，铸就伟岸。

1　花草拱动这高原。

天空印着侧旋翱翔的神鹰。

青雾袅绕，白云拥趸，成群散落的牛羊，像黑白的纽扣静静系在山的胸襟。

大风从天上来。

山口，有六段偈语长到一堆石头里去。

一切仿如鸿蒙初开。

涌向我，面前这苍苍茫茫的大草原，低飞的天空，羊群似的云朵；

涌向我，背后白蘑菇似的毡房、苍苍莽莽的青山。

席地而坐。多么宁静，目光在一株草上，渐渐蔓延到蒲公英、牛奶花上……它们像漫天起舞的星星；风在花草尖上弹动出微音，牧歌，珠露；一些光亮在我面前摸索，摸出马蹄、经幡、寺庙和万水千山。

阳光划着桨橹，向十万朵花香里走，向十万顷青草深处走，向银色的河流里走，向桑烟处走；拉开云的封口这如瀑的阳光向眼神明亮的人走……

车如行舟。一些人离去，一些人正在赶来的途中。

牧于这风，牧于这高原，马鸣萧萧，祈祷，合十，庄严，苍劲，辽远的达扎寺雄沉浑厚的佛号在我耳中移动，感召着佛性的力量。

了无尘埃，了无杂念，感觉自己好像就在天上，在这伟大的地域，我相信了神灵的传说。

或醒或梦，在若尔盖，一卷卷花开和水鸣，长在天上。

声音，色彩，各种各样的生命迹象，汹涌的血液，汲满原始的美，在此出世和回声。

垂询。聆听。

大地苍茫，神的偈语缓缓浮现。

也许，我一生最有意义的时光就是为了等待这一刻。

2　金黄笼罩。

达扎寺，仿佛，我就在你的转经声中出生。

经幡。经筒。红墙。僧伽。

达扎寺，你，被磕长头匍匐而来的信徒顶礼膜拜；你，佛性的力量牵引一切众生。

这佛性的声音，牛羊听到了吗？马匹听到了吗？草原上的神鹰在聆听吗？

我听到，我也看到：在水草丰沛的草地，在辽阔的天穹下的牛羊马匹被你佛光映照，静静吃草；山腰上五彩的风马符随风飘散，神鹰，栖落在山头的一抹圣洁之中。

人流，经筒，佛语，梵文，大境纯化。

转经筒，转去名利、诱惑、箭镞、刀剑、喧嚣。

转来爱，宽容，辽阔，清静，安定；

转来酥油灯长明不熄；

转来这佛性的天地。

合十，祈祷，闭目。

弥漫宗教的大水，达扎寺，红白黄绿的经文飘扬着，晨钟暮鼓，一地苍生，被你加持，洗礼，往生。

3　什么也不说，不说天苍苍野茫茫；

不说遍地花朵与翠绿；

不说牧场，骏马，酥油茶，藏刀，青稞酒；

不说草地上，骑着摩托车，藏民飘一样经过；

不说阵阵阳光的涟漪荡漾着豪放而又有些悲凉的藏歌；

不说留客的毛毡房像云朵或者白色花；

不说游人如织，商贾往来，让我眼睛发亮的小商品和艳丽的藏服；

不说天空辽阔，神谕从天而降：搭上烟云，浅绿深黛的山坡正迎娶一片紫色的薰衣草；

不说山坡寺院的红墙金顶金光闪烁；

不说阳光下飞扬的经幡林，经幡旁撒落的一沓沓龙达；

不说劈开大石，山头的暮色收藏了苍鹰的翅和大风；

什么也不说，井然有序，一个小集市折射了藏区的安宁和富庶。

4　班佑河畔，一碧万顷。

悲壮的历史镌刻了七百多个永不消散的英灵，深入圣山，经幡，深入班佑河红色的史诗。

大鹰在空，静静地，七百多个英灵已化作班佑河边晃动的青草、风声，被我们的眼泪握住。噙着泪，我仿佛又看到了当年他们过雪山草地，在班佑河忧伤的天空下，伤病、疲乏和饥饿。

死去的河谷，隐匿了时光和脚步。

要他们醒来，用雷电喊，用天空喊，用啼血的杜鹃的嗓子喊，那些黑颈鹤、藏鸳鸯、白鹳低泣着和噙着泪的我们一起喊。

枪声鸣响，他们像草一样站起来，像雄鹰一样飞起来，胜利，理想，荣光，颠扑不破的信仰，在高扬的旗帜中，又一次，高原被他们风似的声音覆盖。

5　一滴鸟鸣，击破清空。

一匹悍野的马在吃草，牧羊犬正把羊的咩咩声和一弯流水赶下坡。

山一样健壮的牧人在马背上吆喝着，高原红倾倒在他们黧黑的脸上。

黄昏中最后一头甩着尾巴的黑牦牛不紧不慢穿过公路；青稞和玉米涌动在山脚下；一扇扇鹰翅已归牧在山顶，被山风擎握。

黄泥夯筑的藏寨旁，白塔耸立，五彩经幡飘动。诵念嘛尼，藏族阿妈在门口眺望，我从她沧桑的脸庞和浑浊的眼睛里触摸到时光深处的雪雨风霜。

一方水土养活一方人，一群又一群牛羊跟着水草转场迁徙，逐水草而居。

那些被啃食了的草地，草，在不断，暗暗生长气息。

我不是赞美和歌唱，这高原上的子民，占有马背，信奉神明，身染泥土、炊烟，高原的宠幸者，当是你们！你们用骄傲、坚韧、自足，在这世外净土，收割落日，收割月亮；天地方圆，在黑土地上种植家园，铸就伟岸。

转目处，遍地青葱，遍地繁花，这卷于时光的净土，这高海拔，仿佛只有日月和风霭可以自由进出。

我的眼睛停留在这里，携带着馨香野花、流水、鸟鸣、风声……

循环往复，这些经过的时光。

（选自《青岛文学》2016 年第 4 期）

■［辽宁］张少恩　　　　　　# 华夏魂（组章）

村庄贴着地面，生命和生活贴着地面，一切的梦想变得牢靠。

大地上的村庄

我站在辽河的大堤上，端详着九月的大地。

风，款款地吹。一种巨大的爱抚着我的肩。

辽阔的田野上，树，坚柔如玉，温润可爱。

平展展的稻田，金砖铺砌到天边。

整个大地富贵而辉煌。

辽河在接近大海的地方，打了一个弯，仿佛摆动的鱼尾。

水缓缓地，从容、安静，充满依恋和流连。

希望有一叶舟，悠然地划来，让我从此岸到彼岸，到芦苇的身边，看风的弧度，听阳光沙沙作响。

许多鸟欢叫着，飞翔，翅膀蘸着夕晖，它们的动作优美，天空变得深邃。

几朵云从天边飘来，轻盈而鲜艳，像杜鹃花又像玫瑰。

一阵阵的芬芳，使每株小草，每块石头都陶醉。

远远地，我还看见了村庄。风吹草低，让我发现了乡村的脊背，袅袅的炊烟。

哦，那就是民间，贴着地面，挨着草木和庄稼，谦卑、温和、朴实。

让你总能嗅着土地的腥湿味和草木的清香味；

能听到蛙声和虫鸣；

能感受到春天和秋天以及它在夜晚幽昧的气息。

所谓民间就是弯下腰能摸到土地的冷暖，蹲下身子就能读到大地的细节，听到那些小精灵的歌唱，看见蚂蚁们的执着、勤奋和勇敢。

村庄贴着地面，生命和生活贴着地面，一切的梦想变得牢靠。

大地才是我们可以依靠的肩。

暮色中，我看见那些鸟有的回到树上，有的回到水面，还有的在盘旋，寻找落脚的地方。

人　民

一只雨燕俯身，带给大湖层层的涟漪；

一只蝴蝶翩翩的翅膀，扇动了八百里风烟；

一滴晶莹的露珠把明媚的阳光集于一身；

一朵轻盈的蒲公英，带动大地的美梦袅袅上升。

这个世界没有渺小的事物，只有渺小的意识，粗糙的心灵。

伟大成于细微：

一个针眼有碗大的风；

一粒沙尘模糊了路程；

一只蚊子吊销了一个人的生命；

一个松动的蹄铁输掉了一场伟大的战争；

一个蚁穴放纵了一条奔腾的大河；

一粒火星摧毁了千里草场，万亩森林。

……

我们不能只盯着伟大和无垠；只仰望太阳、明月、爆炸的黑洞，河外星云。

请俯下身子，关注大地的细节，微小的事物，人民的事情；

关注种子的成瘾，秧苗的体姿，群众的温暖，老人和孩子们的神情；

关注小路是否平坦舒畅，炊烟是否悠然抒情，空气是否清新透彻，黄昏是否怡然宁静；

关注那些民居是否坚实牢固，那些窗门是否有阳光的亲近；

关注萝卜青菜，大地之水的澄澈与清纯。

去看看，有多少花树迎接春天，有多少思想和决策参与人民的心声。

请常想着芦荡里的火种，山涧里的驼铃，红嫂的乳汁，小嘎子的伤痕，荷花淀里的英雄，消息树下的机警。

常想着南瓜和小米养育的信仰，粗糙的大手，推动着滚滚的车轮。

常想着一只只小船是怎样欸乃着把胜利送到对岸；

深密的青纱帐如何掩护了革命的火种。

人民，只有人民，才是伟大的梦想，未来的希望之本！

风

那鹰盘旋了一会儿，然后消失于巨大的蓝，成为隐者。

风，又回到我的身上。

不，它压根就没离开我，它是我的同谋，它协助了我的仰望和幻想。

它继续鼓舞我。我为最初的那种感觉羞惭。

它对我的抚摸是一种召唤，是翻新，是拓展。

现在我开始寻找这风的方向，她究竟来自于哪，是山谷还是水泊；

是草原还是森林；是运动的大地，还是旋转的星辰……

我回转躯体，瞪大眼睛，散射目光，不仅寻觅搜索，而且思量。

现在我是纵横状的，在风中交织的思绪。深邃的历史，深远的未来在我的躯体上流荡。

我感到无数伟大的灵魂附体，梦想缠身。

风绵绵不绝，鼓涌如潮浪。她是神秘的，融汇了人类所有伟大的思想，甚至让我感受到了孔子、老子以及伊壁鸠鲁、苏格拉底等无数先贤、圣哲的智慧思想。

啊，一切的文明都在风中了，我用整个躯体去阅读。

我张开双臂呐呼、叫喊，最大限度留下我的影响。

我要配合风的行动，体现它的意识。我要像风一样抚触万物。比哲学还哲学，比宗教还宗教，那是真的天籁与地籁的和谐，那是真正的创造的手。

整个上午，在中国，在北方的山岗，在初秋的斑斓里我显于风又隐于风。带着爱和梦，带着遐想……

（选自《海燕》2016 年第 4 期）

■［山西］卢　静　　　　　**金　盐**（组章）

旅人啊，你掬一捧倒映的星座，你的头颅摇曳，深埋入石化的掌心。

1　一只麋鹿回首的地方。

铅灰色的河，在使黄昏跌坠的深崖下，又一次译制淡金色的光斑。

金盐？

我的舌尖，似有若无的咸。

环形结构的夜里，当入海口的钟敲响二十五下，你挂断了越洋电话。敲响三十下，我青瓦覆盖的故居前，回荡你的箭靴。

恰似一万年前，你在陶罐的沿儿上，画我修长的脖颈。

稀薄之中，旷野释放的熊熊篝火，染红你，黝黑的肤色上，肩扛的虫豸与巨弓。

你的左脸腔，悬挂一只梦想游弋的星星。

2　你，我所爱的，曾裸露壮实的胸膛，坐在高举城堡的峭壁里。

野马俯饮浅滩的水，一群鹿，悄舐岩缝的盐泉。

我，却缓慢了一缕来去无踪的风，兀自坐在茅卓探头的城垣上，倾听四方骤然呼啸的星星。

难道，仅仅一步之遥？

西风路上的旅人啊，你踽踽独行。

这只是你万里漂泊中的一个囚室，你司空见惯的一次黑白对弈，在漏斗形的沙漠、苔原、森林与味蕾之间。

这一次，你怀抱透明的长颈瓶，爬入石头家族的纹络，千万回重叠的盘曲的世道。

一跃出汤谷，红鬃的马儿，已在第九个山头嘶鸣。

你的辎重，却陷入坚固的巉岩。

3   我，陷入浓稠的表情。

倾倒不出水，一个消毒的动词，覆盖山头的一片清晰的雪花。

再后来，时速八十公里的豪车，无法从贪婪争逐的街衢突围。我的右臂，无法涂上迎春花的金黄呓语，陪伴你奇异的旅行。

听，高高低低的鸣笛，陷入一片重新修饰的沼泽。

你，昂首，弓背，奋力挽车。

脖颈淌下一千行汗，粗麻衣衫，印下咸巴巴的词根。

劈山的勇气，源自一朵棉花轻轻包裹的泪。旅人啊，你掬一捧倒映的星座，你的头颅摇曳，深埋入石化的掌心。

猎猎大风，吹下九十九个山头的雪。

钟面上，终于析出了一粒盐。

4   你看见水，囚住石屋，却听见，裹缠沉重的火山岩磨盘的叮咚。

滴，水。我掀开了页岩，31 页与 32 页间飞出一道白热化的蒸汽，轻轻托住了模仿鹿回头的我。我的胸脯裹住小腹，一个历久弥坚，另一个是烟花四散的。

我所爱的稀薄中，你却一步步移出巉岩，像一个小黑点击穿号叫，驱逐了水分子的镜像下卷土重来的贪婪怪兽。

尽管盘云而上的山径边，要问落脚的驿亭，比 720 度的急旋中，铸入夜空的星辰还要繁密。

究竟几世的气力殒尽了，你，才取出幽昧中的灼热？

鹿卸下了一滴，咸。轮回的飓风，不动声色地串珠成线，追逐你。一只埋头的鹿，在山谷复译的冰泉中，照见了身上的金斑。

（选自《天马散文诗专页》2016 年第 7 期）

第三辑　年度巨献："我们"诗群（6佳）

■［北京］周庆荣

创可贴（选章）
——步徐俊国诗句①

引子：我在不同的时间问不同的兄弟姐妹，如果只有一片创可贴，你贴哪里？

第一贴　"风吹睫毛，心有悲伤"

空气站在睫毛上。

我知道是风表达它的存在，风还携带它的同伴，比如飘絮和尘埃。

目光恍惚，远方模糊。

我的心中充满了爱，远方和近处，我一生坚定不移。风是泪水的借口，心中的悲伤不是我心的选择。我的心跳动有致，心律正常。人间美好时，激动。人间有遗憾它会不由自主地急促，心的质地属于原始，技术无法改装，一些诱惑虽然力量强大，但我的心守着本分。

它观察着别的心，检讨自己。

一些心色彩灰暗，一些心过于狂野。风吹过，泪水竟然无法避免。

影响心地的究竟是什么？

我用心地走在生命的路上，让一颗心不去伤害另一颗。目光打量着世界，关键在于目光要容纳一切。睫毛合拢时，影像留在心中。

那些不完善的是一种力量。

目光的勇敢在于即使心有悲伤，它还要认真观察。观察植物的自然生长和人类文明的规矩，如果现实真的让人心痛，创可贴，第一贴就贴心。

目光睡着了，睫毛是温柔的邻居。

---

① 注：每一贴开头的引文为徐俊国诗句。

第三贴："我想解放自己，骑着蜗牛去流浪"

事情在迫切时出了问题。

大雪覆盖住麦苗，麦穗出现之前，要慢慢地忍受冬天。先锋者希望冬天在麦芒上舞蹈，时光真的就能漫卷春风？

放弃一匹骏马，答案留给一只蜗牛。

最后的速度以慢来定义。

当气喘吁吁伤害了我们的从容，蜗牛最美。

机会主义者羞愧的那一天，劳动者将取得胜利。

在热烈的夏天，蜗牛的壳被阳光镀亮。

它驮着自己的宫殿，向未来行走。舌吻泥土，那是它远行的足。

就让流浪解放崇高的理想。

每一寸土地的味道是否应该用一生来感受？

土地开花，世界如画；土地丰收，最险恶的人也不能让生命饥饿。

我研究一下世界，队列最前方的人设计了陷阱与暴力，后面的人手拿创可贴，这一贴，贴给受伤的态度？

蜗牛是天生的哲学家。一秒一万年，心急如焚的人腐朽了，它刚活到黄金的年纪。

生命一直青春，在抵达目的地之前，谁是流浪自由的人？

第六贴："月亮让黑夜有了皎洁的心"

为了不让夜晚一直黑下去，月亮会定期出来说话。

说寥廓下的苍茫，说旧事依然在不断发生。月亮上的一棵树，人们创造一个人去砍伐，树不倒，神话似乎一直有效。

谁在闻着桂花寂寞？

月光抽象了人群的具体，千万年，月光也只是一照。照世事更迭，照苦难的重复和人生的不悔。

没有变化的是，月亮是伟大的教育家，她素心不改。手提银河作为教鞭，在夜的黑板上写下光明。

在每一段史实里，总能找到黑夜中醒着的人。

世界睡下了，他们仿佛世界的心跳。

我向他们学习，抓一把月光在手，手心里的山川可以自己掌握？

握命运里那些美好的，然后用拳头征服所有灭绝人性的人。黑夜尽管漫延，月亮是黑夜的良心。她皎洁，灰尘无法污染。

黑暗的重量压垮了无数历史的蜡烛，相信一轮弯月如轻舟的人，会随船出海。

苦海有岸，彼岸的那棵桂花树，开在月圆。

那是人类芬芳的气味啊，这一片创可贴，治疗人类的良心。

第十二贴："活在朝阳之上"

而太阳一升起，便如正午一样热烈。

我承认这是我病态的作息时间，我逃避了一半的白天的内容。

在喧嚣的都市，我经常怀想独居山谷的时光。

黎明时登山，等到山顶扛起朝阳，我站在山顶。霞光万丈的景象，什么样黑暗的心不被感动？

我专注地热爱红彤彤的光芒，只是为了不被黑暗专制。下面的山谷，有多少事物仍然在匍匐？溪水像往常一样地流，溪畔的一株兰花，在寂寞地温柔。

传说中自然的爱情其实就是事物相安无事，每当我感受人群里有一些心灵高深莫测，我就从山谷爬到山顶。

在山顶之上。

认真观察朝阳，布景先是一层薄雾，然后薄雾散去，天下大白。朝阳升起，如同真相终于大快人心。

黑暗沉沦了太多的心。

一些历史的面孔重复出现在今天，他们紧锁眉头，希望处于下风。

人性的关系被记录成一块磁铁的两个同极，抵牾与排斥。

我不按常理出牌，我用山顶的光明与黑暗握手，突然发现两块磁铁紧紧拥抱。这个发现让我热泪盈眶，生活的写真，绝望与希望的和解。

活着朝阳之上，救我于深渊。

黑暗之心委屈了生命，它需要光明疗伤。

我想给最后的这一片创可贴取名为光明，朝阳那样的光明。贴我心里的黑暗，贴我之外所有那些黑暗的心。

（选自2016年《草堂》诗刊第3卷、《南太湖晚报·散文诗月刊》第7期）

■［北京］灵　焚　　**礼　物**（《剧场》之一）

　　　题记：在最简单的关系里，你与他者的故事总在延续着……

1　　这一天是我的生日。

每到这一天都会收到你的一份礼物。一颗心，被娟秀的文字一瓣一瓣解开，紫罗兰的眼神，深情地望着笔画里一丝不苟的心跳。

那时，一群白色鸟在远方启程。时光尚未抵达，只有文字在纸上醒着。

夕阳总会逐渐慢下来的，你相信自己就是那个黄昏的主人。

从现在开始用礼物预支未来，践约那个等待兑现的今生。

2　　我出生的那一天，蓝色的山脉有鸟清脆鸣叫，母亲这么告诉我，当她在淡淡的雾中醒来，怀胎十月的清晨在怀抱里已经睁开了一双清澈明媚的眼睛。

清晨，这是你给我的第一件礼物。黎明的第一瓣曙色是蓝紫，你轻声说，这是你的最爱。

到了黄昏，你会给我最后一件礼物并且是最好的。

远天的落霞在玻璃上成群飞翔，而你偏爱树梢上的归鸟，炊烟在风中解开波纹，多像你的鬓发流动。在黄昏，你依然任性？但笑容的纹理一定浮云一样安详。

现在，黄昏还在路上，你背着过多尚未送出的礼物。一时半会到不了的。

你总在自言自语：都是你的。

3　　启程的白色鸟还没有跟黄昏相遇。

一条路从远方而来，一条路通向远方。忙于生计的人们只能与现实和解，不仅仅因为没有工夫清算积压在每一个夜晚丰满的灯光，最动情的声音就隐身在日常单词的背面。

静下心来，你的礼物源源不断。没有人告诉我，你现在到达哪里？究竟白色鸟与黄昏的距离还有多远？也许没有人知道真相。

我显然已经债台高筑？

我还会继续不断地赊账？

我只知道，我实实在在收到了你的许多礼物。

4　　没有一件不是你的：健康、快乐、苦恼……

而学问、诗歌、顾此失彼、忍痛割爱、激情与理智、拒绝与接纳……也都与你有关。

删除一段往事，更多的往事变得无法涂改；模糊一些细节，许多细节更为清晰。礼物承载着记忆，不会多，也不会少。

有一种膨胀汹涌澎湃，有一种收缩无与伦比，时间在长度里消弭，永恒终于露出了锋利的材质，礼物还原了馈赠的真相。

我，注定要戴上荆棘的桂冠，为你背起一座千年的宗教图腾，走向朝圣者云聚的山岗。

永恒的钉眼里，当血凝固成花朵，光环与虚无相互痴情。

5　　所以，我只能用耐心与命运达成和解。

如果此生根本无法偿还你的礼物，那么请把这份偿还的愿望一并算上吧！我正在积攒我的月色，你只要备好你的河床。

一群从前世起飞的白色鸟，正在穿越蓝色的山脉，朝着今生的黄昏归巢。

黄昏，我将大祭我的生日。

让大地因此静穆无声，月色，把每一个夜晚的河床充满。

（选自《核桃源》2016年第4期）

■［新疆］亚　楠　　　　# 大地诗篇（选章）

因此我会走出城堡，在冬日的黄昏里，像一匹狼守住自己的领地。

喜　鹊

仿佛还在等待着什么？

而远方，云在聚集。是一个四月的午后，那时，天空呈现出忧郁，只有春的气息告诉我，这必然是一个蓬勃的季节。

那么，我又怎能够在梦中沦落？

花香只是季节的音符。哦，你惶惑的眼眺望。此刻，未知的风暴逼近，就像一场杀戮，瞬间的寒光，足以抹去一场盛宴。

枝头上，杏花成为你的和弦，淡淡的，环绕着——春意阑珊……

或许，我们还会遭遇阴霾，还会在风中，进入未知的领域。可是我不能，不能在春之尽头，忍看你独自离去。

此刻我看见，你的眼中泛着泪光。鸟啊，为何这般忧伤？

野果林

蓦然间，这些苹果花开得如此喧闹。而山坡上，仿佛春的序曲，绿茸茸的地毯缓慢滑向天际。此刻，我看见时空用静默怀想，用安详温暖亲人。

蜜蜂们忙碌着。这小小的生灵，有时也会安静下来，是等待，还是在清风丽日下，把自己托付给花瓣？可是我并没有这样想——嘀嘀嘀，花的心事只有风儿知道！

这时候，繁花聚集了最后的激情，瞬间绽放！就像射向天空的礼花，绚丽却不妖艳。啊！千树万树，那粉白的花呀，是歌谣，也是一帘春梦。

而我来到这里，汲取花的芬芳，让自己温润并充满春天的力量。就这样等待另一个花季吧——到那时，春潮涌动，我们还要来此相会！

鸟 鸣

幽静的山谷，两只鸟窃窃私语。那个黄昏，我走进这些鸟的领地，感受它们的温暖，以及山谷阔大的情怀。

是在歌唱吗，抑或还是在谈情说爱？此刻，心灵的火花被点燃，整个山谷沐浴在红霞里，远处的峰峦，绚烂如我们多彩的遐想。

就这样，静静地感受鸟的情谊，感受纯洁和善良，然后，把最美的情感留给世界。多么美的生活啊，山色空蒙，鸟语花香，朦胧的夜色熨平了所有心事。

啊，不再有风暴袭来，只盼着，风和日丽，鸟与我们都是和睦相处的姐妹兄弟。

当夜幕湮没所有的山峦，万籁俱寂，只有清丽的鸟鸣，穿越时空，依旧还在我的心头轻轻回荡……

在准噶尔腹地

当我走进准噶尔深处，与那些胡杨、白梭梭们亲密交谈，无言的苍凉便会击穿我的思绪。古老的盆地，承受过太多的苦难、疼痛和悲戚。

生命是这样的顽强啊，没有忧伤，没有抱怨，没有奴颜婢膝。既然命运把它们抛洒在这里，便让激情的火焰燃烧，在这个世界上，成为最壮丽的场景。

听那些水流的声音，宛如优美、清亮的旋律。绿意葱茏，花香弥漫天际。啊，人类的智慧，那无穷的伟力，改变了准噶尔的命运。

此刻，走在准噶尔浓密的绿荫里，踏着岁月的遗韵，任清新的空气，淘去我一生的疲惫。像一棵树那样活着吧，并让天空变得更蓝，让花朵开得更艳。

啊，只为大地的丰润，我们祝福所有的生命……

赛里木湖的天鹅

也不知道什么时候，赛里木湖竟来了这么多天鹅。

蔚蓝的湖面上，这些精灵如此快乐。它们缓缓移动着，或者停下来，梳理一下羽毛，让阳光拂去岁月的风尘。

湖畔游人如织。此刻，熙熙攘攘的脚步，缤纷着我的思绪。

远处的群山，仿佛沉睡的雄狮，透着威严，又如此静谧。风把花香带给我们，也把苍凉的大地轻轻抚慰。

哦，安静一点吧，请不要惊碎天鹅的春梦。

可是我不能让人类安静下来，也无法留住那些匆忙的脚步。

我只能独自驻足岸边，默默地看着这些圣洁的精灵，祝福它们，然后悄然离去。

那个夜晚，我看见大海般的湖面上，白帆点点，微波荡漾。

而此刻，水天相连，湖光山色交相辉映。圣洁的精灵，正在我的梦中飞翔……

（选自 2016 年《西部》第 7 期，《中华文学选刊》第 9 期全文转载）

■［北京］黄恩鹏

西藏记

一万年的佛啊，为雅砻河水的清澈，献出了最有品质的一生。

羊卓雍措

云白。山褐。湖天蓝。我站在岗巴拉山口望羊卓雍措，有如读一本新版画册，那些流变的风和云，驮举巨大的翅膀。伟大的宗教在飞翔。王国的子民。一条路连缀国家与皇权。一行足迹通向了转山者的内心。比天堂更为冷寂的故园，让我的想象纵横驰骋。神灵在上，先知在六十座宫殿里走动。往事惶惑，我努力寻找一个能替代一座湖的美学内容，或者说精神层面的元素符号。卡若拉冰川用它高高的冰雪耸立起了山河的铭文。时间窃掠了人的眼睛，让我无法看清现世问题。桑丁寺传出的诵经，让一座湖永远保持清澈碧透。

雅砻河山谷

阳光攀附草的根部，进入高贵的土层，整个山野盈满了水声。阳光纯净，一位藏人叩拜一座神山。灵魂似清澈的火焰。驰奔为马，高飞为鹰。

我想探视它的梦境，却听见了神说出的警示："你若探视，请跃进火里。"

鱼群携带金子，从雅砻河里跳进跳出。我带着对佛圣的理解，摔倒、爬起。我满身尘埃，内心干净。云霞里的河水有如经书被风翻开，被远处的雪山一页一页吟唱、念诵。

一万年的佛啊，为雅砻河水的清澈，献出了最有品质的一生。

纳木错

我的身影丢在了路上，又被一路冷风拾走。太阳穿过了冰岩的缝隙，给一段高低不平的山路播撒下经文。玛尼石被风吹着、念着，石头和石头齐声发出了唱祷。

湖边出现了一个壮实的农夫。他手里拿着一串佛珠，每转动一下，湖水就闪动一下。天边的小闪电念诵不朽的功德。他穿着皮靴的双脚透着野性的力量。我走近这座湖，看见念青唐古拉山脉的雪水滋润的湖水盛装了天堂的所有宝物。

我还看见：斜披棉袄的汉子在一座灵塔下煨桑、祷告、撒龙达。神佛的心愿闪亮着飘向远山。他的梦境闪亮着飘向远山。我对他说我想要看见的，是山那边三千神佛盛大的聚会。

南迦巴瓦

寒冷。站在山坡哈口气，太阳结霜。那些雪花，被山石和森林牢固地搂在怀里。

我想领一朵迷路的雪花回家。我想让一匹天马带着我游遍大山的每一道缝隙和沟壑。我想和夜风一起，走进雅鲁藏布大江。我想看见那些生命的景状——冰川孕月光，分娩在黎明。故地故乡，月下漂泊的墓碑。族谱沿着六字真言上升到了鹰的高度。

到色齐拉山远眺，必须有诚实的灵魂。普布次仁告诉我：那尖如剑锋的山尖，神灵们正聚在一起煨桑。高空汹涌的风旗，是神仙燃起的桑烟。

孤独的山峰，堆满了大片的闪电和风雪。神灵们，就歇息在那些尖锐的雷霆之上。

在八廓街

我移动，再移动。长长的影子拖着肉体移动，有如岁月的脚步，背着世俗的巨石走进深渊。我沉没、溺亡。夕阳西下，我仍在八廓街某处的高墙外走动。我还发现我有如一截干枯了水分的虫豸，被一只黑色的蚂蚁拖曳，回到阴暗潮湿的洞穴。

明亮得刺眼的天地。隐在或制造阴影的酒店宾馆的房间只能被看作是洞穴。与我的走向相反的，是朝圣的藏人。他们身体低伏，向着阳光顶礼膜拜。他们走向圣佛灵光。

这是佛界与俗界的区别。我与他们擦身而过，心灵的距离，无法逾越。

雨后黄昏的大昭寺

八瓣格桑绽放，世界浴佛重生。我看见几个全身湿透了的远道僧人仍在那里跪拜长磕，雨水融和着少量的阳光，给他们身体披上了一层红铜般的亮泽。他们的背后是一层缓缓下坠了的、被雨水润开了的斜阳，有如谢幕时渐熄的舞台灯火。

时间裸露，鱼鸟畅游。我不知道今后还会不会来这里，就让烛火触摸我带有野性的内心吧。有位老者经过我身边用诧异眼神看了看我——我总是觉得他似乎很熟悉：一位曾经显身在我记忆里的佛陀。现在，他是否为这个孤独的无所事事的人，感到许多个迷茫？

（选自《南太湖晚报·散文诗月刊》2016 年第 7 期）

■［北京］爱斐儿

梦游阿尔山（选章）

满世界浩荡的清风都是你的疆域，纵然心底拴着万匹野马，你还是转回了身。

春天总是与美好相伴而行。

就如同玫瑰峰在朝霞中醒来，落叶松迎着光的一面明亮展开；至于说红杜鹃头顶积雪开放，白桦林藏着童话的小飞仙，以及无数个湖水斟满清澈的光阴，大地被绿色的气息和蒲公英覆盖，这清新的、微凉的北疆的春天，就真的被一场清风吹至眼前。

这是一次蒙神眷顾的旅程，我像一个身披羽衣的人从天而降，在你草木茂盛的王国，找到了自己心仪的宫殿，也找到了我梦中的黄金和白雪。

如果风再吹得猛一些，就会把我带往更深的密林，遇到越来越多的鸟雀和白云，还有更清澈的湖水和更神秘的白头翁，它们也在山巅等着我。并在我到来之前，代替我做梦、流泪，代替我接受流逝、温暖和缓慢。

当然，沿途难免遇到可爱的松鼠和岩兔，也遇到无数黑色的熔岩冢。哦，请那些与岩石相依为命的苔藓，不要轻易说出，它们小心捧着的那一点苍翠，记忆着大地之心的挣扎和剧痛。

我曾在无用的事物里沉迷太久，也曾面对同一条河流反复抒情，为那些相亲相爱的人以及尘世的安宁。

其实，阿尔山一直就坐在我的记忆后面，就像一个自由美好的王国，大门敞开，等我走遍万水千山。

不冻河

如果说一滴雨是情怀，一条河就是天涯。

所以，三两滴雨水不足以完成一条河的前世今生。

比如不冻河，需要汇聚一万吨雨水才能成就奔腾，而一颗永不结冰的心，需要怀抱太阳出生。

在阿尔山，你要沿着青山绿水一直走，才能得到不冻河从心底捧出的酒：

第一杯是叮咚作响的马蹄。

第二杯是终年不息的荡漾。

第三杯混合了燃烧、彩虹和雷鸣……

如果你还没有醉去，那就退回白雪环绕之中，与初升的朝霞打坐雾气蒸腾的水面，终日痛饮不冻河流水的回声。

哈拉哈河

用清泉洗过双眼，你便启程。此刻，水草和野性都在唤你。

你怀揣未来与涛声，一路向西，身后是辽阔的北疆。

想必这一路有些小疏狂，也有些小陶醉。

只是你为何在贝尔湖只是打了个盹儿，就洗净身心往回走，就像心中装着祖国的人急于落叶归根。

一条河，去又复回，绝不像一支曲子误入了时光那么简单。

谁会用清风明月唤你哈拉哈？就像一个人怀着永不凋谢的三月，就像一个人在夜晚习惯举着灯迎接你回家，还是你听到了神的召唤？

难道是一路变薄的炎凉，让你想起了母亲温暖的初心？

风一吹就是一春。

阳光、天空、青草、森林、满世界浩荡的清风都是你的疆域，纵然心底拴着万匹野马，你还是转回了身。

红河谷

时光下切，两面峭壁划开古往今来，熔岩上苔藓暗生，红杜鹃盛开于绝壁。

一条红色的河顺着一条深谷向风景深处走——

一路伴随峥嵘的岩石和密密的落叶松。

如果熔岩约等于从天而降的梯子，风就有贯穿之美，熔岩上的苔藓就约等于空谷的兰花，那六月的积雪就是真的。

而我到来并同时触到了它们——

在落叶三尺、树高千丈的红河谷，给它未曾到达过的从前，加上一段天崩地裂的故事，外加一段烈火换清泉的人间。

在峡谷底部，流水的回声似有源头，我无法向任何一种事物发问：

我曾是谁？

被风吹走的前世，会不会还我以今生的丝绸？

（选自《诗潮》2016年2月号）

■ [贵州] 喻子涵　　　　　　　　# 汉字意象（二章）

沙漠欠一条河，河水欠一汪月亮，/月亮欠一个阿哥，阿哥欠一个妹子。

歌

小河淌着水。

一个女人唱给一个男人的歌，按说已是数千年了。

那时，有石头露出水面，他总是召集人们探路过河。

小河蹚水。不止一次成功，跋涉过许多山山水水。

也有失败而返的经历。一脸歉意，不再让人歌唱。

一个心含歉意的人，自己用歌声不断地允诺和道歉；

永远记住那条未涉的江。

人类的故乡在江的尽头。天边或海边，连接童年和暮年。

江水并不都很欢快，江面也并不都是光滑。

站在月亮下的妹子，望着他，哥啊哥啊唱个不停，

我知道，这回过江绝不能再失误。

之后，世界成为一部歌书，各有各的调，像水淌成各种样式。

而人们各蹚各的河，蹚水的姿势，像妹子的歌声和调子。

直到河水干涸，月亮沉落。

在哥啊哥啊的声音里，我们知道，

沙漠欠一条河，河水欠一汪月亮，

月亮欠一个阿哥，阿哥欠一个妹子。

火

眉头总有塌下来的时候，沉重而漫长。庆荣兄突然对我说：
我们一定要有远方！
当愤怒超越噩梦，抖开翅膀，一颗心迸出，注定要飞翔。

压抑是一种力量——毒药和酒精，流氓与强盗。
需要一种精神让世界在眼前发亮。
不管你怎么看，我举着双桨是一种态度，从水底出发；
尽管水火不容，或许更是一场笑话。
一种英雄主义拔地而起，时代有了钢音和重量。

你可以封锁，但我绝不熄灭。
焰火是一种美德，不再让忧伤到处漫延。
我拆垮一切，毁掉自己。面向雾霾，
一把火，焚烧那些五颜六色的目光与表情。
在低处，我抚慰忠烈的灰烬，掩藏一粒尚有余温的火星。

你可以钉住我的双脚，但绑不住我的翅膀。
此时的抑郁自有好处，守住人类的忧患。
那些坚韧的脸庞并不平淡，血红的眼睛飞舞，尖锐的力量浓缩如箭。
我自信是一个时间的使者，在蔚蓝的深空，
抖落心灵的痂，夺回一把快乐的利器。

（选自《南太湖晚报·散文诗月刊》2016年第7期，《威宁诗刊》2016年第4期）

第四辑 年度盛宴：河流的变奏（13佳）

编者按：本人主编的《2013中国年度散文诗》曾经在开篇位置推出过一组以"黄河"为总主题的作品，在读者中产生过较大影响。河流的生命力来源于它不息的流动。河流的这个特性与我们生活中一切处于变化中的事物在本质上都是息息相通的。这也就是一条河流在不同地域、不同年代，在不同作者魔幻般的笔下，会呈现出千姿百态的秘密。

■ [湖南] 卜寸丹

那些密布的河流

流淌吧，孩子。你是一滴水，你，不可复制。

那是神制造的幻象

黄昏降临。庄严的星辰升起。

水的马匹驮着时光。虚幻的世景。顺流而下。

黑暗、执念都无法阻止一条河的流淌。

它一去不返，像受难的族群，我幼小的母亲，保守着神谕的暗示，历经狭窄、阔广，历经平缓、岩石的落差，泊，或倾泻。

她终其一生的流逝，也无法知晓命运的皮毛。

水边是多么神秘的岸啊！

兽潜藏在丛林，余生已定。

谁能藏住一缕清风？它抱着正待枯萎的荷梗。

"爱吧，爱这绚烂与凉薄。"

"该映照的都映照过了。"

星光下，娘说。

一株稗草，它是多么寂静

呼喊，咆哮！这尘世只有禾稻生生不息。

幼小的母亲用水绿润泽她明月的眼睛，她柔韧、微弱。如灵魂。

先祖临水而居。世间万物共享浩瀚的星空。

幼小的母亲站在水边，一次的临照，是多么绝望呀。就如一次的生长。

天地之大，大不过命。

永逝，即是人与一条河流共生的命理。

幼小的母亲站在源头，向着无限的盛大，向着虚空的未来。她裹挟万物之始的生气。

"啊，你看一株稗草，它是多么寂静。"

娘轻叹道。

被围困的岛

青铜的虎符。箭镞疾奔。

辽阔的河岸，勇士的头颅，高于命运。

"他们为谁征战？"

"如簧毒舌。控制之术。我的孩子将死于非命。"

幼小的母亲用水制造幻景。她不断受孕，繁衍子嗣。她在水中，产下鱼子。

大河奔涌，浇灌悲悯的大地，良田万顷，栽种慈悲的食粮。

皇天后土，幼小的母亲主宰万物，诗歌中的火焰，人世中的悲怆。

一大一大，她用月光涂抹成凝脂，在水边唱起远古的歌谣。

"那水中之岛已被围困；那爱，在泛滥。"

第三条河岸

泛黄的家谱。咒语。律令条文。灰暗的雨水。

一条条河流映现着母亲。

端庄的母亲，星月般的明眸，柔滑光泽的肌肤，超群的智慧，这人间尤物！

她顺着水流，随遇而安。

郎骑竹马，泅于悲伤之河。

会法术的人端起盛满水的瓷碗，划水驱瘴。

春水涣涣，漂浮着桃花、自溺者的尸体。

一条河流无论何时都是完整的，一层一层的水，无法剥离、断裂。像血脉。

黑暗中，它流经大地，它的滋养，从来不求回报。

看哪，妖媚的水鬼在寂夜里吟唱。那是河流衍生的镜像。

"真正的美，涵养着尊严，令人心生感动。"

娘说。

我梦见过一条大河

我梦见自己从危崖纵身跳下。鱼群蜂拥而来。猛兽在崖壁观望。

水轻柔地缠绕我的身体，包裹我。那令人窒息的爱啊！

幼小的母亲站在源头。

父亲的挖沙船开走了。

我睡在河边简易的工棚里。到处都是沙子。吹过河面的风声。

我没有玩具。我只有金贵的梦。

那个秋天，水鸟翔飞，小小的影子在水面滑行；满河的星星荡漾着，奇幻之象引诱着我，跳入河中。我像星星一样浸在水里。

我在梦中的大河里渴望父亲返程。

"记住你的养父。记住一条河流表象里所裹藏的阴谋。"

娘告诫妹妹。

一条河流居无定所

幼小的母亲听着水声。

水涵养着光芒的字符，诗歌的兄弟，水的中心席卷的风暴。

青铜在生长。

古老的族群冶炼着自身的肉体。珠胎暗结。

我是你的生父。我赐予你命！我赐予你手中高擎的法则，人世的黄金！

幼小的母亲听着水声。

大水泱泱。你骤然成形。你在水中长出骨头，坚硬的意志。

你柔软的肉身里栖居着一匹匹小兽。

我教你豢养之术。

是的，伟大的诗人身着奇服，正涉水而来。

生，是崭新的。只有死，才不断聚集重叠的伤口与眼泪。

"只有逝者如斯，居无定所。"

一条河流的死亡

一条河，流到这里，已无路可逃。

河床裸露。

阳光下，露底的人，在自掘坟墓。

水的镜面消失了。

所有的幻象，仿佛还停留在空气中。

幼小的母亲。父亲。灰白的鱼。
地底下，青铜生出绿锈。
是置之死地而后生的时刻了！
他掏出战栗着的心灵，他俯身于黄金之岸。
他看到自己的前生，也看到自己的来世。
他是一滴清寂的水。
他，也是一粒灰尘。

一条河流的葬礼

"把成熟的麦稻都收割了吧！"
"把眼泪抹在刀刃上。"
"水莲花一朵一朵盛开；他点燃了高香。"
"夜色在加深，围观的人像鸟一样散尽。"
"把与高德相匹配的崇高的孤独留给一条河流的葬礼吧！"
"把命运的纹路攥紧在你自己的掌中。"

"他哭泣，却并不感到伤痛。"
"他敞开黑暗，并不是为了接纳光明。"
"他养育玫瑰，铸造她青铜的气质。"
"他捧出神秘的祭器。苍璧礼天，黄琮礼地，苍龙、朱雀、白虎、玄武，四灵神兽，瑞仪四方。他手无寸铁，念动咒语，兽赋形其上，他开始舞蹈。他与通灵之人毫无二致。"
"他祭献仓廪之实；他为腐水超度。"
"他终将与时间同体，掌握永生的密令。"

安魂曲

那饮水的人走了。
那赐福于我的人，永归夜色。
谁盗取了她的马匹？谁又搬走了她身体里的河流与汹涌？
秋天的白露。打湿了饥渴之唇。
我一声声地唤你，唤你。娘。娘。
我一遍遍地抚摩你的脸。亲吻你。娘。娘。
那瞬间闭合的生。那重新构造的封闭的空间已将我隔绝。
啊，这自诞生日起裹挟的光荣与宿命。
以孝之名。

时间，切断了源头。

那饮水的人走了。只留下苍凉如水。

娘，让我点亮小小的水莲灯给你照路吧。娘，让我用沾满露水的花朵布满你安睡的灵堂。

娘，让我将桃枝握在你的手心，尽管你早就拥有驱邪的器物。娘，让我再给你捎上平日里你合体合意的衣裳。娘，此去经年，我将安睡哪里？只能在星光里，静待你回家，顺水路，唤我。唤我。娘啊，尘世多么浩大芜杂，唯你能予我以应答，唯你能唤回我受惊、迷途的魂魄，唯你能安顿苍茫城市楼群中的家。

娘啊，你熟谙世事，唯你通晓一条河流的经脉与走向。

秋天的风吹着我的哀伤。

长歌当哭啊。娘。

长歌当哭。

长明灯。身着宽大黑袍的道士。超度的道场。我谨行一切禁忌。

人子啊，请以一场体面的葬礼，来成全孝顺之名吧。尽管那并非我的本意。

那饮水的人走了。

冥钱飘飞。哀音切切。

沿着河渠，我送你回你的出生地。我一程程送你啊，娘。我是多么害怕，送着送着，你就不见了，你就被秋水带走了。

你是有福的人。你的墓地就在老家的菜园。流水逶迤，大野阔广。风水祥瑞。

毗邻的墓园长眠的是你的父兄，你的娘与叔伯。终日围绕身旁的，都永是你至亲至爱的人。

睡吧，娘。如果你已不想说话。此刻，你神色安详，与梦境相融。

灵柩已从高举的头顶放下。

啊，娘，这如水涌来的内心的哀戚啊！在一层一层堆涌，而成风暴之象。

只一瞬，我们便阴阳相隔。雪落门楣，苍山无言，辞藻之殿猝然坍塌。我四顾而凄怆。

这安魂之地！

这安魂之地啊！

那饮水的人走了啊！一条河流死在她体内。

她带走了泱泱大水所有的倒影，我顿成无源之人。

我从哪里来？又去往哪里？

她将过去连根拔起。她轻轻舍弃了那映现她的一切。白昼。黑夜。爱。

我将寂静的祭词、高过心灵的五谷归于她的血脉，归于暮秋永逝之夜。

落日下，我或可重新命名一切。

我听见娘在说，永逝即是永生。

流淌吧，孩子。你是一滴水，你，不可复制。

（选自《星星·散文诗》第 10 期）

■ [河南] 康湘民　　# 一条河的变奏（组章）

一条河，就此成就了海洋的子宫。

源　头

河流来自天上。它抓住了一缕阳光、一股风、一块冰。

一抹天空的湛蓝或许就是它今生的菩提。

一切诞生就在一念之间。从瞬间到永恒，河流浓缩了所有星辰的悲欢。

——它与世界的相遇，只是一场无意的邂逅。

在茫茫的黑暗与无限的光明中，它找到了一粒水分子的纯净。作为一个完整生命的诞生，给这个或缓慢或急促的时代提供了新的视角。

一条河，就此成就了海洋的子宫。

黎　明

空气中有大量水分子开始凝聚，灵魂游走于血液和骨髓。

把树舞蹈成风，把风羽化成了一只涅槃的凤凰。

大地的力量，抵挡不住一道光亮的穿透。

而这一切——与季节无关与时间有关；与力量无关与安静有关；与谋划无关与简单有关；与化为齑粉的石头无关与一只看不见的手有关……

——启程。晨雾飘浮鸟儿的歌唱，黑暗守候渔夫的孤独。

春夏秋冬，河流用金木水火土塑造自己的身形。

一条河，注定要远去……

舞　蹈

是的，一座大山从来攫不走我血液里的自由。

在风声出没的荒野，我聚集全部地心的力量，去冲击一块巨石的内核。

　　肉体在大地上奔走，神思遨游九天之外。摘一朵花是月，捧一滴露是星。生命本没有高度，所有的台阶都是自己建造的堡垒。

　　我是自己奔腾的血液。哦，爱情，它使一万年光阴缩成一小滴阳光，它让我提前挥霍了整整一个春天。

苦　难

　　至此，口袋里沙石越来越满。我已沉重。

　　请原谅我的固执，原谅我把方向标一再改变。为了不再头破血流，我必须学会，在山川的胡同里拐弯，扭曲，为岩画刻下一条好看的曲线。

　　至爱的亲人，为了更为广阔的未来，我们必须从现在开始学会沉默、沉沦，学会收藏和掩埋天空下的苦难和泪滴。

　　但我保留了茫茫风暴中一盏清亮的心灯，那是所有河流童年的种子。

顿　悟

　　河流树起一座大理石碑，又很快冲刷走了碑文。

　　从伤口滔滔流淌的血液里，我听懂了泥土的预言。

　　"大地啊，你接纳了我，又伤害了我。"

　　转身。得到。失去。远方那些明亮的、隐晦的、飞翔的、蛰伏的、温暖的、寒冷的，简单的或深不可测的事物，总是以一种意想不到的面容突然呈现。

　　"上帝，当我跌宕，当我匍匐于谷壑，我已高高在上。"

遗　忘

　　曾经拍击河水的桨声渐次恍惚。

　　一个老者把回忆抛进河里，反复擦洗。

　　一块石头或一片树叶同河流一起奔跑，在月光洗亮的夜晚，应和虫鸣和两岸鲜花的晚唱。

　　多少年来，河流又何曾找到过自己真实的影子？

　　它饮尽风雨，咀嚼甘苦，体味得失——然后，选择了遗忘。

　　路，汹涌澎湃。一场风吹过，什么也不剩下。

尾　声

　　河，终于奔向大海。

海天一色。

一条河，漂向第五个季节……

（选自《天马散文诗专页》2016 年第 11 期）

■ [河南] 王　剑　　　**两条河，途经我们的城市**（组章）

一条河终其一生，只有一件事。就是将自己，送到远方。

一条河流，正在启程

当我喊出源头。一条河就已经启程。一泓，又一泓。蓄积着她的奔腾，她的汹涌，她的浩荡。

天空多么澄澈，大地多么洁净。无边的绿色，铺满旷野。吹过来吹过去的风，追寻着河流自由的走向。

与荒原交谈。与岩石、清风交谈。与船只、古栈、茅屋、山寺、天空交谈。与庄稼、阳光和土地，交谈。

穿过田野的河流，如同一根悲悯的脐带，系住了万亩良田。让一座城市无忧无虑地活着。

一条河终其一生，只有一件事。就是将自己，送到远方。没有什么，能够阻挡她的奔流！

河的内心住着自由的魂魄

流动，流动。一条河流，总是用奔走的方式，延长生命。

向前走。这是一条河的本性。河无法更改自己的道路。但是河的内心，住着自由的魂魄。它风中的骨头，在嘎巴作响。

占领沟壑。敲打顽劣的鹅卵石。有时也撕碎自己，矗成瀑布。河把柔韧的水铺开，让幸福的帆船，快乐地行走。

浪花是河的舌头。河滔滔的话语，只说与天地。一条河的奔走，改写了庄稼和村庄的命运。

最终，一条河，强行挤进我们的身体。变成了一条有温度的红色的河流。它行走于我们的内心，勾画出我们一生的辽阔。

桥，河流的几根琴弦

河水弯进了我们的城市。一座桥，又一座桥，成了河流的琴弦。轻轻拨动，就有一串动人的音符。

桥与河，原本是一对爱人。桥是河伸出的手臂，河是桥沉沉浮浮的心事。河与桥的距离，其实正是心与心的距离。

夜有多宁静，桥就有多妩媚。

只是，没有人知道，站在河边凝望的人，也是一座桥。一座有根的桥。河流只能带走他倥偬的岁月，却无法带走，他对这座城市的依恋。

一条河，拥抱另一条河

一条河拥抱另一条河。

两颗奔腾的心，紧紧贴在一起。花朵静下来，鸟鸣静下来，阳光也静下来。

此刻，爱情，成为他们相会的，唯一的理由。

这该是怎样的一种幸福啊！亘古的思念，千里的跋涉和寻找，终于能够长相厮守，相伴前行。

河与河的碰撞里，我似乎看见了，他们相见恨晚的眼神。我分明听见了，一条河对另一条河倾情的诉说。顷刻间，两条河的缠绵，已把一座城市的爱的心扉，悄然打开。

今夜，在大槐树渡口。月色轻轻将我覆盖。我看见，一对又一对的恋人，面对交汇的河流，许下爱的诺言。

在他们眼里，两条河流的拥抱，就是自己的幸福。爱情就如彩虹桥上的灯盏，正在他们的心空，一朵一朵地打开。

（选自《天马散文诗专页》2016年第11期）

■［河南］棠　棣　　　**黄河故道**（组章）

　　我被时光搁置在岸上——曾经的河床，迎接我的是一树树微笑的槐花。

1　我是迎着风来的，我是迎着花香来的，从千里之外，百里之外，十里之外。
行程一点点缩短，步履一点点沉重。

踏上历尽沧桑的干涸的河床，就是走进一个家族的历史。在起伏错落的沙岗上，水都转入了地下，淤积的黄沙迎着三月的阳光晾晒往事。

风里隐隐传来唢呐声，是谁家嫁女儿了。而我只是生于斯长于斯，黄河故道的游子。

我突然想起：脚下曾经的水道，而今车马行人怎么可以安然地走过？

所有的神话、故事都是土生土长的。虽然黄河水已经走了，而思念与记忆一直延续着，如那嫁往别处的女儿留给亲人与村庄的念想，血液一样在脉管里流淌。

梦中汹涌浑浊的大水，托起我的筏子，一个浪接一个浪地盖下来，把我的肤色镀成干净的土黄，只留下黑眼睛让我去寻找先祖在当年的河岸种下的一株株、一行行槐树。

2　槐林。防风固沙的一片片槐林，在黄河的背影中茂盛成故道腹地独特的胎记。

我从梦中醒来，槐树从冬的余寒中醒来。滔滔的黄河水不见了，船夫的号子消逝在年深月久的时空里。我被时光搁置在岸上——曾经的河床，迎接我的是一树树微笑的槐花。

槐花，和枣花、梨花、杏花一样，适合做乡村女子的名字。

四月的槐树椭圆的叶子尚未成形，那一串串花蕊在风中让绵延无际的槐林笑出汹涌的涛声。白色的花簇热情、大方；紫色的花簇娇羞、腼腆；无论白色还是紫色，都像这黄土地上的女子一样，质朴中透着灵秀，把黄河故道的风情诠释成青白黄黛的四季。

虽然黄河已经改道，但流淌千年的黄河水早已把这方土地浸透。

这里是我一生厮守的故乡。

一次次，我在梦中被浪花溅湿；一次次，我在这里把爱与痛的脚印留下……

3　那些遍植槐树的人们早已作古；而今，一树树莹白照亮他们的忌日，用浓郁的花香拢紧他们走过的每一寸黄土。

曾经的河道，曾经的滩涂，曾经的滚滚浊流已经远遁岁月的暗处。

我的眼前，只有一派起伏的沙丘、阡陌纵横的麦田、枝柯交错的槐树。年复一年，它们在季节的旋涡中聆听着黄河水幽远的涛声。

梦中的黄河水，从千里之外浩荡而来，一路高歌，经过我的前世今生。

我确信，我站立的地方，就是当年的河床。脚下的青草，已经用庞大的根系盘结起胶质层中潜贮百年的黄河水。

4　传说脚下这片黄沙下面，静静地睡着一座被埋没了几百年的古城——有沙中夹杂的残砖碎瓷为证。

我向广袤的沙丘走去，向黄河水滔滔入海的遗响走去。

春天的黄河故道，曾经的水光幻变成黄的、白的、绿的色彩，在风中摇响阳光。

怀揣敬畏与思慕，走过起伏的沙丘，我在劲风中想象着滔滔大水当胸穿过。

（选自《天马散文诗专页》2016年第11期）

■ [贵州] 任敬伟

乌江之上（组章）

乌江，地球上一根坚固的钢绳，就在时间的骨头上勒住了高原的狂蹄。

一、惯　性

掏空肉身，让自己置于一种蓝。

乌江，地球上一根坚固的钢绳，就在时间的骨头上勒住了高原的狂蹄。

嘎的一声，悬崖勒马，连同我这奔突的思考，忽然止步，造成严重的倾斜。

——危险！

如果此刻没有一根阳光支撑，什么都将摔得粉碎？

是这保持前倾的前世？今生？

是惯性？让此刻的乌江，这匹无法静止的野兽，变得多么可怕。

二、在静静的山坡

桂花开在闲时，一瓣的馨香，让自己陷入一阵恐慌。

而我总想在乌江边上一个突兀的山顶，在迷乱的花香里，虚脱一段时间，半睡半醒，看驶入黄昏的火车，忽然从眼前山谷的高架桥上，呼啸而过。之后，像一条滑滑的花蛇梭进山洞，由长变短，由短变长，让思维陷入纯洁的黑暗。

我希望和那些互不交往的树，一起孤独，荒凉如深夜，一个人不声张地打着响屁，像蝉褪去身体后的壳，与树上叶芽、根下细须，于虚拟身体里的城，无须攻、守。

直至用竹篮打水，醍醐灌顶。

直至那些高山、峡谷的落差慢慢归零。

直至无中生有，有中生无。

直至我现在，轻轻关闭心里的那盏灯，像一具完整的尸体，干净，安乐。

等到夜静春山空，又悄悄地复活一次。

三、乌江桥，一匹瘦马

乌江桥，阳光里剔出来的一匹瘦马的骨头。站正身子，啃断心里的嘶鸣。

这样的死寂，硬是把自己逼疯。

那些鱼，那些匕首，不断向水杀！杀！

而这一匹老马"哼——哼——哼"，一步步奔踏乌江之上。

这匹若有所思的老马，一只眼保持柔和。另一只眼，藏着杀气。

让千里之外的小草，瑟缩。

四、在乌江边

目光还能穿透乌江，抵达骨头里的水纹吗?

往事聚焦。像猛然跃出水面的一条鱼，像匕首，向蓝天一刺，又舀回一点过去。

十七年了，我在江岸读书。

"关关雎鸠——"

而今，在河没了沙洲，没了学校，也不见了少年的脸。

而今，被水融化的那些凸，笑声装下的凹，在命里拼命撕咬。

而今，依然一峡谷狂奔的血，心花怒放，别于河东女子的狮吼。

都过去那么多年了，这野性的乌江，还牢牢攥紧一个少年的记忆。

让他往死里去爱。

让他往爱里去死。

让他义无反顾，一江向东流。

（选自《天马散文诗专页》2016 年第 11 期）

■ [云南] 陈洪金

金沙江的低处

在江水的轰鸣中嵌入行人的匆忙，铸就一段不平凡的跋涉

1　金沙江是一头狂野的公牛，把头一低，向着群山冲去，直逼得排着队来阻拦的莽莽大山闪开一条道路，给了金沙江一个浩浩荡荡的舞台，还给与金沙江为伴的山里人留下了一条条叶脉般的小路，他们紧贴着金沙江飞溅的浪花，下山过江，把命运踩出一段精彩来。

站在江滩上，面对汹涌不息的流水，背向高耸入云的山峰。

山，终于在江流的拍打中露出了它最低的姿态，让所有路过的人看清散乱的落叶与枯枝一年一年堆积在一起，目睹历来伟岸的山体从不轻易示人的衰败。

只有江水，一刻不停地向着敢于阻拦它的所有泥土和石头，发起连续不断的进攻，江滩展露了这一场争斗的痕迹：

一弯一转是江流迂回战斗的写照。

一泻数十里是江流挥戈直指的豪壮。

2　江滩上都长满了野草。

更多的是长长的芦苇丛，火红的凤凰树，高大的攀枝花。

峡谷深深，隐藏的情怀充满了对生命与生活无限的怀念与热爱。

水流湍急，对坚硬的礁石进行无情涤荡的同时，也把江滩点缀成金沙江美艳的小女儿。江滩在阳光下吸足了绿色的汁液，再三地生长出绵长的藤蔓、修直的叶片、烈艳的花朵和羞怯的情歌。

于是江滩就成了一个驿站，所有的生命都要在这里停留，在江滩上的某一个地方停下来，把自己当成江滩上的目睹者。让人在停留之后，认真注视峡谷两面的距离与阻碍。

江滩上的路，总会在江水的轰鸣中嵌入行人的匆忙，铸就一段不平凡的跋涉。

3　江滩渐渐成为远近闻名的渡口，作为一个庞大旅途中的逗号，在高山峡谷之间宣告以后的路还很长很长。

江滩旁边的路上，马帮的蹄音停下来，壶中的酒香溢出来，皮肤黝黑的人，由于没有妻子儿女在身边，烈日和暮色都没有乡音，因而水酒更加醇烈，夜色更加单薄，路途更加遥远。

而未来在山脉之外，希望在江滩之外，路在一往如前地延伸。

江滩不会挽留什么，也不会目送什么。

4　当路在脚下不断地延伸，梦想和际遇不断地变换，鲜花独自开落，草木一岁一枯荣，江滩却始终不变。

它把黑夜和白天连在一起，把尘埃堆积在行人被风扬起的发丝上，只有在江滩上对江滩若有所思的人，才会切肤地感受到江滩的深意。

况且，江滩所记载的，也永远只是面容与背影的更替——

马匹低头饮水时负重的倒影。

跋涉者穿破遗弃道旁草鞋的遗骸。

被蜣螂当作巨大财富，向前推动滚成圆球的马粪。

夕阳盘算行程的忧伤。

5　江滩上不会有楼群和灯火。

江滩上不会有红衣女子。

而江滩不老。离开的人一次次又回到各自的家园，路途中的江滩仍然在高山峡谷之间，守着自己的世界。

江滩，灵魂中无法忘记的地址。

（选自《天马散文诗专页》2016 年第 11 期）

■[甘肃] 阿　垅　　　　　# 黄河首曲（外二章）

一条大河在回首。一条大河将这块贫瘠的土地揽在了怀中。

一条大河在回首。

一条大河将这块贫瘠的土地揽在了怀中。

由此想到：母亲、摇篮、乳汁和初升的太阳。这还不够，这些简单的词汇还不足以表达出悲壮和感恩的黎明。

在万道霞光中我看到：百鸟聚集的翅膀、水草丰茂的腰身、容颜不老的胭脂和欣喜若狂的赞美……

……这还不够吗……

从草地跌跌撞撞站起身的马驹，湿润的皮毛和骨头已经具备了奔跑的品质……

白龙江

很早了。可能那时我们还穿着长袍马褂。

可能那时的山路上还有大胡子的劫匪在出没。

土墙高耸的迭州城，除了茶叶、盐巴和布匹，我还想借一把刀。一把含着泥沙的刀，浪花雕刻的刀，还未从落日的鞘中抽出的刀。

一盏摇曳的灯，就是你我借宿的客栈，在冰雪消融的夜里，春天忸怩的三寸金莲，让人心悬。

油漆的桌边，撕开一处光亮，酒碗里有知音，也有桃花。木质的轻薄，铁制的易锈，我想借的一把刀，在沉寂的水底紧闭着锋利的嘴巴。

一把柔软的刀，会在穿越高山峡谷时发出激越的鸣响。不远的下游，柳暗花明之处，你嫣然一笑，我们再次抱拳相约，下一个遥遥无期……

牛角琴

月亮升起，垂下冰凉的耳环。
空寂的草原只剩下你我。
你是洁白的马尾，我是漆黑的牛角。

那一夜大雨倾盆，在窄窄的木桥相遇，我抱住哭泣的尾巴，和翻滚的草叶一起，把每一个陌生的路口称为故人，把每一次的日出叫作新生，让一行孤单的泪去安慰另一行孤单的泪。

那只牛角是寂寞的。
那只牛角上披着的风霜和星光是寂寞的。
以斑斓的蟒皮裹身，它的寂寞是传说，是骨架上的野花，是闪电中的战栗，是马尾上的爱抚，那些空洞的岁月就有了悠扬的回声。

我们没有家，整个草原就是漂泊的居所。
直到鹅毛大雪落下，马尾睡了，我也睡了。
别怕，我们还会醒来——

看银装素裹的世界，老艺人展开粗糙的手，从一双失明的眼睛溢出的幸福和忧伤是多么深不可测！

（选自《诗潮》2016 年 4 月号）

■［宁夏］李晓园　　**看黄河从历史中穿过**（外一章）

- -
站在黄河的尽头，"河清海晏"的梦想巍然而立。
- -

山揽河洛，黄河流经北国苍莽的穹野。河是水润中原的黄河支脉洛水，山是擦身而过峭仞巍峨的华山。

自古英雄论华山，论华山的奇秀，空绝万丈、山高峰险。华山掩映在蔚然云海中，披着婀娜多姿的霓裳，走近华山仿佛步入云天。

论华山，我想到历代君王华山祭天，望江山永固，盼万寿无疆。虔诚的祈祷抓不住那根救命的稻草，历史的烟尘已滚涌五千年。

风吹过华山的额头，吹走我头顶的帽子，我弯腰捡拾起岁月的书签，站在"险光一线开，窄峡夹青天"的崖壁前，我久久仰视。

"望三门，三门开，黄河之水天上来"，黄河在三门峡亮丽转身。

黄河之水过中州，在张择端的笔下，黄河富裕了中州，悠悠水韵承载了中原几千年的文明璀璨。

黄河穿过历史，我坐着《清明上河图》里那艘豪华船舶，散漫地打量着开封，听摇橹的船夫讲街头巷尾的故事，听马掌子嘀嘀嗒嗒淹没岁月的回声。

熙熙攘攘的人流，无法遮住花轿里粉红佳人对我的回眸。

河清海晏，我听到了大海深情的呼唤

我本带着一颗清莹之心，走千山越万水，奔向大海的胸怀，是我最终的夙愿。

在齐鲁，我嗅到了大海泓浩的气息，听到了大海深情的呼唤，看到了孔子在向我招手。

半部《论语》治天下，《论语》枕着黄河的涛声，焐热了一个民族仁、义、礼、智、信的道德伦理。捧着《论语》，月光下我找到通往智慧的甬道。

如果问我的一生有多久，似一片茶叶舒展，如果问我的梦想有多大，那是黄河穿越中华大地，奔跑 5464 米的区间。

骨子里的我性格是倔强的，血脉是纯粹的，脾性是无常的。它随着黄河这条桀骜不驯的黄龙，挟泥沙造陆地，一路走来更改河道却不改"黄河之水天上来，东流到海不复回"的终极方向。

在大河入海口，站在黄河的尽头，"河清海晏"的梦想巍然而立。走上前，触摸山河，梦想神圣伟岸。

此时，水没有尽头，只有开始。它们又以广袤的胸怀，向着太阳，向着世界，向着远方……

（选自《散文诗世界》2016 年第 5 期）

■ [山西] 赵正文　　　　　## 写意壶口

题记：河床在。爱在。浊下去。如果灯油耗尽，是另一片新土。

踏着这澄明的黄土，踏着这澄明的高原，踏着这高原之上黄土的黄，壶口，我来了——循着这激荡的涛声，在一朵明黄的浪花里，叩问我的生命之门，叩问一个民族的生命之门。

八千里路云和月。谁敢横刀立马，在此挥鞭，指点江山？这水与水的涵漾，这土与土的撕离，这水与土的交媾。泥沙俱下啊！清澈只属于童蒙，历尽沧桑，浑浊已成为一种难以分说的品质。正如一个人的中年。

莽苍取代了潺湲。这野性的抒情，是原始的冲动。切痛母体的奔流，只为化育灵动的生命。一场生死之劫正沿岁月的长河垂直跌落。天地之钟撞响。帝王的圣殿，嫔妃的华宫，以及这坚如磐石的胎盘，正被一脉至善至柔的水，冲溃，撕开。

疼痛啊！莽苍取代了潺湲。风花雪月的缠绵，被一袭浪花击溃为无法追踪的情怀。历经九曲回肠的相思，黄河，流到这里，是一场酣畅淋漓的爱。

是谁把贫血的秋风娶回家中？唢呐阵阵，锣鼓喧喧。柴扉推开无垠的广袤，暮色里，剑胆琴韵的交织已充斥天地。

充斥天地啊！这天是湛湛青天，是大晴大雨大喜大悲的湛湛青天；这地是浩浩黄土，是大美大丑大是大非的浩浩黄土。风风火火炽炽烈烈的，是一个民族五千年历久不衰的血性和肝胆。

十万水花卷土而来，蓄满历史和爱的纠结。泥沙俱下啊！泥沙沉淀为广袤的原野。大地倾斜，时光一声呐喊，一个纵身，一朵浪花和一粒沙尘，在狂欢里发出一声醒世的尖叫。

混沌初开。掩去凡尘旧梦，历史的影像在一朵浪花上舞蹈成绚丽的焰火。

是一苗浩瀚的烛火的焰心啊！烛照众生，晖丽万象。以声嘶力竭的昭告，诉说你对天地的赤诚。

是一苗浩瀚的烛火的焰心啊！盯着你，蜇伤的是眼睛，是贲张的血脉和暴突的筋络。

拒绝天缘机巧，生命之美本就是这一脉初始的躁动和不安。

除了力，还是力。一种流动在生命的最高处震响。而这一上一下，岂止是五千年？花开为春，花落为秋。你奔流，奔流，不记流年。

黄河啊！这永恒的喧响。这四季的雷霆。这伏于大地之上的一道长鞭，一袭闪电。不熄的火舌。东方飞天的水袖。东方是神性的诱惑，奔流是不息的脉搏。

大漠孤烟直，长河落日圆。只有这喋血的壮烈可以和这雄浑的景象匹配。这里没有白羽翩翩的鸥鸟，只有一身铁色的鹰。

暮色苍茫，高原开阔。冲出栅栏的马群消逝在远方。我身边只有你，和一声回荡在耳畔的旷世绝响。

悉聚于此啊！雷霆的力量。子弹的速度。雄鹰的飞翔。骏马的奔腾。生命的激荡。和时光的交驰。悉聚于此啊！

是悲吟，也是欢歌。而绝处逢生的勇气里，注定有大格局，也注定是大智慧和大气魄。就这样注视着你，心怀一种强烈的敬畏。高屋建瓴，势如破竹。只有绝壁悬崖的披挂才有如此张扬的势能，才有如此壮丽的人生。

有如此气度，人生岂能搁浅？金戈铁马，紫塞黄沙，一齐奔来眼底。阳关在摇晃，玉门在摇晃，青海在摇晃，巍巍太行在摇晃，八百里秦川在摇晃，五千年不断变换姓氏的历史在摇晃。

奔流。奔流。放浪的形骸皈依万劫不复的大地，怒吼的涛声激荡的是一个民族深层的隐痛和不安。

奔流。奔流。负载着苦难和泥沙，负载着贫瘠的心愿和荒芜的爱。

是神圣的母亲永不枯竭的乳汁啊！风沙扬起沧桑的老泪，我站在你宽广的额角，用诗歌触摸你眼窝里一望无垠的慈祥。

我的一母同胞的黄皮肤黑眼睛的兄弟姐妹们啊！请舞起红绸，擂响腰鼓。让这振聋发聩的轰响，震落窑洞斑驳的土坯，震落窗上陈旧的窗花，震落米脂的婆姨和高原村姑沉睡的梦。

米脂的婆姨绥德的汉嘞！一代又一代的黄河儿女，从母亲奔涌的泪花里，打捞起沉落的夕阳，用一篙羊皮筏子把剩余的光阴撑渡。

日出而作，日落而息。世世代代，枕着黄河的涛声，守着这一坨并不保墒的黄土，远离蝇营狗苟的尖酸与刻薄，憨憨地享受这难得的清贫。

黄河啊，壶口啊，壶口的瀑布与浪花。浊如泪，浓如血，稠如精啊！这雄性的黄风黄土黄沙黄水，早把那源头的一汪初始的女儿蓝冲刷，搅乱，涵盖。乾与坤的隐秘和神圣，就此衍生。然后，让久远的时空浸淫于这浑浊的奔流，一路咆哮，一路高歌，一路展现苍凉的筋络，暴突在宽广的胸膛。

然后，让大地倾斜，让夕阳沉落，让金戈铁马的历史，让秦腔晋调，让高原的大风和两岸稠密的灯火，随涛声入海，入无边无际的浩渺。

人世六道轮回。黄河，你是第几道？面对沉落的夕阳，我要说：不是美人迟暮英雄扼腕，而是王者归来。此刻，我最想要的是：白干老酒，三大碗，再三大碗，在这聚拢而来的暮色里，醉倒在你的怀抱。

（选自《散文诗》上半月版 2016 年第 3 期）

■［上海］杨瑞福

黄河纤夫（外一章）

注定这辈子必须逆水而行，不懂兀鹰为什么总在头顶盘旋？

当你把头俯向土地，就同时把赤裸的肩留给天空。拉过峭壁，拉过险滩，黄河是一根拉不直的纤绳。

注定这辈子必须逆水而行，不懂兀鹰为什么总在头顶盘旋？离开黄土又走向黄土，除了出门时，母亲倚门那一声深情的嘱咐外，你如今已一无所有。

吼起来吧，让嗓门嘶哑的号子响彻两岸！这时就有一个夜夜望月的陌生女人，又站在河的对面，唱一曲钻入云层的"花儿"为你送行。

盼望前方会有一汪静静的流水，可以盘腿歇在沙滩之上。用脚板磕出烟锅中残存的灰，这时回头看河中漂浮的皮筏，细细品味今生，是否是一种必需的挣扎？

从腰间解下珍藏已久的葫芦，拧开塞子，痛痛快快将酒从嘴浇到心口。

黄河石林

只要我决意直立，就必定判处终身孤独。

这样的选择，是否过于残酷？

如果命运是一场不能逆转结果的角力，那么，是否还有人会追随囚禁的我：当梦想渐渐粉碎为土，试图擦拭的日月之镜依旧高悬。

失去的光阴已经跌入河岸，鹰在头顶的悲鸣，当然被理解为一种伪善。只能说，你能发觉外貌因衰老而生的沟壑，请千万理解，坚石的心意更渴望黄昏之恋。

所以，我愿让自己削成，双林村黄河大鼓的一根鼓槌了。多幸运啊，混迹在众多的石林之中，擂响亘古胸中的痛。且不管向东流去的黄河之水，如何不解风情，至少，在分辨不清的浪涛喧闹中，号叫着一声我的悲壮。

（选自《中国诗人》2016 年 1 期）

■[山东]张玉华

透过米粒看黄河

我看到了沙粒上站立着的黄河，米粒上站立着的江山。

一粒米上站着江山。一粒沙上站着黄河。

撮起一粒晶莹剔透的黄河沙，和一粒米竟如此相似，一对孪生兄弟。

我把一粒沙看作了一粒米，我把一粒米看作了一粒沙。

多少次，黄河沙从天而降，埋没了万里青纱帐，本来的一粒粒米，变成了一粒粒沙。

多少次，一粒粒米从地底下钻出来，盘住了一粒粒黄河沙，千里黄沙上重新长满庄稼。

黄河，在农人的背上流淌！

米粒，在农人的心上长大！

那一年，没有一粒种子发芽，没有一朵花儿开放，母亲生下我，用泪喂我。

那一年，田里没有一棵庄稼，黄河鲤鱼在房梁间游弋，乡人们拿起那根打狗棍，走向异乡的炊烟。

多年后，黄河水退去，田野里长满了荒芜，夕阳回忆离别，翅膀拍打乡愁，乡音在黄泥间相拥。

那里是"野鹊窝"。那里是"饥寒店"。

这里人走南闯北，镉盆镉碗，修笼修簸箕，戗剪子磨菜刀，独具特色的吆喝令人痴迷，流离失所的乡音感动岁月。

这里成为义和团的起源地，流民带着满身满心的伤痕，学习十八般武器，念起神秘的咒语，大闹京津，扶清灭洋。

今天，我拿起一粒黄河沙看太阳，我看到了黑陶袅袅娜娜的身子，听到了老艺人嘴边的图腾，看到爱穿过涵洞的精美，将乳汁送到米粒们嘴边。

今天，我看到沉淀清澈的黄河水，送到德州，送到沧州，送到天津，洗掉了少年的氟斑牙，少女的"难以启齿"，老人骨头一折就断的恐惧。

今天，透过米粒看黄河，我看到了一条绵延不绝的中华血脉，气势恢宏，西下雪山，东流入海。

今天，我看到了沙粒上站立着的黄河，米粒上站立着的江山。

（选自《小拇指》诗刊 2016 年第 4 期）

■ [山西] 魏洪红子　　# 内心的河流（外一章）

依靠平静，澄清它的底色。依靠流动，不断地更新生命这条河。

每天，我都能听见，我内心河的流水声。

它并不平缓，也不一定清澈到底。我的那些过度的激动和悲情，释放出不少的污染物，尽管我努力消损它的毒性，减缓它的腐蚀，也致使两岸不少地方的绿草枯败，嫩叶萎靡。

至于树木，古老的早已不复存在，年轻的，新栽的，躲在不远不近的地方，也决不轻信我，只在那里偷瞄我。风送来它们的歌声。

那些鸟类，如白天鹅，丹顶鹤，褐马鸡此之类珍禽根本不在此歇脚，偶有一行大雁光顾，也大都是南迁北徙，寻找温暖去了，只留下一两声告别。

至于河中的鱼，这些思想中的灵感，有些已浮在河面上，泛起白肚皮。而更多还游着，具有了很世故的抗药性。

它们已不是我内心深处的颜色。它们正默默向心灵的边缘拼命狂奔。

我很想再次修复这两岸的风景，使这流水不带混浊和泥沙的声音。

我知道，我必须平静再平静，流动再流动。

依靠平静，澄清它的底色。

依靠流动，不断地更新生命这条河。

用群鸟的叫声彻底清洗一次树林

整整一个冬天了，窗外这片树林，就像一片颓丧的心情，沾满了土灰和孤独。

有过几场雪落下来，但它们没有经过枝枝杈杈，就径直落到地上了。或者经过枝杈时，害怕落在上面也孤独，躲开了。

也刮过几阵风。风来了，只是为了显示自己，它们借树林摆弄各种姿态，向世界宣告自己的力量。风过后，树林更加寂寞和孤独。

现在大群的鸟以旷野的形式来了。就让群鸟用叫声彻底清洗一次树林。

洗去一个冬天落在树木心中的阴影。洗出它原有的骨质和性感。

直至，把它们洗成一角好心情。

（选自《中国当代散文诗·2016》，中国书籍出版社 2016 年版）

■[黑龙江]荒原狼

黄河在这里拐了一道弯（外一章）

在无边的夜空下点燃一盏酥油灯，温暖自己无处寄存的灵魂

白云的毛巾能拧出水来，我没有拧。

清风的浪花上跑一朵鸟鸣，我没有抓。

轻轻伸出右手，我在流水的缝隙里，摸到一个民族从历史深处，递过来的温暖。

太阳在仰头时出现，历史在镜头开启时睁开双眼。谁能面对？谁能承载？

我静静地来了，在一枚黄河面前。我把那杯叫作南归雁的中药一饮而下。

就是一拐弯的时间，那个叫作格萨尔的王，再不能在这里饮马，打磨剑刃，并且在酒的国度里与我探讨人性，战争，以及诗歌里的风声。

此时，煨起的桑烟，肆无忌惮地盛开，无遮无挡地相爱。而高鸣的钟声已将尘世漫漶。抓一把黄河沙，轻轻填满走过的脚印。面对这条河，我疲惫的文字无法举起拯救的旗帜。

我只能在无边的夜空下点燃一盏酥油灯，温暖自己无处寄存的灵魂，也照亮黄皮肤的传说和寺顶金瓦的寂寞。

行走在天堂的隔壁

低诵六字真言的白龙江从小喇嘛的眼睛里逶迤而去。

青草没有说再见，空空的鸟巢没有扬起挽留的手。只有卷毛的绵羊，在如镜的水面，寻找自己的前生。穿厚厚藏袍的太阳，蹲在木栅栏上清点人世的炊烟。青稞的麦芒扎疼了谁的青春，放学归来的卓玛，在转经筒里擦亮一段回家的路。黑色狗，白嘴唇。黄瓣的野花在晾晒衣服。在白塔和经堂之间除了风，还有什么能够吹起尘世长长的毛发。

打开的格尔底寺，赛赤寺，它们在经书的墨香里给了谁静心和顿悟；担水、洗衣的喇嘛又给了谁平安喜乐与安详。背包的人，驮着自己沉沉的肉身。是向左还是向右，朱哲琴的阿姐鼓上盛开萨顶顶的万物生。有人在丽莎咖啡屋偷了半截午后时光，有人在仓央嘉措的情诗里不为修来生，只为途中与你相见。

掐一朵雨后夕阳，郎木寺露出被风熨平的笑容。这笑容啊，像极了小鸟的翅膀！如果你祈祷，那只小鸟就会在追求幸福的跑道上，为你振翅飞翔。

（选自《星星·散文诗》2016年2期）

第五辑　男人的高陆（实力21佳）

■[山东]韩嘉川　　　　　　　　船（外一章）

　　如同船在江上江在崇山峻岭里一样，上了这条船再也下不去了就是爱情……

　　扶着老树踏上船板的时候，翠鸟打湿了木质的码头，板缝露出的青苔是夏天遗留的微笑。

　　男人从柳树干上解下缆绳，扶着竹篙将岸推远。

　　那时女人开始划桨。腰肢使出粗壮的力量，甚至乳房也为之颤荡。

　　而斗笠和蓑衣退成了背景，与山的影子一起。

　　漫空的小雨敲打船篷开始叙述沿江的故事，水草与蛙声虫鸣做补充。

　　背景是芦席、枣红漆柜子上的被子枕头，还有板壁上褪了色的福字。

　　盛酒的塑料方桶靠着煤气罐，电视机上方的日历翻开在18号并做了生日的标记。

　　鱼干晒在竹竿上，做江水曾经的记忆标本；如同男人在吃烟女人在划桨一样。

　　如同船在江上江在崇山峻岭里一样，上了这条船再也下不去了就是爱情……

　　一次次与青山绿水讲和并妥协，滑腻的季节在细雨中，将青苔很仔细地嵌入木板码头的每一条缝隙，装饰着船家夫妻的生活。

没有影子的地方

　　我带着一束蔚蓝的浪花来到天山，却被这里的绿色濡染。

　　我带着一枚贝壳来到唐布拉，却被马蹄的烙印打上了历史的印痕。

　　我带着东海岸旧船板上的盐渍来到尼勒克山谷，却被一片柳叶一样的阳光唤起远古生命的回响……

　　在这里做梦没有影子。

　　在这里山鹰的飞翔没有影子。

　　在这里牛羊与马群的迁徙没有影子，连放牧人的鞭子与呐喊也没有影子。

那些空气与阳光编织的自由没有影子，像大海的元素汇聚成浪花一样。

（选自 2016 年《湖州晚报·散文诗月刊》第 8 期、《小拇指》诗刊第 3 期）

■ ［青海］宋长钥   **男人的高陆**

- -

太阳升起。男人的高陆缓慢展开

- -

1   秋深。青海男子西望：大雪直压昆仑，飓风堆垒寂地。
     父亲仍在沉默。他的疆域，花开伏地，人往高处，
     有不可言状的惊悚之象。
     他直视雪峰一侧睾丸覆盖半个草原的种牛，颇为得意。
     他的世界似是雄性具象的组合。

     灵魂游牧之地，一片阒寂。在痛中痛啊。

2   男人。
     男人的心史是被血泪铆定的记忆。他想起黎明，
     一块巨石爆裂——众草向上的力量改变着命运，
     天空成唯一的去向，他的目光砸开冰河。涌动。涌动。
     他在碰撞中进行生命和生命的对接。

3   男人在生活中奔走，一次次被黑夜淹没。
     他掩怀潜行。前方不可预知。前方是一柄断剑？
     一抹红光？一场大雪？一次没有交锋的战争？
     一弯清冷的残月？前方是两个顽童捣乱的一盘棋？
     是昨夜？是今天？是尖叫？是觳觫？
     是雄鹿撞向峭岩的一瞬？前方是父亲吗？

     前方仅是等待男人的生活。生命中必须踏上的大道。
     他想从大地下掏出太阳。

4   那时，夜的流苏沉如飞瀑。男子有些恍惚：
     废墟上一朵黄菊笑了，虚掩的雕花木窗内，绣花女子
     将一滴血染上花茎，那时，大风吹动青海，
     女子吹熄灯盏，无眠复起，念想之人尚在远方。

在众水低啸的寂地，他裸身走向大河，母亲的血啊，
男子泪落高陆，在生命逆溯的路上，
他察知的秘密从苦难开始。

而月下想他之人，久坐无眠。青海下起大雪。

5　太阳升起。男人的高陆缓慢展开：心在上午走一月的路程，
在下午也走一月的路程。
他把种子放在大地下面，他把河水浇在大地上面。
他把他举到天空，青海的天空，你的儿子长着你的骨头，
流着你的血。你看他在大地绝望的时候降下时雨，
他的确只是火焰，水和火焰的保护者。

男人。男人。你生活的地方，你就是一切。

（选自《诗潮》2016 年 1 月号）

■ [湖南] 郭　辉　　　　初　雪（外一章）

天使的笼子打开了，可怜的蓝灵魂，要带着温暖的泪水回到家乡。

这个夜晚，我听到寂静在寻找迷失的路。
天使的笼子打开了，可怜的蓝灵魂，要带着温暖的泪水回到家乡。
在央街以西，在安大略湖以北，白蝴蝶们纷纷坠落，使转黄的青草叶，
光秃秃的树枝，草蓬里黑雁和鸽子的气息，突然间闪闪发光。
"我是没有归程的流浪者，一辈子，就为了乞讨死亡和永生。"
这如同梦呓的细语，让钢浇铁铸般的超高 CN 塔，也止不住心旌摇荡；叫
加丁纳博物馆数不胜数的陶瓷，一齐睁开了惺忪睡眼。
当金顶教堂，那仿佛患了自闭症的钟摆，终于敲亮了凌晨五点三十分。
我看见窗外的安大略，翻过身来，用一双戴满银镯子的手，摊开了——
自己巨大的惊喜和沉醉。

多么爱

你黑亮的眸子，闪耀在白里透蓝的晴空之中，仿佛青鸟，于柳丝掩映的
天池里喋喋吸水，发出了梦幻般的轻唱。

这一双还只看过蓝天白云绿草红枫的眼睛，多么爱。

你细细的像新鲜葱白一样的小指头，你圆圆的比粉荷的花瓣，都要光滑细腻的小脸儿，怎么亲也亲不够呀。还有小脸儿上，浅笑时绽放的两朵蓓蕾，盛满了最高度的纯，盛满了最深度的天真。

抚摩着你头顶上的绒绒毛发，热烘烘的，暖融融的，有春风草叶的律动。不日，这儿将长出一片蓬勃的黑森林，黑森林下，无疑将生成，一座智慧的富于思想的生机四溢的大富矿。

多么爱。

你很少哭。哭的大部分因子，恍若是被天性中的镇定和平静删除了。一旦哭了起来，是闹吃。你依偎在母亲胸前，或是含着奶瓶的时候，就像是刚从饿牢里放出来的，一大口一大口地，吮吸着对成长的渴求，对人生的亲密度。

爱呀，爱到骨头里去了。

而你每每躺进小床，枕着轻柔的谣曲，潜入睡乡，时不时会狠狠地蹬脚，仿佛使出了全身的力气。是在长高，长大？还是要踢开梦中的羁绊？

更多的时候，你嘴角边，常常就漾开了丝丝笑意。像清风，像酒香，总是让我们的眼睛我们的心，酩酊大醉。

爱呀，爱到血脉里去了。

你喜欢吮吸自己的手指，把玩你的小手时，你常会舔着了我的指头。

而当我把老脸贴着你的脸蛋，一不留意，你的舌尖就会轻触一下我粗糙的面庞。那么温热，湿润，柔和，一如静水深流。

那是时光之刃，在心头刻下的快乐，甜蜜，幸福，与恒久的记忆。

爱呀，爱在生命的最深处！

去白瑞一百多公里，去格雷文赫斯特小镇两百多公里，你端坐在婴儿专用座位上，任车轮碾过纷飞的红叶，一声没哭，一天没哭，小人儿的大气，淡定，处变不惊，让突如其来的暴风雨，都失去了分量。

爱呀，爱得心都疼了！

终会有那么一天，你稚嫩的肩膀，将挤开大千世界的某一扇门。

把准备做充分些，不只是享受风景，还要面对风雨，风尘，风暴。

不仅仅品尝美好，更要品尝酸甜苦辣，人间百味。

无论岁月怎样变迁，记着，在你的身后，一直会有血亲，对你——多么爱！

天地会变小，而你会长大。多少年以后，你将会对现在的一切，遗忘殆尽。

那时，我们或许因阿尔茨海默病而蜷缩在床头。

那时，我们也可能去了天堂。

那时，尽管你已满嘴英语，甚至不能用中文，喊出对我们的称谓，但我们依然是——多么爱！

多么爱！多么爱！多么爱！多么爱！

人类的河流，因此而源远流长……

（选自《散文诗》上半月刊 2016 年第 6 期）

■ [安徽] 赵宏兴

异 域

它们的声音，使清晨薄薄的光变得透明，甚至在舌尖上能品尝到甜蜜。

在奔赴异域的旅途上。

火车在我的枕下，轰隆隆地奔驰。更加准确地说，是一个巨大的车头拖着一列长长的小木屋在滚动，速度与激情让车子发出呜呜的鸣叫。此刻土地还沉浸在黑夜里，村庄还在沉睡，这一列火车的奔驰，是土地上唯一的召唤。

我的卧铺与车头紧邻着，隔壁就是车头。多少年来，这是我第一次与车头这么近。

这么近的距离，让我倾听到我的心跳与这个巨人的心跳重合着，它的拖动，与我的拖动都是如此的沉重。

异域的土地充满着陌生。

阳光在树梢上在草地上栖息，绿色已不再是粮食，而是一个女人的皮肤，经过了常年的滋养和美容，呈现出娇贵的光泽。异域的风光已脱离了苦难，前生的苦难修来了今世的佛。风在低低的草地上寻找前世之旅，而千里迢迢到达的人，两手空空，两眼空洞。故乡的天空下，苦难仍在延续。

阳光在地平线上荡漾。

一抹金色的光，使短促的空间里有了神性。

一片水躺在远处的地面上，没有波动没有流淌。

曲径的路已被绿色淹没，唯有啃食的羊群，它们一身臃肿的白色，提前告诉了我来世的时光。

异域的一只鸟在叫。

它的声音婉转，清脆，流畅，仿佛可以看到它在枝头跳跃的身影。不，它们是两只鸟在对话，时而是长长的一句，时而是短促的一句，声音在它们细小的喉咙里滚动，充满了神性，人可以清晰地听出它们在歌唱自由，幸福和爱情。

它们的声音，使清晨薄薄的光变得透明，甚至在舌尖上能品尝到甜蜜。

公园里开始有了早锻炼的人，他们喁喁说话，时而有着一两声咳嗽或笑声。渐渐地马路上的车子也多起来，远处有狗的吠声，世间变得混沌起来，鸟的叫声也慢慢被嘈杂所淹没。

　　光线开始变大变得浓厚起来，这新的一天是一池宁静的水，心间的事是一朵刚刚诞生的莲花亭亭玉立在水面上。

（选自《禾泉》微刊 2016 年第 4 期）

■ ［浙江］虞锦贵　　　　　　**时光之殇**

落满花瓣或树叶，多少缥缈浮华和平仄，在大地铺展。

1　时光，仿佛秋雨淅沥，猝不及防，隐没现实的苦涩。
　　叶在不经意间枯黄，方向，忽明或暗。湖面反射的阳光，被过滤。
　　风击碎了风，尘覆盖着土。
　　时光与时光之间，没有过渡。

2　人生旅途有长有短，一条主线，若十岔道。悲欢离合与悲喜交集，人间百态。当生命尽头，是否还想演绎梦寐以求的飞翔？
　　看，静谧的幽香，覆盖了过往。
　　我临终的最后一句话，唯有自身的影子一直追随着自己。

3　时光，吹老了四季，也苍老了我的容颜。故乡的印记，逐渐陌生。远处的灯火，像翅膀一样穿过尘世云烟。
　　把我的影子刻进每一块石板，天老地荒吗？声音被雨水反复冲洗，纸上有轻微的呼吸。
　　落满花瓣或树叶，多少缥缈浮华和平仄，在大地铺展。

4　一路狂奔，寻找诗歌与远方。
　　我一次又一次举起手中那本忘记来处的经书，始终隔着一个世界。听梵音呢喃，禅意悠远。回首，来来去去的过客，执着于我，我执于念。还是去梧桐树下，打坐，放空身心，任斑驳的光影迷离。

5　在时光的隧道里，快速闪过一路欢歌的风景，一枚诗意的墨香，一生寂寞的守望。情深意长的是镂刻在年华中最美的篇章，经典的红尘恋歌。
　　听，风里有我的思念。在灵魂深处的世界里，更为动感的泪水，被雨点省略。

6　我沉溺于天空，夜色和无人的街道，心变得沉静。崭新的建筑群窗口透出的灯光，和酒，沉溺于各种明艳的颜色，换一盎司的快乐。

当我走进田野，带着些许忧伤，浮生如逆旅，立身简素，像这孤清的月光，让人怀旧！

变幻莫测的命运，在呐喊中奔跑，从生到死，多么像一场虚幻。

（选自《天马散文诗专页》2016 年第 12 期）

■［山东］英　伦　　　　# 关于羊的所见

但他们年纪还小，还不会联想到：那是母亲和他自己。

我不止一次看见一群或好几群羊，公然在冬天啃吃葱绿的麦苗。后来我才知道，这是麦地主人所默许的——

既然人力难为，只能让羊啃去

疯长的部分。

膻腥味弥散。头羊还握着三个响鼻，一记沉实而温柔的响鞭，击中我：

我眼前写诗的纸雪白，而我看见放羊的二大爷依旧面色铁青。

诗人大都混迹于市且自命不凡，甚至用"风把羊群吹到了天上"来描写白云。多么庸俗陈旧矫情做作而又非同一般啊！

二大爷说，俺是不懂，羊也不懂，只有那只生过九窝羊崽的老母羊，好像稍稍有些愧疚和脸红。

早晨的食欲性欲都最旺盛，但头羊却很安静。它知道春天不至，爱情不期。它也不需要去筹备任何馈赠，本能是最好的礼物，随用随有且不隐藏任何目的。本能就是目的。谁见过它给哪个母羊送过一把青草？

它唯一的殷勤，就是四蹄高蹈，甚至为爱决斗，折断犄角。

两群羊吃着吃着草，就吃到了一起。

两种膻腥味，混为一体。只有羊和放羊的人才能分出彼此。

不争斗，不嬉闹，也不打招呼，熟悉被漫不经心的淡漠掩盖，像刚啃过的草，不会马上长出新的。

头羊胡子蓬勃，额头如石，睾丸赤硕，犄角断折——
为性爱决斗，是一生的嗜好和职责：警惕和震慑的眼神，只对另一个。

此刻夕阳渐坠，天下太平，众羊只想在天黑前填饱肚子：
饥饿中的梦境，往往恐惧而虚幻。
两个放羊的人不急不躁，聊天抽烟，偶尔吆喝一声——
各自把到远处吃草的羊，喊回来。

傍黑能把它们分开的，只能是回家途中的岔路。
不约而同，它们会慷慨地撒一路黑珍珠，让星星和蝙蝠争抢，捡拾。

明天也许还能走到一起，如果月光没有抹去归路上的蹄迹，夜色没有扼死梦境和渴望，它们还是穿着昨天那身衣裳——
这小小的计谋，多么浅拙，但却会让白雪惭愧白云嫉妒梨花慌张，让山坡甘愿为其捧出一大片葱绿的，脑浆。

城里人看到羊，多数是在电视上；
或等待宰杀的餐馆前的树底下；
或孩子的图画本里——他们会画上一只大的领着一只小的吃草。
但他们年纪还小，还不会联想到：那是母亲和他自己。

（选自《诗潮》2016 年 12 月号）

■ [福建] 林登豪　　# 长汀三题

屋桥穿越心棂，架成人生之桥，演绎一场场必然的相遇。

丁屋岭

黑灰瓦挨着黑灰瓦，檐角压着檐角，起伏客家山寨的曲线，晚霞腼腆地滑过屋之棱角；
页岩垒成地基，黄土垛墙；
取景框中涌动玄石吊楼的血性。
依坡而筑的吊脚楼，翻阅丁氏家族的旧人旧事，滋润了几多春秋。
伫立湖边，又看到人世间趣闻逸事时沉时浮。令人心潮沸腾，只想濯足而歌。

登上岭下最高的观景楼，山风古韵扑面，经年不见蚊子，好一派的无蚊村，名不虚传。凝神极目，鸡群归埘，白鹅归圈，顶着箬叶斗笠的农人，行走在暮色的空间中。

山为灵，水为气，缠绕出客家村屋的底蕴。任凭阳光与月华细阅。

乾隆年间的古井之水波，荡漾记忆的褶皱。苍老的祠堂，星辰的光泽，家族的脉络，祖训的箴言，令后辈通体发亮，一张一弛。

四周茂木修竹，山花闪烁，弥漫清纯之香，令人涤心。

日月星辰不停地轮转，苗寨沉淀在湛绿的韵律中。

回溯丁屋岭，从文字伊始，停留于劳作的时空中，先人的踪迹栩栩如生，足音回旋，心灵的照壁。

永隆屋桥

一桥飞渡，与险山急流签订通天下的契约。

淳朴的屋桥，神闲气定地锁在长汀西南的关隘上，吐纳岁月悠悠的呼吸。

古朴的圆木柱，撑起褪色的思路，恍惚依稀。山风夜雨冲刷，天目自闭。

光阴有城府。屋桥在纵横。桥顶屋角欲飞天，梯在何方？

悬山顶犹如历史老人的巨眼，远眺蹉跎岁月的烟尘。

地崎路遥，渐行渐远，回身眺望，无法流连，行者的心情已绾住。

屋桥穿越心棂，架成人生之桥，演绎一场场必然的相遇。

重峦叠峰的召唤，开阔羁旅之人的视野，是谁枕崖临溪，晨雾氤氲，晚霞耀金。

翠绿虚掩桥身，乔木扶疏的倒影在溪水中怡然自得。月光搅拌溪水，难能涤清沉甸甸的心事。

屋桥的构架好似时光的隧道，犹如游人的时间入口处，悄悄聆听时空撞击的音响，指向蓝图的蒸腾。

偶尔，有只巨手翻开桥之发黄的经历。我只听到足音却不见来者，一瞬间就怀有旧梦。

桥之恋。人之恋。欲说无言。

在地球的隙缝中勾勒客家先民的智慧——

请人世间有缘人一聚。

长汀江源龙门

巨石冲大咆哮，宛若巨龙腾空。

石阶曲曲折折，信念顽强攀登。

是谁登上龙门之巅，只见田畴橙黄，丘陵含绿，渔歌晚棹。

有山路就有水。古道热肠沸腾水之源，孕育汀江两岸的生灵，谱写出客家大典。

一泓水就能荡出客家的激情。

一个又一个泉眼不停地汇聚，在我无法看清楚之时，已齐心协力穿流冲出龙门。

登上竹排，向先人作揖，遁水寻源寻根！

码头上停泊几多的官舟商，汀江水沉浮朝代的更迭。

是谁点燃一袋烟，呼唤客家母亲河？！

汀水聚力，汇江入海。

龙门洞开，不见鲤鱼跃龙门。

顺水而下，客家人继续大漂流——

一路的风尘，随水濯尽，质朴的身影，闪现全球不少的落角。

（选自《诗潮》2016 年 12 月号）

■［浙江］晓　弦

鹰窠顶（外二章）

一只鹰，准是驮着箭伤的那只，因了太阳的召唤，嚯嚯地飞向广袤的苍穹

鹰窠顶无鹰窠。鹰在一个多雾的早晨，飞走了。

留下神话，留下鲜活如游鱼的神话，以及缠满神话的项链般的山路。

任旅游鞋艰难地朗读，但怎么也唤不醒，那片溜进山谷的涧水。

已没有必要冥想，那鹰是怎样飞成雄鹰，怎样驮着滴血的箭伤，与庙宇上的经幡挥别。

涧水寂寞了她们的低吟，野罂粟默默生长，又默默止息。

只是居然在一个雾霾的早晨，一条路宕荡而下，自鹰窠顶，一只鹰，准是驮着箭伤的那只，因了太阳的召唤，嚯嚯地飞向广袤的苍穹……

特混舰队

蒙古包面对着一个大海，大牧场的海！

一条路连接着丝绸，一条路通往佛的居所；

另有一条路，通往早上五点，或六点；

几头奶牛正在途中，在海浪的花丛中踯躅或停留；

在草原，奶牛，是身穿迷彩的舰只，肚里储满的丰腴的时光。

这些奶牛，在花草中缓缓航行，像一块神奇硕大的橡皮，把安静的花草

的鲜绿，擦出深深浅浅的波痕；又像一支神奇的舰队，在悠悠地调防。

最后，这支训练有素的舰队，被纯银的月亮收编；

而陆军和海军做的事，几头奶牛做得更出色。

在大地的宣纸上

在空洞的天空飞，在宣纸一样的地上飞；

在山峦、树林和溪水的吟哦中飞，在田歌菱歌和棹歌里飞。

啁啾复啁啾。简单的生活，仿佛为告诉人们：

风花雪月是苍天的一个喷嚏，银装素裹是天女的一袭孝服……

所以，这些麻雀，整天张着竹叶般轻盈的翅膀，寻寻觅觅。兴奋时，稍稍拉紧生命的引擎，好让小小的肩膀，负起浅薄的欲望。

其实，她们一刻不停地飞翔，只是完成每天的宿命。而即使内心志存高远，也只敢离地三尺，好让飞翔之投影，接上迟暮的地气。

（选自《天马散文诗专页》2016 年第 5 期）

■［广东］黄　刚　　　## 海之魂（组章）

壳背上镶嵌着日的浪漫，也镌刻着海的沧桑。

高竖的桅杆渐逝在地平线上。

影影绰绰的桅尖，在湛蓝海湾的背景中泊成一道缥缈的风景。

日复一日，年复一年，时间的潮汐颠簸着大海这生命的摇篮。

A 乐章

浪尖飞出的笑声，传递出海心的劲搏；

鱼尾生动的摇摆如同海的子宫不休地膨胀、收缩；

岸边葱茏的草木，折射出海的生机与魅力。

海，生物之母，希望之源。

由此，喷薄出一轮血红的朝阳，由此，播射出生命的旋律。

B 乐章

海的心正与她的魂观照着，对流着，不舍昼夜，不避寒暑。

海的魂不在水里，也不在天上。它浅栖在咸湿的沙砾中，或者隐匿于厚重的横荒里。

徜徉在无垠的沙滩，或许你会随意地刨捡到一只壳，海之魂就浓缩在这里。

玲珑的一只贝壳，是海的微雕，是海的日历。

托于耳畔，是否谛听到海的呼吸？捧近眉间，是否觅得潮的喧嚣？

翻转着，壳背上镶嵌着日的浪漫，也镌刻着海的沧桑。

C 乐章

聚焦廓大的恐龙骨架，俯察显微镜中的三叶虫，你是惊诧、激动、恐惧还是平静？

用你的眼睛去剥落，用你的心灵去透视，用你的大脑去整合；

恐龙的骨架与三叶虫的纹理定会显露出一行简洁的文字——博大、屈曲、凝重、包容、粗砺、雄浑；渺小、细腻、浮躁、高傲；从这里，你是否已经演绎出了生与死、荣与枯、兴与衰、峥嵘与沧桑？

有人说"曾经沧海难为水"；有人说"沧海横流，方显英雄本色"。

这是对海的诠释与阐辩，也是对人的解剖与分析。

D 乐章

海是液体的人。

人是固体的海。

海的骨骼是海底的山，人的肉体是化合的水。

海的魂不啻隐于贝壳，匿于化石，也含于人的自身。

脚踩到何处，海的魂就在何处。

（选自《诗潮》2016 年 12 月号）

■ [福建]任剑锋

四川黄龙古镇

黄龙的命脉，它流淌着历史的沧桑，向明天奔流不息。

黄龙溪古镇，一座值得人们用一生的时间来流连忘返的古镇！

它古街磨光的石板多少人走过，可铭记于心的有几人？人们总是追逐着功与利，无心一路的风景。现在，请暂把世事放下，跟随我的脚步，将这美景慢慢嵌入心底吧！

　　这千年古榕树的根须漫无边际地盘踞，深入大地深处，仿佛向着久远的历史溯流而上，千年古庙的香火也依然茂盛，任岁月变迁，信众的虔诚不改，庙里供的那尊大佛也依然笑容可掬，看脚下小鸡啄米般跪倒一片，只为求家人的吉祥平安。可是，世有风雨，又有谁能保佑泥塑的大佛平安无恙呢？

　　暖洋洋的夕阳之下，徜徉在古街，一间又一间老店铺，一位位屏声静气精雕细琢的工匠……当那些祖宗留下的工艺成为遗产，唯有他们，还在心无旁骛地坚守着传统，拒绝着诱惑。

　　我，从海上丝绸之路的起点，来到这古水陆码头。曾经的"东方第一大港"与"光明之城"，承载过多少忙碌与繁华！你也该歇歇了，随我到吊脚楼上古色古香的茶馆发发呆吧，在一壶茶香里，一个下午，恍惚一个世纪。

　　窗外，山水相融无间，新旧建筑相依相偎，农耕文明成为水中遥远的倒影。雕梁画栋的古建筑历经风雨，依旧坚固；黄龙古镇用它的胸怀，在变迁中搭住了真容，守住了本相。不像那些旋风中狂热的城市，五千年累积的文化，几十年便给摧残得支离破碎。

　　水，古镇的血管，黄龙的命脉，它流淌着历史的沧桑，向明天奔流不息。男男女女们在水中狂欢，洗去风尘和伪装，还自己一副纯洁的面孔。黄龙溪的火把节，点燃了欢乐的海洋，手中的火把，舞动成上天入地的龙。究竟是龙在奔腾，还是我们的心在奔腾？情人节、圣诞节，不是我们的节日——西方人的节日，承载不了龙子龙孙的快乐！我们，要捡起将被遗忘的古老节日，在火中燃烧、宣泄，一个民族生生世世的渴望！

　　黄龙溪，是城市人的乡愁，乡下人的梦境。依山傍水的悠然，向来与高楼大厦无关。远离喧嚣，来看看黄龙溪吧，平静的水面下蕴藏着激情的波涛。

　　看，吊脚楼外的山峰，远眺，有车有路；抬头，云卷云舒！

（选自《散文诗》2016 年 7 月上半月版）

■［四川］曹　雷　　　　**遇见难**（外一章）

- -
　　雷声一会儿滚动一会儿呻吟，推过来的墨云山一样往痛里压。
- -

　　如果一朵花飞起来的翅膀，带着我离开地面，离开雨水和尘埃一切落下的低矮屋檐；

　　如果天空裂开缝隙，泄露了光的残渣，这未曾出现的景象让你们着迷；

　　是的，这很难，我很难把梦想画成四平八稳的形状。

为我担忧吧：后面的生活，就像挂满奇异果实的大树，再也躲不开暗处掷来的乱石惊扰。

如果最后也不能打开的秘密，只能交由身边的丘陵掩藏，你们要相信骨头和矿石一定做到了守口如瓶；
如果去夜空蒙上星星的眼睛，就能背诵万年前千年后的承诺，为所有的往事重续前缘；
这很难，是的，我很难让沉默破开门窗散为新鲜的空气。

你还是要问

雪地上，要是谁也不去落下歪歪扭扭的脚印，谁又能把寒冷真正关在门外？天高地厚的人世，看不到花色不同的成长，也就听不到命定的燕子为你呢喃，又哪来发芽的春天？

伏在栏杆边的童年，想象的翅膀飞得还是很远：空茫的天空下是空旷的日子，朵朵乌云，定是那太阳睡觉的摇篮。它不醒来，还有什么光亮能拉长张望的视线？

去往天堂的道路，曾经在许多的幻景里若隐若现。许多前赴后继的飞行，纷纷断翅折翼，掉落在地狱门边。落地的声音此起彼伏，又在哪里能找到擦洗伤口的盐？

我们就这样一天天长大，满脸已是沧桑容颜。明明白白告别了过去，却恍恍惚惚还在从前。就像头顶盘旋着的那只老鹰，画着一个个难以猜透的圆圈，终点还是起点，明天依旧今天？

（选自《散文诗世界》2016 年第 4 期）

■［四川］郭　毅　　　　**奔跑者**（外一章）

在这个虚幻的世界，实际上多么需要一滴清冽一滴提醒。

奔跑者，竖起的衣领，是寂静峭崖边被星火点亮的花瓣，是刀斧擦过柴火将燃未燃的通红烟雾，是脚掌盖过牛蹄印重新劈开的新辙。
他在那里招手，不晓得时间加快的速度。

他喊，他笑，像一个魂，弓着腰，一步跨过村庄。

他饿，他哭，像一个鬼，扮着花脸，不知道饱。

而静静的，是鸟翅划过马的嘶鸣，从他直身的盆口铺来光芒。

他在光中膨胀，放大，一寸一寸，高过一座山、一条河，将规则的土地不规则地踏碎。

他看见：麦芽吐翠，稻谷放香，自我的影子在美好中跳跃。

而洞开的前方，黎明的晨曦，在他的手背上螺纹般悄悄来到。

枯　井

说好不去追述，那青苔的烟雾，为什么在赤道两旁，顺着石板路飘散了。

这水桶，盛满的传说，因之风里雨里，一滴滴，有了荒芜的乡途。

即便扛着扁担，也看不见袅娜的女子，在笑声中捣衣。那青葱少年，也不会眯着眼睛弯腰偷瞥她鼓突胸脯上盛开的荷花。

一切仿若古典，在预言中成为过时的心愿。

干枯的镜面上，除了空，就是越积越厚的尘土埋葬的一张张生动的脸。

此刻，像有十五只桶，在井口七上八下，忙着演绎祭井的诗篇。

他追逐，她迎合，如同叶笛古老的爱，一旦沾上水，就死去活来。

而他，在这个虚幻的世界，实际上多么需要一滴清洌一滴提醒，

才不至于坐井观天。

（选自《天马散文诗专页》2016年第8期）

■［安徽］武　稚　　**荣家渡，我的故乡**

- -

我们把二亩三分地和整个田埂留给你们，我们只带着自己的姓氏上路。

- -

1　荣家渡，那么远那么偏，远到我认为它的脚下，埋着盔甲和王冠。多少年了，没听到它发出任何声音，有时候我想，它是不是从版图上消失了。

那些年荣家渡的阳光很稠密，荣家渡的庄稼也很稠密，但那似乎又是一块荒板地，它总也养活不了那么多的人。荣家渡的天黑得很早，荣家渡的冬天也很冷，冷到村民们总想拿着斧子劈风，冷到父亲也总想拿着斧子劈风。

我十一岁那年，父亲带着我们一大家子离开。荣家渡，我们把煤油灯和马灯留给你们，我们把二亩三分地和整个田埂留给你们，我们只带着自己的姓氏上路。留下爷爷和爷爷的坟墓，把心事埋得严严的，留下一条又一条弯弯的小路，像一个又一个理不清的阴谋。

后来听说，那里建冶金厂了，冶金厂到底也没冶出一粒金子。后来又听说，那里建塑料厂了，塑料厂一直流污、流毒。

这么多年，我们很少在语言中提到它，有时我们读别人的村庄，读稀疏的炊烟、初上的月亮，一边总是止不住地忧伤。

2　有时候我想，父亲想劈的，不仅仅是风。父亲在风中挥舞着斧头，他一定想劈更坚硬的东西。但是它们克制着、掩饰着，直到我们离开，它们也没有完全露出恶与原形。

那么多年，我们家似乎一直在等待着，等待着一场又一场风暴的来临，我们知道风暴的力量，我们不敢相信荣家渡阳光的平静。父亲心里一定多次骂过它们，它们是多么坚不可摧啊，现在看来，它们也就是一些小事物、小人物。滃河的水，湍急又不失安详地流过，滃河水在拐弯处也没有停息，我只在梦里轻轻凝视，匆匆走开。

荣家渡在空白处，也曾露出一些真容，它的树是新的，它的庄稼也是新的，它们能改过自新从善如流吗？荣家渡，我不知道一个外姓人，该不该把你怀念，该不该向你靠近。

（选自《中国当代散文诗·2016》中国书籍出版社 2016 年 7 月出版）

■［浙江］陈德根　　　　　　**无　垠**（外一章）

多么安静啊，几乎所有的声音都沉入了暮晚。

像一双巨大、宽厚的手掌。朝阳照在江面和鸟雀的脊背上，安抚着睡去和醒来的物种。

像提着一袋清亮的晨曦，爱人从早餐店打包带回豆浆、油条，仿佛又偿还了欠下生活的一张借条。

我们并肩坐着，看一艘又一艘运沙船，络绎不绝穿过桥洞。潮湿而黝黑的回声，是水波翻动时的声音，也是阳光躬身穿过时发出的声响。

头顶晃荡着，通电铁塔和沉甸甸的白云。

它们比人类自由和永恒。

一条河

我要对沉默不语的苍天追问，一条河到底哗啦啦地流淌了多少岁月。

我搂住一只低头喝水的羔羊。它和我一样，看一条河流从村头消失，要很久，才又在远处现身。

羔羊要到山顶吃草，望着日头一天天升起又落下。

我要到外面的世界去，在茫茫人海，跌倒又爬起来。

但我们看不到一条河的尽头。

它要走的路，比我们一生一世都要漫长、艰难。

（选自《散文诗》2016 年 9 月上半月版）

■［安徽］老　秋　　河水那样流着（外一章）

> 我的十指之间，燃起无数朵火焰，每一片，都绣满与生俱来的疼痛与幸福。

一只小鸟从河面上悄悄掠过，它孤单的鸣叫，溅湿了我的一身。

我守在这里，在一枚石子搅乱的水花中，不再寻找沉重的夕阳，也不必追寻风中的翅膀。还有一株小小的树，与我齐声欢歌。

我是一个伟大的指挥家，听从内心的召唤；我的十指之间，燃起无数朵火焰，每一片，都绣满与生俱来的疼痛与幸福。

平静的河水啊，什么时候才能目睹马群一样的呼啸，挟雷而至，让我真实地存在或是消逝。

冻土地带

它是如此坚硬，把所有的缝隙都堵塞起来。像是焊接的铁板，无情地封住大地宽阔的喉咙。我知道，在它冰冷的内心，还有一道河流百转千回，向着远方日夜奔波。也许捎去一封裹满体温的书信，随同一片落叶，抵达村庄芬芳的梦境。

灯火渐次亮了。如果谁发出一声冗长的叹息，它会不会缓慢地震颤，并由此开裂、折断，像一截枯枝，敲响一面沉睡的天空。

当微凉的二月迈着小碎步，匆匆而来，鱼苗追逐着水花；翠鸟扇动翅膀。唯有，这棵高大的槐树，还在它的怀抱，扬起一片片新生的嫩芽。

（选自《散文诗》2016 年 1 月号上半月刊）

■［云南］王昭荣　　高原之恋

> 你只想在这高原上静静盛开你生命的骄傲……

1　村庄很小，小得像一枚青涩的果实，在山坳里诉说着苦荞的故事。
祖祖辈辈耕耘过的这片土地生长着勤劳，生长着善良，可季节过后为什么收获的——
依旧是贫困，依旧是荒凉？

2　期望在忧郁的谷口。被风霜憔悴成枯草的痴情长满山岭，谁会来听它攒了若干世纪的话语？每个日子启开湛蓝蓝的心窗，再怅然的黄昏都要无奈地关闭……

3　躲闪而现的小径上，一群行路人携着青春而来，坚实的足迹走过所有的感情空白。你也选择了这样一条离心灵很近的路，踏上了高原宽广的胸怀。
除了我的牵挂，又有什么可以——伴你远离。

4　一截悬念筑起了我们别后的晨昏。
每当静夜，我蓬勃的相思郁郁葱葱，用这把永不生锈的钥匙，反反复复开启记忆的抽屉，翻阅我们往昔美丽的故事。真想成为一只翩然而至的精灵，停栖于你的梦枝。在黎明薄薄的温柔里，为你婉转思恋的心曲。

5　我只有把你托付给斜阳照料。你没有忘记把心时时邮寄给我，我知道了你在红土地上奔波于贫瘠，没有迷失。
在坎坷和苦难的山坳里，你就是那朵——开放不败的痴情！

6　云的那头依然是你的归处，西凉山仍是你来信的唯一方向。
夜夜的梦中总是生起许多絮絮的叮咛。如果怀揣一掬落山风，温软地拂过乡村的岑寂，在花开的季节，你会走进我们共筑的暖暖的家园吗？
我心甘情愿地做了你永久的承诺。

7　熔金的日暮里，你住的村庄生动无比！
没有人知道你叫什么名字，这不重要，可我知道，我远方的人啊——
你只想在这高原上静静盛开你生命的骄傲……

（选自作者著《点燃蓝空的遐想》，现代出版社 2016 年 6 月出版）

■［安徽］程洪飞　　　　**乌鸦飞过**

在你的手指刚刚举起的同时，眼前的一群乌鸦，一瞬间消失在辽阔的大野。

谁会说见过一碧如洗的天空飞过一只乌鸦？问谁，谁也摇头否认。真实情况，这只乌鸦已经飞过，在它身后几只母鸦同时飞过。滑过天空快速飞远的鸦们，散开的翅声、低鸣声以及掠过松林捎来的松木香味、泉水声，严严实实覆盖着它们经过的山野。乌鸦这些飞行中的细节，并不是要引起人们的注意。即使心情愉快的时候，飞过的鸦们翅声拍散花香洒落四野，同样不会引起你我的关注。在飞行中，乌鸦贴着天空一晃而过，从不落向任何一棵树，遮蔽树的即将发青或者干枯的枝丫；或者企图挂在树梢把自己打扮成一枚黑色果子而沾沾自喜。自古以来，它们是一群羽毛颜色发黑的鸟。漫长的迁徙途中，乌鸦们路过挂满红果的山谷，有时停歇在红果枝蔓上反复滚动、摩擦，用尖喙汲取红果浆汁，将自己黑色的裙袍涂红（大部分鸦群中的母鸦行为）。一群落翅草坪上休憩的公鸦们，则兴奋地一边摇起脖颈，一边拍着翅膀，一边看着涂身果浆的母鸦大声歌唱："红果红果变黑果，黑乌鸦，小公主，穿上美丽红裙子。"事后明白，这一袭红，最终经不住途中未来几场雨水的洗劫。如果某个时段，天空布满黑云，暴雨即将落下的前夕，这群迁徙的乌鸦刚好飞过，如几片黑叶子飘起，正巧掠过你的眼前，你不要指着那群乌鸦愤愤不平，引起你不祥心情的天空中的黑色云朵，绝不是因为乌鸦飞过时溅落的黑色素染成。它们只是偶尔飞过你的眼前，在你的手指刚刚举起的同时，眼前的一群乌鸦，一瞬间消失在辽阔的大野。

（选自《新诗想》2016年第3期）

■[广西]庞　白

万物花开（外一章）

当我的迷恋，高过我的目光，千山安静；当我的默想，低于我的膝头，万物花开！

群鸟高飞。它们的翅膀高过云朵。

感谢上苍，让它们有足够的空间漫游，成为永远没有死亡的飞翔的影子。

而植物依然低矮。

所有植物，在四季往返的途中，经历无数干旱和欺骗之后，终将消失于黯淡，成为我的躯体、呼吸、祈祷、渴望，成为我奔腾不息的贴着泥土的梦想……

啊，当我的迷恋，高过我的目光，千山安静；当我的默想，低于我的膝头，万物花开！

高原上的白羊

白羊们一边在绿草上吃草，一边向草原深处走去。青青的天穹下，这些白，渗向青绿，把草原染成花白毯子，慢慢铺开。

它们一直往天边走。

我跟在它们背后，用迷蒙的脸正对着镜头。我想让朋友帮我拍一张相片，和这些白羊一起成为往事中某个时刻的一节念想。现在看来，我失败了。朋友拍下的只是我被太阳晒成褐色的特写的脸。只有我自己才知道，背后那些白，是白羊，青，是青草，青绿和花白的是大草原。

白羊和青草与镜头里的我不但不融洽，而且它们在相片中仍然像那天一样，慢慢向天边走去，没有一点留恋。

（选自《星星·散文诗》2016 年 4 月号）

■［广东］陈计会　　　　**现实一种：道**

　　当然，也只有脚的解放，才有道路的自由延伸。

1　斧子是一条道路。

他挥舞斧头，泥屑纷飞，岁月纷落，天高了，地沉了，看见阳光了！

人，破壳而出。

自由，拜一把斧子所赐。

还是握斧的手？

2　青牛是一条道路。

向西！向西！一路向西，风沙滚滚。

西出函谷关。

他放下羽衣，放下经卷，放下心中一切束缚，骑一头大青牛，走向灵魂的开阔地……

3　大鹏是一条道路。

水击三千里，扶摇直上九万里。

超越人世的倾轧，超越现实的逼仄，挣脱名利的缰绳……你的翅膀扇落苦难，扇落疼痛和歌吟……

这是黑屋子里无法感受到的。

或许他能想象。想象是一支箭，能否把屋顶射穿？

然而，这始终难免有逃避之嫌。

4　火是一条道路。

它是普罗米修斯开辟的。

虽然它伴随着饥馑、铁链、钢钉、风暴以及神鹰的利啄，伴随着撕心裂肺的疼痛，但是千百年来血迹斑斑的山道上依然有攀爬的身影。

罗马鲜花广场，布鲁诺的铜像经历了岁月的淬火。

赵家楼的大火照亮了黑夜的一角，让一个时代曙色大作。

不在火中诞生，便在火中消亡。

譬如飞蛾。譬如火凤凰。

譬如那尊兀立的女神。譬如她脚下被打碎的手铐、脚镣、锁链，一切束缚心灵的物件。

火在引领。火在呼唤。

黑屋终将在一朝焚毁。

然而，它却不会自动坍塌！

5　"道可道，非常道。"

道路通向何方？坦途？泥淖？死胡同？

只有脚知道。

当然，也只有脚的解放，才有道路的自由延伸。

（选自《星星·散文诗》诗刊2016年第8期）

墓地里的影子

■ ［江苏］ 占　森

那儿似乎总有薄雾在萦绕，你若陷进去，就走不出来。

不敢去墓地，那儿的树木像锯齿，有切肤之痛。枝丫像撑开的手掌，似具压迫感的网。那儿似乎总有薄雾在萦绕，你若陷进去，就走不出来。

可是，你多么需要走近它？走近旷阔具有回音的地方，像空留一只被捏成了核桃的心脏——在地面反复上下弹动。你要在那感受一种节奏，节奏里渐渐出现的锐角。

当一个人，把温热气息返还给虚空，当一颗石子无法适应奔流和沉淀，一片叶子无法在根部握住自己，那它们都会成为影子。多么公平：一致的漂浮和倾斜。

不敢去墓地，无碑坟和无字碑对那些"车马亭塔"的齐全者来说，是如何卑微与残缺？这阴暗会有更多折射，仿佛能让本该静穆的，不生安宁。而那些影子，也有的"饮水如针""吞食如火"，有的却"坐受供养"。

一阵翕动，好像有个影子爬了出来，不知是从坟茔还是某个缝隙。月光洒在它的身上，并无异样，除了一只短短的"犀角"（它一直努力蹭得坚韧）。它呈半透明的状态，饥渴瘦弱、脉络分明。它会偶尔看一看那片村庄，接着就开始咳嗽、晃动，从脊背弯曲的幅度，你觉得就像离家多年的小兽：梦里也反复出现过的画面，如此熟悉。

月色，此时把你的影子也拉得很长（你从未合拢过它）。你崎岖地移走在墓地边缘，而恐怖的范围却不再受限，似乎走到哪里都有片泥潭，泥潭里有要抓住脚跟的手。某种逼迫，使得步伐也变得鬼魅，无法捉摸。

该，如何进入一块墓地？那些松柏、十字架，高高地隐喻、插向云洞，一定在缝合着什么。

而你在它面前，有好多伤口——既想呈现、又想遮蔽。

（选自《中国文学》2016 年第 3 期）

■［云南］莫　独

搓　摸（三章）

搓摸，比你起得更早的，是黎明和舞者的舞步。

银镯子

小锤已落。叮叮的敲打声，已冷。
而火，并没有熄灭。
固态的河流。雪白的环，空出腕，藏起蓝焰小小的苗。
从最细柔的腰部弯曲。每一条鱼尾纹，都规规矩矩，遵循风情的走向。
成色，这次和你一起，被死亡掂量。

时辰已到：冷硬的身躯，沉没到蚕丝被雪白的怀抱里。
谁，最后用自己的手温，里里外外地擦拭，收住泪，俯身，轻轻放置。
夜，密密实实地罩下。
再也无须言语。搓摸，唯一的殉葬品，就在左侧，掌下，硬硬的，出手可及。

银　钱

曾经，被你埋藏得很深，不见天日。
曾经，刮遍你的身体，一寸一寸，把病体刮出血色的淤红。
而再次显现，依然和你有关。

但已经和病痛、珍藏、空气、炎凉、日月、昼夜……
无关！

呼吸已断。僵硬的躯体，已冰。
习俗急步跟上。
搓摸，一枚银钱，陈旧、暗淡，横在嘴唇。
是想用世俗的念头，企图测出你的体温？还是想在九台坡焦渴的路途，替你说道？

铜钱舞

一路，铜钱声响亮。
一路，走得安然从容。

下半夜。竹筒已停，莫批已回。
时辰到来。
搓摸，比你起得更早的，是黎明和舞者的舞步。

一米余长的竹竿，暗褐、光滑。
串在竹竿上的铜钱，成串、成叠。
男子的脚下，疾步如飞。
喳、喳、喳，喳喳……搓摸，耳边，风嗖嗖。
飞舞的竹竿，一次次，指向无尽的路。

（选自《星星·散文诗》2016年第8期）

第六辑　独白·破绽（精短20佳）

■ [河南] 彭俐辉

原　谅（外二章）

时间应该原谅我了，我漂泊十年，已经付出，面目全非。

十年，我原谅了许多。

许多应该也原谅我了。

我要慢慢来，就像慢慢活一样。

天空原谅了雨水，聚原谅了别。

时间应该原谅我了，我漂泊十年，已经付出，面目全非。

我用小刀裁一张纸

纸需要剥离，一分为二，或者，二分之四。

裁纸的时候，不但要量好尺寸，且要把小刀磨快。

以免行进的途中，打盹、转弯，或者留下一个缺口。

以免割去多余。

就像我往回走，捡拾一片时光时，一要择取天气；二要扶正心情。

城市背后的山坡

有人的山坡，才更像山坡。生机而蓬松。

石头闲着，鸟闲着。

它在等，等一个人把山坡降低。

等他在城市受伤以后，来敲响花草树木。

听风，或者掏出弹弓。有轻无重，有多远想多远。

时不时，麻雀一样嬉戏，跃在林间。

它在等。等是一个漫长的词。

（选自《诗潮》2016 年 12 月号）

■ [山东] 刘向民

独　白（组章）

一个九月的回眸，便将澎湃的魂魄，流落江湖。

斧　头

斧头，黝黑。发出沉着的光。

只想放弃梦想和幻想，以力量和厚重展示着沉默。

做每一件事都要端端正正的。一斧头砍下去，就可寻找到事物的本质。

斧头，让木头变成木头，又让木头变成疼痛。

是一种宿命，是一种春天的宿命。

斧头，一件简单的工具，表现出不平凡的手段。

沧　桑

我在寻找真相。在春天里，先从寻找一朵花的内涵开始。

岁月之上，太阳明晃晃地让人眩目。

午夜惊魂，让一棵树的嫩芽至今仍在颤巍。

我望见一米之外的鸟，羽毛脱落，失眠的眼神在梦的深处尖叫。

积攒很久的绝望与寒光坠落于眉宇之间，让耳朵和雪花都惊觉起来。

关山重叠，荆棘丛生，一个九月的回眸，便将澎湃的魂魄，流落江湖。

废　墟

所有的时光都生着锈，锈结松散着，却依然拧结着，紧闭着口。

倒塌的时间，掩藏着经年的繁华，把阴郁一直压在孤独之下。

一只沉默的乌鸦站在一块断砖上，默然地望着灰暗的太阳。

一朵小黄花，盛开着承诺。花朵高过了节气和落日的高度。

饱含泪水的言语，叙说着死亡。疼痛和骨头相撞的声响使空旷更加辽阔。

打开晚风的窗口，一匹马驰骋而过。踏着长矛刺穿的方向，擦亮青铜的本质。

孤　独

我总是站在一棵树上，看一只鸟站在枝丫上。

不鸣叫，也不跳跃。它是否在望着我？我一动不动。

风吹过来，头发有些零乱，却是一些空洞。

堆积的草垛，摇摇欲坠。腐败的草梗散发着无奈的潮湿。

一支哑琴散落在墙根。我端坐在一块石头上，记不清是夜或昼。

这样的时光，我不能在雪地上行走。

那么，我能否用十根手指写下对孤独的十种表达？

（选自《中国当代散文诗·2016》中国书籍出版社 2016 年 7 月出版）

■［广西］李然厚　　　　　　　　**鹰**（外一章）

仅仅是食物诱惑，一只鹰，忘记了天空，忘记了飞翔……

一只鹰，站在他的肩膀上，乖巧、温顺。

一双眼睛，是平视的，已没有刀子一样的光芒，好像来来往往的行人，都是它的朋友；

一对翅膀，低垂着，低垂着，只是懒得有力振动，哪怕仅一下；

两只爪子，还是那么长，只是锋利不再，已不是一抓血肉模糊，再抓致命的钢爪。

望着鹰的侧影，我想起它箭一样从半空扑向黄鼠的凶猛，想起它飞越崇山峻岭的身影，想起它搏击长空的雄姿……

从一只鹰到一只宠物，难道不需要笼子的牢房，不需要绳子五花大绑？

仅仅是食物的诱惑，一只鹰，忘记了天空，忘记了飞翔……

吊钟花在说爱

涨红了脸，大着嗓门儿，在晨光中，把爱说出——

给你一抹朝霞，给你一缕芳香，我正以你喜欢的方式，一瓣一瓣打开；

我一直在轻轻颤抖，心，暖烘烘的，我，只是一团灼伤自己的火。

春风啊，当你从枝丫中经过，请你放慢脚步，为我，稍稍停留；其实，我从没想过把你留住，只想你路过时，顺带把我的青春摇响……

（选自 2016 年 9 月 5、19 日《玉林日报》）

■ [四川] 杨 通　　　　# 鹰 语（组章）

鹰，燃烧的影子，喊满山川。

大风之翼，擦亮沉默已久的言辞。我的心尖上竖起欢乐的火焰。
瞬间坍塌的，不仅仅只是一座华丽的城池。鹰，是天地间最后一只慧眼。
鹰，燃烧的影子，喊满山川。
苍穹为之感动的，是我们终生学不会的，旷远、练达的鹰语。

生 日

曾经的想望，只在夜色里飞。
今夜的月亮，叙说不了岁月的圆满。
只愿，母亲温暖的烛光，燃尽我内心的伤痛，燃亮我明天的前程。

荷

岁月的雨声，落水生根。
在水上行走的风，已提不起嫩绿的衣裙。
七月的阳光，像恋人的手，在热浪上，为我撑开凉荫荫的小伞。

生 命

一片叶子，在秋风中落下。
从叶子的背面，我看见阳光生生不息的翅膀。

怀 想

月光的脚步，浅浅地趟过春泥，像一位吟诗少年，把玫瑰和诗意植入深梦。
这一束小小的亮光，穿透心的暗室。
我看见一个人的身影，如蜂似蝶，慢慢褪色。
今夜的月光，是一种彻骨的低语，被我越抚越香。

（选自《星星·散文诗》下旬刊，2016年第5期）

■ [安徽] 司　舜　　　　　# 破　绽（外二章）

　　烛光，那是夜晚的破绽；梅花，那是寒冬的破绽。

　　烛光，那是夜晚的破绽；梅花，那是寒冬的破绽。眼睛、耳朵、嘴唇和呼吸统统都是心灵的破绽。破绽一旦显露，我们就最真实。

　　我们有时守着一厢寂静，忽然听到琴声。那是一个人在想念另一个人。我们坠入的那种境界，正好是我们大家共同的破绽。

　　破绽是不知不觉一定要露出来的。

　　我们诞生时，她在身边；我们灭亡时，她还在旁边。

目　的

　　目的是看清那只小鸟。

　　我打开窗户，同时也打开心灵。活泼的叙述者，她无限端庄、妩媚，敢于旁若无人，并且把叶子和花瓣的隐衷一一说破。美好的春天，至此全部形成。

　　其实，像她这样的心情抑或态度，我也拥有过那么一回，只是我略微比鸟想得多些想得更深远更复杂一些。也许是我太过浪漫，反而不会飞翔。

　　目的是看清那只小鸟；

　　目的是翠绿地眺望一次，然后洁白地甚至金黄地思虑一生；

　　目的是放飞心中的那一只……

缄　默

　　还没有到说出的时候或者并不急于说出。

　　我继续保持着缄默。继续保持着对无边寂静的倾听，也保持着对暗淡里孕育的光亮目不转睛的注视。爱情依然被春天裹得紧紧的。我仅仅看得见爬过墙头的第一枝花蔓，听得见经过路途的第一声雷鸣。我想说出来，像闪电那样。但我仍然不便说出。

　　我只是感觉到眼眶里涌动着的是多年以前的泪水。

　　我只好继续保持着缄默。像一片情感沉郁的低云，对所有的光芒保持着敬畏。我甚至想到，是离开自己的时候了。

　　也许我不需要开口，有一个巨大的声音已经炸响——开花！

　　　　　　　　　　　　　　　　　　　　（选自《诗潮》2016 年 3 月号）

■[辽宁]晓　林　　**我再一次空出自己**（组章）

一只杜鹃，把它的黑夜分担在两个翅膀上。

1　他把头低到他抱紧的双膝上面，打盹儿。他斑白的头发，带着槐花的反光，瘦削的肩头，从旧衣衫的下面向上凸起。一头老牛，眼神浑浊，正在他的身边埋头吃草。偶尔替他抬起头，看一看远处毗连的田地和山岗。风儿吹过，谁在说，流逝的我们，有过这样的记忆。

2　一个人在大山里奔走得太累了，他放下自己，在山脚下躺下来，叫作墓；他还想坐起来的姿势，叫碑；而他继续延伸的小路，叫作一声长长的叹息。

3　一只白鸟，把孤独分成霜冻的左翅和右翅，这样，它可以把寥廓的忧伤化为飞翔的力量。其实，天空这么大，学会单飞是早晚的事。它老衰的羽毛，带着空气的鸣响，在渐浓的黑暗里，归于苍莽的空林。

4　母亲让我帮她将一根线穿过针孔。她还想用细密的针脚走路，走一条老路。那根针，缓慢地迈步，带着那么长的牵扯，让一段旧时光得到重新修补。母亲不愿意放下她的针线，她说，新三年，旧三年，缝缝补补又三年。她做针线活儿的时候，仿佛是她在教我们走路。

5　一只杜鹃，把它的黑夜分担在两个翅膀上。它的歌声，可以代替月光使用。当它在阑干的星斗下面，飞过一座城市的寂静，并将寂静彻底打破，我的一颗乡心，因为它的震撼，而受了内伤。其实，它并不是故乡的那一只。

6　夜晚暗度槐花，在我河之南，在我河之北。年年槐花，都含着谦卑的白，以民歌的形式，给大山的阴坡阳坡，带来一场局部的降雪。它让一只夜晚的杜鹃，从槐花的纷纭里，把内心的爱，从夜晚深处，一声一声地解放出来。我想起母亲的头巾一样地白，想起她操持的日子一样地白。

7　一头牛说，我的脚印只有被埋在泥土里的那些，才是真实的。

8　草儿是自恋的。它小小的情怀，扎根土地，向天边拓展，它一旦变得博大，它就叫作草原，它会把一只怀孕的母羊，托举到一个母亲的位置上，让它在三月漫过的土丘，产下一朵白云。

（选自《天马散文诗专页》2016 年第 3 期）

■［山东］曲全胜　　　　　　　　　# 帆

帆，轻快的云朵，与一轮浴血残阳，在海上擦肩而过——

1　帆，背负洁白、兜满风的行囊，常年在海的浪尖上，漂泊。

2　帆，被狂风撕开一道道口子，像一面伤痕累累的旗帜，挂在桅杆顶端，迎迓日出。

3　渔夫手里，桨是弓；
　　帆，是一张弹拨风雨的竖琴。

4　打开，又折叠起。
　　你是一部古老的航海史册吗？

5　黑色风暴压过来，帆，像一位弓腰驼背沉着应对的老渔翁。

6　岸畔还有多远？
　　帆，梦中的礁丛，摇曳航标灯朦胧的星火。

7　帆，轻快的云朵，与一轮浴血残阳，在海上擦肩而过——

（选自《诗潮》2016 年 8 月号）

■［上海］王崇党　　　　　　　　　# 清明雨（外三章）

我的山谷，是一张微开的嘴唇，正轻轻说着我的闲淡与富足。

那些父亲本来应该在的地方，现在都空着。

我看见风呜咽地围着那些空打着旋，卷起地上的香樟叶，像抛洒着若干年的纸钱。慢慢地，那些忧伤的风抬着那些空，就像抬着父亲的灵柩，越来越远……

一场适时而下的清明雨，滚烫地下着。

唱　片

我来到这座山时，它只是一座光光的秃山，像一个谢了顶的老人。

我取来锯子，我要从老树桩里取出年轮的唱片，锯到一半的时候，我哭了——会不会有后来人，像我一样来锯开我们的白骨，要找到尘世曾经的繁华。

山　谷

不要再妄想抓住什么，能抓在手里的都是把柄，都是掣肘。

山谷正在轻轻合十，为万物生灵祈祷。

仙居山谷，我已没有太多奢求。一些时间，我交给饮食俗物，一些时间我与古松对弈。我每落下一子，都会等松树落下它的松子。在深深的暗夜，我与星空博弈，总是自作主张地让一颗星星亮起来，又让另一颗星星暗下去。

我的山谷，是一张微开的嘴唇，正轻轻说着我的闲淡与富足。

出　神

周围的人神采奕奕时，人间便是天堂；

周围的人黯然无神时，人间便是地狱。

我时常入寂静深山，喝山泉，吃松针，听鸟鸣，走萨满的禹步，与天地万物沟通，随遇而安。我无驾而行，清点大好江山的细软。冰河递上来的奏折我看一页烧一页，暂且允许土里的种了围着壁炉做梦，顺便把拟好的春天交给清风。

我深信，出过神的人，才是活过的人。

（选自2016年《诗潮》《诗选刊》《上海诗人》）

■[广东]容　浩   **流浪歌手自白**

- -

赵晓静说，河流是别人的河流，故乡是别人的故乡。

- -

1　其实我觉得自己很安稳。慌乱的，是那些脚步声。

我的头上有了些许白发，它们亦算安稳。尘世中没有不老的皇帝，浪子心中却有穷尽的远方。

2　我不能总唱欢乐的歌，也不能，总唱悲伤的歌。

人们需要的东西不一样，过于坚决，往往让人绝望。

3　每天都有一些目光，拭擦我的声音。他们喜欢我，如我喜欢制造琴弦的金属。当然我也有不被理解的部分，比如愤怒的头发，比如被眼泪按在木桶上。

在胸口，我也有一些不为人所知的光荣。

4　妈妈不知道。妈妈以为我住在工厂里。

妈妈不知道。小苹果赵晓静已经远嫁他乡，她本应如此。她不可能继续用爱的骄傲来维持日常。骄傲和痛，是插入彼此的小刀。

妈妈不知道，我也刷新了一遍。此时大风街头无尽处，一樽水酒月明中。

5　我也犹豫过，但犹豫啊，让内心像这条河涌一般浑浊。我有时坐在河边等待，我知道不会有大鱼从这里经过。

赵晓静说，河流是别人的河流，故乡是别人的故乡。

6　怜悯的目光错了。其实我并不痛。

有人需要付出慈悲以自证，而我需要孤单和地下通道里不多的幽暗。

我喜欢那些人有时候走近我，但归根到底，又是遥远的。

我喜欢每天都有很多车在我的头顶上叫嚷，呼啸而过。

7　作为一个道路观察者我可以告诉你，不必过分担心歧途和迷失，并且时间也有纠错功能。那迷途者曾向我问路，终得正解。而除了给予回答，我还祝福他们。

我渴望有一天他们也祝福这隧道，祝福我身旁的地摊——让那些小玩偶，也成为有家可归的人。

（选自《散文诗世界》2016 年第 4 期）

■［安徽］陈治军　**叶尖上坠着的露滴**（组章）

他在挖掘黑暗深处，亮着的香火：祈愿。

树荫里的光斑

目光奔向落日的那边，谁会被一道道圆弧刻意地渲染。一片树影和另一枚落叶之间，黑白键循环不断。请让一缕星光，垂挂在羊毛的尖端。

神啊！睁开眼吧！树荫里一枚枚小小的光斑，渴望回到曲谱之上，已有多年。

初　春

满眼白茫茫的静……一只寒鸦。一粒黑影。一个休止符。让一行曲谱的寂寞，冻得打了一个冷噤。耳麦里，中提琴独奏的乐曲，担忧地停顿了半拍的路程。

忽然：低沉的乐音内部，传来了冰层破裂的响声。

望　春

栽下一棵冬青。用虔诚，在枝头点上花唇……

要轻些。再轻些，你就能听清雨水，融进土地的心跳声。就像弘愿寺里，敲击的木鱼，正一滴一滴，打湿了寺前的塔影。

我悄悄地用微湿的指头，抹了抹去年冬天就已经干裂的嘴唇。

朝圣者的背影

因为词语的后面，潜伏有黑暗。于是：他省略语言，身背寺庙，点亮了心中的灯盏。

紧贴地面叩拜。接着又匍匐地站起来。

他在挖掘黑暗深处亮着的香火：祈愿。

（选自《天马散文诗专页》2016年第5期）

■［湖北］牛合群

那是一盏怎样的灯

看一棵树，远比一个人的思想辽阔，比想象更为出色。

1　一棵老树，就是这片荒野上的灯。

靠近故乡，瘀血结痂，雾锁万千，迷失灵魂。

孤独，是它最好的智慧与财富。

2　时间仿佛在这里定格。

飞来的鸟与飞走的鸟没有什么区别，羽毛与枝干内的液汁一样流转，转出瘦天与肥土。

一枝不动，百枝不摇。

3　黑夜的朝圣者，不坐火车，不骑骏马。

弯腰，屈膝，在黑暗的河流之上安放尘世词根；心若磐石，禅光安坐在石头之上，把迷路的萤火虫送回家。

4　这小小的旷野之地，静得可以听得见一瓣羽毛砸向树梢的声音。

月亮不再下沉。就那么停在树腰，清冷的轮廓，仿佛一举手就能和盘端出。

5　让我屏住呼吸，止步不前。

只有，也只有把自己站成这梦的一部分，站成一棵树、一盏灯。

6　我更愿意走进那盏灯，做一只飞蛾，体验它朴实情怀内的一种燃烧自己的冷峻。

7　看一棵树，远比一个人的思想辽阔，比想象更为出色。

在寒冷中落叶，在寂静里返青。

8　风来难隐野树香，无人也自芳。

当整个灯光都从你的眼前走过，或许，你会发现一些闪光的动词。

（选自《天马散文诗专页》2016 年第 6 期）

■［黑龙江］贾文华　　　　　　**星**（外三章）

那么远，那么弱，却从没停止闪烁。

这盏盏不起眼的灯光，是在为您守夜的呀！

那么远，那么弱，却从没停止闪烁。

妈妈，还记得那个卖火柴的小女孩吗？

忘不了呀，在那些寒冷岁月的冬夜，您用皲裂的指头拨亮煤油灯，暖着书本上的那个小女孩；也暖着灯下专注地读着故事，我天真幼稚的眼神……

通往坟茔的小路

自从妈妈的骨灰移往公墓，通向她坟茔的那条小路，就被岁月搁在山那头。它曾经多么用力地拽着，一缕化为青烟的身体。

而今，风筝飘落了，这根孤零零弯弯曲曲的绳子，还留在野草丛生的山坡，回味当初发誓不松手的那股子韧劲。

雨　水

妈妈走的那个晌午。在掩埋她的山坡。

我的泪，关不住。用胳膊肘擦，用衣袖擦……都不管用。

这时，一朵白云停在头顶，像一条宽大的毛巾，拧下许多清爽的雨珠。

流吧，宁愿把这辈子的泪水流干，只要妈妈在另一个世界不渴。

感　激

山岗，我该如何感激你？

那些年来，你用一地绿茵，半坡野花，小情境的落叶，大写意的雪花，在每个季节为墓地添换色彩。代替我们，给妈妈更换合适的新衣。

摇　曳

快要下山了。一阵秋风，将妈妈坟头那朵野花，吹得拨浪鼓似的摇曳。

多像那个熟悉的灵魂，单薄的舞蹈。

（选自《天马散文诗专页》2016 年第 8 期）

■［山西］荆卓然　　# 夜色中的鱼塘（外一章）

有着辽阔疆域的图书馆，也许是人类共同的挪亚方舟。

鱼一定会幻想夜色能够成为水，幻想能够用漂亮的尾部叩响一家家门窗。

宰相肚里能撑船，鱼的肚子，想装下整个宇宙。

鱼一次次试着把星星吃进肚子里，把夜色一饮而尽，只留下青春味道的阳光。鱼感受到了一个男生和女生手牵手的颤抖，夜色让鱼对人类的爱情充满了想象。

一条鱼，还没有来得及脱下夜色的衣裳，就看见打着灯笼的萤火虫，正伴随着学生朗读古诗的声音，在池塘里细细地寻找着唐朝的月亮。

图书馆

低调做人，满肚才华。

一座建筑，把上下五千年的历史，压缩成了我们的饼干。

整整一天，我从唐朝走到了宋朝，沉默不语的纸张，一会男耕女织，一会硝烟弥漫。

在我的眼睛里，书不是书，书是一只只小船，我们划呀划，划呀划，在诗人李清照的《如梦令·常记溪亭日暮》中，曾经受惊的鸥鹭，一次次被我们赶得满纸乱飞。

我一直在想，假如将来地球发生了天翻地覆的灾难，谁来拯救我们呢？

有着辽阔疆域的图书馆，也许是人类共同的挪亚方舟。

（选自《天马散文诗专页》2016 年第 9 期）

■［江苏］麦　子　　　**远　方**（外一章）

失眠之人抱紧内心仅存的月光，依然不能烛照前方的道路。

1　光明隐退。
　　暗夜中，一匹马孤独地穿行于荒原。
　　蹄声隐约，大野空茫。

2　窗帘合上。
　　蛰居的城市从眼前消逝。
　　失眠之人抱紧内心仅存的月光，依然不能烛照前方的道路。

3　呓语呢喃。谁向黑暗伸出空空的手臂？
　　黑夜漾起了微澜。

4　三千亩的月光降落——
　　人间的盛景，泊在一场繁华的深处。
　　转身即是天涯。那么，让我们慢慢靠近……

5　你把月光递过来了。
　　把一池的湖水递过来了。
　　怀抱的心思被风吹开。

6　远方消逝——
　　花朵在夜晚交出了整个秘密，
　　并一寸一寸占领了高地……

（选自2016年9月29日《阜宁日报》副刊版）

■［上海］朵　而　　　　　　**黑琴键**（外二章）

眼睑处落满松针，排序成黑色琴键，轻轻按去，飞出一只醉喜鹊。

风来。岩石在光影里松动筋骨，折一弯山涧，放几尾独坐垂钓。
迂回的路，缩在鸢尾花瓣上，不忍凝视，怕夕阳瘦了脸颊。
山峦低矮，矮过膝盖，脚背上的珊瑚，鲜艳欲滴。
眼睑处落满松针，排序成黑色琴键，轻轻按去，飞出一只醉喜鹊。

深　谷

月爬向一座山，树把胡须盘在崖口，暗云的翅膀密集着，合成一朵莲，吐着忧郁。
雾，彼此无声地拥抱，远行前，云雀在竹节上和着拍子，月亮送过的银色贝壳，缀满羽翼。晨露隐忍，脱离黑夜的体肤，泛着笑，滴落第一颗。
深谷空了，这柔软纯净的、没有一粒沙的蜃楼，我会和星光住在里头。

在山脚

囤积在谷底的光晕，银白，游向山顶。
风，失聪。墨铺满山坡，叶子安睡，蜘蛛收网，轻盈。
月，浑圆，成熟。松鼠从林子里溜出来，在褪色的山脚下，陪伴一棵苍树。它们背对山，瞭望春天，一谷的蝴蝶，在头顶飞。

（选自《中国诗人》2016年第3期）

■ [上海] 南姚晓晓

脂粉的滴答声（外二章）

脂粉的滴答声中你闻到了青春的皮屑味。

温暖的跫音中，梅花鹿的耳朵容忍了乌鸦漆黑的鸣叫。还想聆听吗？

不，你选择了——屏蔽。玲珑的雪花中兔子的眼睛碰到了流言的鱼刺。还敢堆雪人吗？不，你选择了——消融。

脂粉的滴答声中你闻到了青春的皮屑味。还会挽留吗？不，你选择了——剥落。

生活就在这一次次容忍、凝视与滴答声中，悄无声息地继续着，继续着它的平庸和泾渭不明。

天使忘了神性

你，不与苍蝇为敌，亦不与蜜蜂为友，只与山上可爱的生灵们做伴。

月湖，上品轩，森林咖吧……栖居于上海之巅，与尘世的喧嚣绝缘，像，误入人间的天使一样，在自由中忘了神性。

低　处

站在生活的低处，我努力踮起脚跟张望。春天来了，千万种花儿含苞待放。是幽幽花香，吸引我，是罂粟一样的沉醉，迷恋上那高贵的殿堂，布道的歌唱。脚尖生疼。不怕。即使，我只是扭秧歌的料，也要试着穿上足尖鞋起舞。我愿意在人生的每一个拐角处，跟着你，黏着你，与你共话芬芳的梦想和春风的浩荡。

站在岁月的河边，我举目远望。心事融化了，潺潺的时光滋润着燕子的心房。用花瓣编一顶小帽，坐上小舟，我看见小溪爱上大海，灵魂激起波浪。

（选自《中国诗人》2016年4期）

■［北京］梦　阳

烽　燧（外一章）

长长的影子，艰难地走向夕阳，仿佛一段苍老的往事。

　　这最后的戍卒，还不知，西夏已瘦成一抔黄沙。

　　依旧，头顶打盹的乌鸦，守望着，被夕阳拉长的身影，归途苍茫。

　　黄草，在突来的朔风里倒下，一只羊，仓皇地抬起头来，显得那么孤独。探寻着风的方向，目光如镰，总也割不尽，满目的苍黄。

　　远处，马蹄声隐约。烽燧，瞬息紧张起来，人影还远，一两声犬吠在翻卷。

　　风，灌满了烽燧下的狐狸洞。一只小火狐，在幽暗里闪烁着两粒小眼睛。洞外，烽燧抖了抖肩上的风，夕阳，便落山了。

在垛口

　　一个人，背靠残损的古垛口，长长的影子，艰难地走向夕阳，仿佛一段苍老的往事。

　　一群蚂蚁，在空旷里把大地踏得砰然作响。

　　一只倏然止步的蜥蜴，瞪着红眼睛向我张望。

　　古垛口，咧着嘴不说话。一只鹫，守着一个洁白的牦牛头骨。

　　风起，草不起。

　　袈裟鼓荡荡的，远处的僧人。弓着腰，努力地要把黄昏背走。

　　山巅，一团云再也忍不住，于是，就翻开了新的一页。

（选自《山东文学》2016年10月下半月刊）

■［四川］林晓波

蛙声一片

无数的美人剥去紧身衣，在梦幻的江湖上裸泳裸奔。

1　回忆的童话，被谁划了一刀？

　　就是在青蛙的胸上，轻轻划一刀。然后呱的一声，剐下一张绿色的皮。

　　有人说，白皙的蛙在清亮中，游动或舞蹈一定很美，原生态的汤味更美。

于是，无数的美人剥去紧身衣，在梦幻的江湖上裸泳裸奔。

夏天从梦中惊醒，听取蛙声一片。

2   嗡嗡嗡——

深夜，几架无人飞机，在我脸上盘旋。

啪的一声，就是一桩血案。

事实面前，谁敢承认：我打死了几只蚊子，有怀孕吸血的。

同时，也扇了自己几耳光。

3   一串钥匙，是我唯一的装饰。

为了生活，我编好了钥匙的程序。第一把打开家门，第二把打开寝门，第三把打开书房。

但是，我常常忘了自己的密码。翻动一把把钥匙，就像读一首首朦胧诗。

请问，哪把打开办公室，哪把打开卫生间，哪把打开文件柜。插入，旋转，就是打不开。

过失强暴，也要受刑。尽管有些门不是门，或者是虚掩着的门。

每天每天，一串钥匙都吊在牛皮带上，一走路就叮叮叮地响。

（选自《天马散文诗专页》2016 年第 7 期）

■ [湖南] 剑　峰　　　　　　**茶品人生**

一壶往事，被怀念煮沸。谁的激情，已孵出片片新绿？

----

1   云雾在杯沿袅袅升腾，青春在水底徐徐绽放。

老去的只是岁月，不老的是你常绿的容颜。

2   萦绕于生活中的茶香，一旦在诗间弥漫开来；

哪怕只是细细的一缕，也能醉了一方山水。

3   你生命里的禅意，已深深汲取了茶文化精髓；

你的灵魂常常在舒展中，把我的思维点亮。

4   你的芽尖，总把理想啄破；

春就在你的梦里，淌出翠来。

5　　一壶往事，被怀念煮沸。
　　　谁的激情，已孵出片片新绿？

6　　微雕的春天，在你的梦里；
　　　常常清茶煮酒，品茗人生。

7　　谁的梦从氤氲的沸水中抬起头来，
　　　整个世界在它眼里，一尘不染。

（选自 2016 年 10 月《桃源诗刊》《笔墨飞扬文学》）

■［云南］蓝　狐

延迟的晚餐

那些金色液体之上的留白，饱受争议。

是时候该谈一谈了。等我关上那道虚掩的门，取出烟。
你看，夜色多美。
所有的影子，都贴着地面。黑色的，沉重的东西，都在下沉。
沉于地表，抑或深潜。

酒杯，斟满了三分之二的泡沫。那些金色液体之上的留白，饱受争议。
而那只削了皮的苹果，长久地陷入沉默。
桌上的白瓷餐具，消过毒的面巾，都方方正正，也无比安静。
我想，它们应该表示愤怒，至少，愤怒一次。就像潮汐对抗引力。
万物，不都崇尚自由吗？

（选自《星星·散文诗》2016 年第 8 期）

第七辑　梦回故乡（乡土18佳）

■［海南］倪俊宇

回望湾前村（组章）

> 窄窄的二弦之间，比乡路还长，竟蹒跚了一生。

院角的小石磨

一种曦光或月华款款溢出的旋律。

母亲躬着腰，将弦月抟成圆月。

转动的起点到终点，有多远？就是翻出早春曙色的犁铧，到田埂上拉回秋天的车轮的距离。

从什么时候起，石磨长出了点点青苔的老年斑？

磨浅的齿痕，再也咀嚼不出岁月的余味。

唉，唯有年节灶火燃旺的稚声笑闹，和年糕糍粑甜透的满院童趣，

总会在我异乡的枕边，幽幽醒着……

老唱师的二胡

把万千风晨雨夕捏细，自心底抽出，成一弓两弦。

弹一弹弦，已是春去秋来；

拉一拉弓，就是关山万里。

汗味搅和土味，被椰风扬起，散落在泥土般的心地，一茬茬植入乡音的爱恨情仇……

一把胡，挑起家小的沧桑岁月。

窄窄的二弦之间，比乡路还长，竟蹒跚了一生。

哦，一弓长音，拉黑了乡村的夜幕。断弦的一响，是渗出血丝的沉疴。

巷口的空房子

一个懵懂的老人，蹲在巷口的孤寂里。

名字，湮没在岁月的风尘中。

关不紧的门，是松动的牙，咬不住淌过的光阴……

门楣上的春联，已让时光洗白。

相聚的跫音与笑语，早融进满院落叶与草丛间的虫鸣里。

庭前。梧桐枝系不住已往的童谣。年轻的背影，追着车笛，渐行，渐远。

满腹的旧事，对谁讲说？

唯有裂檐的蛛网，网着蹒跚的夕照，网着老辈人送殡的唢呐声声……

山路上的民谣

是山路的枝丫，绽出的各色各样的野花，装饰着乡村的季节，缤纷着乡民的心绪。

哦，民谣。吮吸了土话俚语，炊烟般的触须，伸入晨露中的匆匆脚步和叱牛声声，烈日下车水的响动，还有牧笛荡漾的夕照和槟榔林里的絮语……

最蓬勃是在乡村季节中最金黄的部分。此时，民谣，摇曳于一片芬芳的稻香里。

沿着民谣，沿着山路一样多姿旋律的曲径，

你就可以走进乡村的笑声与忧愁，走进农事的青翠或萎黄；

你就可以读懂后生哥乡妹子早春翠芽般的憧憬，读懂老辈人老榕般的深沉。

这些色彩斑斓的山花，结出的果，就是嚼也嚼不尽味儿的乡愁。

（选自《山东文学》下半月刊 2016 年第 5 期）

■ [江苏] 周根红　　**每一个故乡都是异乡**（外二章）

村庄提着两盏灯迎接我。一盏叫父亲，一盏叫母亲。

头顶的那盏月亮，已经被我写烂了。

走多远才算背井离乡。在一列飞驰的火车上，我分不清是返回，还是出发。一条铁轨，穿越过大地的体内。蚯蚓一样为思乡的情绪松土。

我所经过的村庄，居住着父母一样的老人，他们暮色苍茫地老去。牛羊漫过山坡，巨大的荒凉覆盖住天空。蝴蝶怀抱着虫子啃噬的春天。

多陌生才算是异乡啊。每一次走进它们，我就害一次怀乡病。

扎上一块吹破了的风，继续上路吧。
——每一个故乡都是异乡。

干　旱

已经听不到流水和花开的声音。清风和鸟鸣也呜咽着嗓子。

夕阳是田野掏出的一颗心，正在慢慢下落。像我镜子中的容颜，不断变得干瘦。

父亲坐在皴裂的犁沟里，细数着干枯的叶子。这片是棉花的，那片是大豆的。有些叶子弯曲着，向命运进行最后的抗争。

我多想用一滴露水，让乌鸦的叫声温润多情，人见人爱。
我多想用一场大雨，让远走他乡的乡音，汁液饱满。
然而，我只有两行热泪。
一行滴落在脚下站着的泥地里，一行滴落在待放的花骨朵上。

村　口

一滴露水，三句喜鹊的歌声，是我离家时的行囊。
一身风尘，二十年的漂泊，是我回乡的盘缠。

村庄提着两盏灯迎接我。一盏叫父亲，一盏叫母亲。
风正把火苗吹得东倒西歪，他们身上的温暖逐渐变少。

在村子的入口，迎面碰到一群鸡。它们神色自若，我却有些紧张。
——它们才是村子的主人。

（发表于《星星·散文诗》2016 年第 4 期）

■［湖北］徐金秋　　　　　## 抱　紧

抱紧，抱住根，抱住最后一丝希望。抱住就抱住了一切。

1　我是村庄的一粒分子。

一不小心，让自己走失了。

停靠在一棵大树上，风一吹，抓不住一根救命的稻草。继续飘忽。

分离、失忆、背叛。久而久之，失去阳光雨露的洗礼。最后沦为尘埃、雾霾和一抹致命的疼痛。

2　一条河流穿过我宽广的胸膛。有人说，它曾带走我身体里飘逸的长发和美丽的衣衫。带走蝶舞和鸟鸣。带走风吹的生动和阳光摇曳的光鲜。

唯有沉入内心，抱住一尾美丽的鱼，没有随波逐流，守住一种存在的存在。

这样也好。抱住一尾美丽的鱼等于抱住一条清澈的河流，多好啊！

抱住一条清澈的河流等于抱住一座村庄的生命史。

3　多少爱的种子在我心灵的内核筑巢栖居，孕育，发芽，准备出发。

我一丝一毫都不得放松，不敢懈怠。每块石头，每棵老树都是我身体里坚实的后盾。

这个季节，我情感的意念从来不会滑坡。

谁说大地变得越来越冷漠？

念着远方的人还在，捡拾月光的人还在，收割良善的人还在。

寒风继续抽打。

抱紧，抱住根，抱住最后一丝希望。抱住就抱住了一切。

留住青山在，不怕没柴烧啊！

要相信春天。

4　大地上的存在，都是我要表达的形态。

一朵花开是确认我的存在，一万朵花开是确认我的富饶。

我抱着它们花开花落，潮落潮起。

我借蜜蜂的眼睛看自己，借鸟鸣倾听自己，借四季检验自己。我抱住它们等于抱住自己。我必须保证，一只蚂蚁，也不让它失望。

我抱紧，再抱紧，就将自己抱成肥土良田，抱成高山，抱成一座森林和鸟语花香，把世界抱成一片良辰美景。

5　要走你就走吧，你尽管选择离开。

其实是你灵魂出窍了啊！伸出你的手，你的腿，你的每根毛发，每一丝气息，都是我的，无论你怎么走，都走不出我。

无论你的世界有多狂野，你的身体有多强悍。最后，你还是被我抱紧。无声无息。

6　我抱紧，就抱住了整个大地。

水东流，日东升，花启芳唇，种子守住冬的醇厚，四季找到灵魂的出路，万物有了自己的方向。

天无比蓝，大地无比宽广。

新一轮太阳会从东方升起。

（选自《天马散文诗专页》2016 年第 1 期）

■［安徽］蔡兴乐　　# 一朵朵豌豆花紫紫地开（外二章）

一朵一朵豌豆花，在故乡篱笆墙边，紫紫地开……

春天真的来了，你看这平时素面朝天的分水岭：桃花谢了，杏花会开；李花谢了，菜花会开。等到这些骨朵们都消停下来，篱笆墙边的豌豆又要开了，开着一朵一朵紫色的花，怎么看都像是隔壁家二妹子，那一双水灵灵的丹凤眼。

春天又总是不打招呼地走了，留给分水岭满树满枝的果子：金黄金黄的，是梨子；橙黄橙黄的，是柿子。还有那满岭满坡的红高粱，打着火把为我照亮回家的路。

春天走了，隔壁家的二妹子也将去合肥城里打工。二妹子叫蔡雪妮，是分水岭唯一至今还没有走出去的女孩子。也不知道明年的今天，会不会还有一朵一朵豌豆花，在故乡篱笆墙边，紫紫地开……

燕子在春分前后返回娘家

在故乡分水岭，总有一朵一朵的花，先于我走在回家的路上。

燕子在春分前后返回娘家，然后把温暖的巢建在明亮的堂屋。四月玉米下地，五月棉花发芽。

六月的祖坟地头，几株等不及的南瓜已经开始坐果。农历里的分水岭，所有的活计总是被乡亲们打理得井井有条，没有一点多余的情节。

故乡分水岭，是祖先赠予的一笔不菲的遗产。所有的良辰美景，以及那些个挥之不去的苦难与病痛，都得在冬天的一场大雪来临之前，一一进行清点，并悉心守护。

有朝一日，若是离开了分水岭，我便只能保持沉默，不配再说爱。

感谢父亲给了我一个草字头的姓氏

感谢父亲给了我个草字头的姓氏，让我与分水岭上的那些庄稼一样，成为了不分彼此的草本植物。仿佛脉管里流淌着的，也是干净的散发着草木清香的绿色汁液。这些耐旱的玉米、大豆、高粱以及十分听话的棉花，这些悄悄在泥土下面生儿育女的花生和红薯，仿佛都是我的兄妹。

感谢母亲在生下我之后，又毫不犹豫地将我的胎衣，埋在了分水岭向阳的一片坡地，同时也便埋下了我立足人间的根。此后无论走到哪里、身居何处，无论外面的世界多么的精彩，只有这么一个叫作分水岭的地方，让我如此的牵肠挂肚，并要用一生来赎罪。

（选自《天马散文诗专页》2016年第7期）

■［福建］王忠智 # 穿越时空那座桥（外一章）

十四年风吹浪打，信念是坚强的脊梁，将故事写得眉飞色舞。

二十五吨重的条石，至今仍在做着巨无霸的梦。更多的条石，静卧在历史烟云里，寻思那曾经繁华的场景。一个叫宋朝的名字，在浩渺烟波上，时浮时沉。

做一次旅行，从金门的黎明中赶来，从大坠岛的鸟声里赶来。一条壮汉横亘这片海域，礁石们裸露无奈的神色。

以生命的名义承载，一座座桥墩承载着"天下无桥长此桥"之重。大海对他们来说，再亲切不过，再温柔不过，难怪他们在人海怀抱里，一睡就是八百多年。

绍兴八年，一只只海鸥聚集在这一片海域，风安静下来，波涛酣睡了。

十四年风吹浪打，信念是坚强的脊梁，将故事写得眉飞色舞。

奇妙的乐章。"睡木沉基""涨潮架梁"，世界第一座跨海梁式石桥要横空出世。每一个音符，每一个节拍，都是奇迹的想象与发挥。

烟雨迷蒙，多少故事在传说的海域潜行。修炼道人镇住孽龙，从此不再兴风作浪。浪花倾注太多柔情，披上七彩霓虹的时光，美景长驻。

如今的湿地公园，春天的诗行如此葳蕤，引石塔、护桥将军注目；狮子、蟾蜍在芦苇深处沉醉。

开窗，拥抱异彩纷呈的世界。

古渡头，站立一个个番商

南音长调陪伴者，云翳盛开着笑容。

奇装异服飞扬，十洲番人在古镇市井穿梭。

海鸟捎来喜讯。三角帆、刀削帆，片片白云都是客人。

夜晚，兴奋着，我的光明之城。渔火以不同的语言，友好交谈着。

黎明，惊讶了，古镇长街无休止延伸。那些玛瑙、香料、象牙，旁若无人闪烁珍奇目光。越裳翡翠，南海明珠，引一簇簇远方来客品头论足。

五里古渡，黄护携着海上贸易财富，与太阳一起见证了建桥的誓言。

这座桥见多识广，他懂得那么多国语言，他认得那么多国文字，交了那么多国朋友。在他的记忆里，安平古镇每天都在举办万国博览会。

从桥下落船的，都是些丝绸、中药材、瓷器。至今南海 1 号船舱里，仍泛着建白瓷的神奇。一位书生夜宿渔船，轻吟"五里桥下，夜夜元宵"。

"世间有佛宗斯佛。"佛是慈悲的，佛，不分国界。来到水心亭，海潮庵，焚香礼拜。

泉州郡守赵令衿主持祈风仪式，航程总是顺风顺水抵达。

从五店市出发，从安平港扬帆，"商则襟带江湖，足迹遍天下……文身之地，雕题之国，无所不到"。再饮一瓢晋江水，回味乡愁千万斛；再走一遍五里桥，从此家山千万里。

（选自《天马散文诗专页》2016 年第 7 期）

■ [四川] 毛国聪　　　## 跪在地上的老农（外一章）

- -
可他只向土地跪下，只向庄稼弯腰。
- -

一位老农，跪在地上，仿佛一座隆起的土丘。

一把锄头，在他身边，闪烁着清晨的光芒。在他身后，一朵朵鲜花，睡着了。在他的眼里，美丽的花朵都是些杂草。

黛色的山峰，注视着一茬茬庄稼，恣意地成长。

一条小溪，流淌着甘霖的梦想。它相信，有多少滴水珠，就有多少的渴望。

慢慢地，老农跪下来，跪在泥土里。他深深地呼吸着，猪粪的气味，腐烂的干草，这沃土的芬芳。他没有听见香樟树上鸟儿的鸣唱，他没有看见阳光已开始温暖他的衣裳，他不知道有一缕雾岚正在木槿子上缭绕，有一片白云已飘到他的头上，还有一个人影慢慢地向他靠近……缓缓地，老农站了起来，从跪着的土地上站了起来，站成了一棵挺拔的松树。

他有一张黝黑的脸，有一双粗糙的手，有一双长满了骨头的腿，还有一副硬朗的身板，可他只向土地跪下，只向庄稼弯腰。

当我跨过一丛野菊花，他一下子就认出了我；

我也是一位农民，正在慢慢地变老。

蝗　虫

坐在童年的田坎上，我渴望遮天蔽日的蝗虫。

不是为了赞美，也不是为了填充饥饿的肚子，我是真心实意地想——吃你。

油炸的，香、脆；即使用火烤，味道也鲜美。

我相信，只有大人们，才有憎恨。

因为他们把你们当作仇恨，种在了自己的心里。

自古以来，你们就被定义为害虫，灾难的象征。

就因为你们喜欢金黄的麦子，就因为你们要吃掉喷香的稻谷。

可除了虎豹豺狼，谁会拒绝大地长出来的麦子、稻谷？

当你们形单影只的时候，人们对你不屑一顾；当你们成群结队的时候，人们才会感到大难临头。

我不怕天空中飞舞的蝗虫，

我只恐惧像蝗虫一样的家伙。

（选自菲律宾《商报》"中国作家作品选粹"专栏第198期）

■ [河北] 孙庆丰　　# 一匹马承载着草原的悲哀（外一章）

愿那只受伤的雄鹰，在我转身离去的那一瞬，飞向筑满希望的黎明。

一匹马。一匹瘦骨嶙峋的老马，从秋风中，牵着主人向我走来。

近了，老阿爸颤抖地说，求你不要打它，其实年轻的时候它跑得很快。

我拍拍它，它很听话，生怕背上老阿爸唯一的口粮不小心掉下来。我牵着它，从清晨到日落，月光下老阿爸接过口粮，一双深陷的眸子亮亮的，稀疏的头发仿佛憧憬中飘香的莜麦。

一匹马。一匹瘦骨嶙峋的老马，在夜色中，牵着主人离我而去。

远了，有老阿爸微弱的声音传来，今晚睡个饱觉吧，但愿明天的太阳晚些出来。

草原，今夜我为你哭泣

我走的时候，马头琴已经失声。那群离家的羊迟迟不肯归来。老阿爸在暮色中站成一座雕塑，病榻上的老阿妈再也没能醒来。

苍天般的草原啊，卑微的浅草，萃取着岁月的沙砾；低吟的黑夜，藏满牧民瘦削的艰辛。风吹过的时候，我分明感受到了刀割的阵痛，麻木，更多的眼神早已满含无奈。

草原，今夜我为你哭泣。为羊群，老阿爸，老阿妈，还有更多悲哀的生灵。愿我祈祷的泪水，流过你每一寸写满忧伤的土地。愿那只受伤的雄鹰，在我转身离去的那一瞬，飞向筑满希望的黎明。

（选自《天马散文诗专页》2016 年第 1 期）

■［山东］萝卜孩儿　　**梦回故乡**（外一章）

一颗心，就是一扇翅膀！飞着飞着，就搁浅在故乡的一棵梧桐树上！

流浪在梦外的一颗心，今日梦回故乡！
变了模样的那条河，依旧淌着喃喃，躺着仰望——
望见小桥弯下了腰身，望见村庄的安详。
远山隐约，模糊成了一个人的身影！
一颗心，就是一扇翅膀！飞着飞着，就搁浅在故乡的一棵梧桐树上！
悬空的心，抓不住一根枝条。

一颗心，也是一颗眼睛！朝下看时——
有个孩子，像我的童年！
有位挑担子的人，像我的亲娘……

巢

巢是爱的回归。
一棵大树，多少失落的枝条，多少失重的心，重新回到了树上！
回到无数的枝条之间，回到一棵树的怀抱里。

大树下，客居他乡的人，看见一缕炊烟缠绕树梢，却没有看见年迈的身影收拾树下的柴草！巢是爱的家园。鹊去巢空！

没有鸟鸣的巢，风声来填充。
没有笑容的巢，只剩下一弯月影……

（选自《大沽河》2016 年第 3 期）

■［陕西］左　右　　　　# 云深处（外一章）

　　云深处，枝头摇曳的柿子是天空挂在人间的灯笼，静若白驹。

所有的水不能称作水，比如泪水。

一只灰鹤从云松下掠过，嘴里叼着昨天的云朵。满山红叶是白云深处的人家。它们深居在大树与小树隐没的地方，隐居在小草与花朵争艳的角落。

云深处，枝头摇曳的柿子是天空挂在人间的灯笼，静若白驹。据说吃了柿子的鸟群、昆虫和人们，都会得到甜涩的福报。我搬起一块被阳光洗净的柔石，坐在柿子树下，和每一只爬上我手心的蚂蚁，一同品尝这人间的美味。我依靠在树下，抱着大树，睡了一会美美的觉。

一滴水就是一场梦，它将秋天的时光垒得和一棵树一样高，和一朵云一样白，和一棵树一样幸福。我发现了这些有关树洞的秘密，激动地将一滴水从眼中流下来，它们是那么是甜涩，滚烫，带着土香。

云深处，云烟像花朵一样，悄无声息地翻滚，又悄无声息地回头。

"晚来归，秋风紧。请为不知归路的鸟儿，静吼两声，让它们找到回家的路。"

故乡的月光打在我脸上

我听见月光急促的呼吸。

每一小块呼吸很暖，带有鸟鸣和泥香。月亮低下头来，吟唱李白和苏轼的诗句。有谁说，月亮不是一个诗人？它被诗人抒写，又被故乡掩藏。

无言独上西楼，月如钩。理想总被蔚蓝的天穹浇灭，也被带刀的弯钩刺伤。月光款款落下来，像一块块刀子刺进夜的心脏，刺醒了旱群，慢慢将黎明刺亮。

故乡的扉页，总写在不易被发现的地方。还在异地迷路的蚂蚁，鸟群，蜗牛，蒲公英，会行走的种子，它们将所有的大树，当作落脚的驿站。而所有的驿站，只不过是月亮的最后一站。没有一朵花，喜欢在夜里开放。只是个别的昙花，它只不过是想在暗处，看一眼自己出生的地方。

月光打在一大片岩石上，像极了我的脸，我的往昔。一大片脸上干瘪的肤色，发出一道刺骨的亮光。

（选自《扬子江》诗刊 2016 年第 4 期"青春散板"）

■［湖南］刘定中　　# 母亲永远活在我生命里

我坚信，我的生命和母亲的生命融为一体。

母亲代儿去死。难道人世间发生过这样的事？
千真万确，当事人就是我。
母亲代我毅然扑向死亡的黑洞。

当母亲突然死去的噩耗将我的灵魂砸得粉碎，
我的生命似乎已经随母亲而去。
21 年后的今天，我的心依然是无法言说的痛。

母亲的死因，妹妹悄悄告诉我：
我 54 岁时，母亲给我算命，说我过不去 55 岁的门槛，有血光之灾。
75 岁的母亲惊吓得魂飞魄散，到庵堂为我许愿时，接连 3 个最不吉利的卦。母亲把算命先生的话向老尼姑说了，请求神灵给予解救的办法。
老尼姑装神弄鬼半小时，最后说，花木兰代父从军——

小时候，母亲就给我讲花木兰代父从军的故事。
听了尼姑的话，母亲脸色如土，跪在菩萨前半天站不起来。
妹妹扶起母亲。母亲对尼姑深深地点点头，轻声说，知道了——

母亲眼里，没有天堂没有地狱只有儿女。
为我许愿之后，母亲反而显得轻松了。
像往常一样，母亲天天将家里打扫得干干净净。
谁知十天之后，母亲洗完澡，清清爽爽地坐在门外夕阳的红光里，将一小瓶剧毒农药喝下……

母亲死了。

是迷信害死的？是为爱而死的？

我不信，我的生命是母亲的生命替换来的。

我坚信，我的生命和母亲的生命融为一体。

母亲，您怎么会死呢？

您永远在我的生命里活着。

（选自《社区与教育》2016 年第 4 期）

贡茶古道（组章）

■［浙江］许小婷

题记：春色阑珊四月天，去长兴，走贡茶古道，品茶赏竹，历史与现实、人文与自然在此交融。

1　天空开始飘起细雨，千年的古道，千年的足迹，仿佛有嗒嗒的马蹄由远及近，疲惫的马背上，一边驮着生机，一边载着梦想。

贡茶古道，由南向北蜿蜒，无尽地延伸着山里人的梦。一队马帮，抖落岁月的尘土，踩着深深浅浅的脚印，走过时光隧道。

一条跌宕起伏的古道，一声马夫的喟叹，呕喝成一曲悲壮的民谣，逶迤成一种性情一种文化一种精神……扬鞭策马鸟惊飞，马帮唱响的歌谣，慰藉着孤寂与思念。骡马的嘶鸣缝补艰辛与坎坷，放逐浪迹的心，一晃就是千年。每一块铺满苔藓的青石板似乎默默地承载着繁重的生活与历史。

我加快步伐，似乎是要追上那群马帮汉子，随他们一起饮马江湖。

2　一只玻璃杯，几瓣紫笋茶，一壶滚烫的泉水，茶便舒展开袅娜的身姿，生色，吐香。一缕幽香飘过唐朝的风，在一杯水中安然，氤氲。

仿佛赴一场千年的邀约，陆羽正取一壶深山清泉，拾林间松枝燃于泥炉，火苗温暖着时光，煮一世的芬芳。乌润的叶芽在杯中浮浮沉沉，聚聚散散。

茶如人生。一杯香茗，一卷《茶经》，浅啜慢饮，一丝苦涩却又回味甘甜。

千年风霜，千年雨露，茶还是那茶：暖热的茶汤，馨香扑鼻，温润、透清，缓缓升腾的气息，润泽着品茶的人，润泽着历史，诠释着茶深邃的内涵。

3　春风调和，春雨滋养，竹林恍如绿色的海洋，风过处，竹影婆娑，绿涛翻涌——这是一个毛竹的世界，把江南的春光演绎得淋漓尽致。

蛰伏五年，需要怎样的隐忍与勇气？在漫长的等待中，雏竹以一种不易被人察觉的方式生长着——向地下扎根，绵延；向上，只露出尖尖的头探究着周遭。

　　一场春雨过后，满山满坡新笋争先恐后似的层出不穷。仿佛一夜间，雏竹听到了大地热切的呼唤，瞬间冲破土层，以自己的方式急速生长，在短短的几个月长成高耸的毛竹，静夜可以听到竹子嘎嘎拔节的声音。

　　竹，未出土时已有节。那份苍翠，纤尘不染、自在摇曳的韵味，令人神往。

　　行走在苍翠清幽的竹林中，斑驳阑珊的绿影拨动心弦。

　　悠悠竹林，红尘之外，岁月静好。

（原载 2016 年 5 月 19 日《北海日报》）

■ [江苏] 马亭华

大风吹弯月

这天高云淡的秋日，我们唤回梦中的白马，接受星光的邀请。

　　大风吹弯月，门环染铜绿。

　　秋天的灯盏含住了古老的时光，沿着河流回家，那露水和晨曦的姐妹，正走在绿色的鸟鸣声中。

　　一个少年怀揣心事，在河畔漫步。

　　这天高云淡的秋日，我们唤回梦中的白马，接受星光的邀请。

　　江心明月，乌鸦披着群星，远走他乡。

　　诸神，围在秋天里相聚。

　　旷野，有弯弓射向麋鹿，那些跌倒的流水，让翅膀有了惊愕的飞翔。

　　风吹着落叶，吹着一枚枚沉沦之心。

　　比秋天更深的，自然是月光的梦境。河流，带走朦胧的诗篇，悄无声息。

　　风雪漫游，一粒粒结晶的文字，含住半生耻辱和愧疚。

　　仿佛沉默的勇士，前世铠甲上飘落的一滴孤单的泪珠。

　　这秋日浩大而宁静，岁月的风雕刻着街巷。

　　在现实与梦境中，被风带走了缓慢的时光，云朵获得了村庄上空的永久居住权。

　　树木的年轮，有流水的纹路和旋转的歌声。

　　在希望的原野上，小野菊彩排着盛大的歌舞，辽阔无边。

　　一枚落叶，奔跑起来，犹如一片轻快的肺叶。

　　从南到北，从早到晚。

　　古道西风，旗阵凛冽。

　　大风吹奏弯月，夜归人摸黑回到村庄，仿佛举着肋骨的灯盏。

晚风，从家乡赶来，它迷失了方向，两腋和肋骨长出了翅膀，但时光也无法把影子唤醒。而此刻，你写下秋天的诗，让一张宣纸自己开口说话。

竹笛横吹，纸上的旷野，举出了心灵的灯盏。

一棵树，正在发芽；一滴墨，在月光的宣纸上慢慢洇开。

词语在夜色中突围，在支起篝火的黑夜。

一滴滴墨，化作大海蔚蓝的眼泪，明晃晃的珍珠，如同飞翔在天空中的子弹。

（选自《诗潮》2016年4期）

■［河南］刘海潮

五月的麦地（外一章）

新麦堆满黑孩儿回家的兰曹路，晾晒的汗滴砸疼夏天。

五月的豫东是黑里河的豫东，五月的平原是东京少年的平原，五月的麦地是离家时娘给的盘缠。

五月的五月，新麦堆满黑孩儿回家的兰曹路，晾晒的汗滴砸疼夏天。

麦芒上的尖锐已经迟钝，杂面窝窝也四面漏风。

十五离家，五十返乡，是谁，用疼痛和守望填满大片大片的空白？

那时，娘还在；

那时，天还蓝；

那时，五月的麦地游荡着我的乳名；

那时的那时，粗瓷大碗里，满满都是娘亲和故乡。

而今，娘还在五月的麦地，我却像无家可归的麦粒，只是远远地，远远地，思念居住的麦糠！

麦子熟了

五月的麦地淘洗黄金。

光芒沿麦秆流淌，镰刀收割生疼的日子。

储藏一冬的力气脚下生根，手心的能量源源不断。

吐口唾沫，渴望被搓得热乎乎。

楝树覆盖的喜悦脆生生地上蹿。

"忙不忙，三两场。"

石磙上的瓦罐冒着热气，一年的渴望塞满打麦场。

（选自《天马散文诗专页》2016年第10期）

■ [湖南] 谈雅丽

幻　景（外一章）

我也在一只巨大的眼瞳里，是幻景的一部分，存在于由池水、天空、树林、小雀形成的巨大倒影里。

月光还没有收上山顶，它凝结到了一片阔阔的三叶草地上。

顺着微潮的山路走，越过树林，一栋老木屋，经过绿荫荫的菜园，看到黑土地上萝卜露出肥白的身体，但叶子却盖着淡淡的白。红菜薹打了嫩黄的花苞，但花苞却举着一层毛茸茸的白霜。芭茅草是奇妙的物种，它本身是温暖的，却穿着清冷的衣服，仰起苍白的脸。

霜冷，但天空却蓝得透明。远处的山峦笼罩在刚刚眩色的朝霞中。园子里有一汪清澈的池塘，透过一丛树枝看池塘，山在天空，树在水底，出现了一处奇妙的幻景。

阳光从水里透射过来，池塘是一面巨大的镜子，近山、树影、红霞的倒影皆在水中，与真正的山水连接成一个完美的整体。

池塘边空无一人，只有一只小山雀在歌唱着它的早晨，从一片山林到另一片山林，从一面镜子到另一面天空。

我也在一只巨大的眼瞳里，是幻景的一部分，存在于由池水、天空、树林、小雀形成的巨大倒影里。一个因偶然形成的——美丽虚空。

自然之园

泉水的天气，果园的天气，山神的天气，农民的天气，我来到的是一座自然之园。我有幸遇见了薄雾、轻霜、流响，和花溪转瞬即逝的秋光。

我有幸拥抱了邻近的灌木，远处的云翳，采摘到了村庄一个皎皎月色的夜晚。我遇到了酸枣、刺莓和一束行将凋谢的野菊花。

在这里，我曾和满担柴火的山民寒暄，与赶山路回娘家的苗女攀谈。我还遇到一座小寺，主持下山化缘，百年古樟上挂着一个牌匾"寻我"。

无人告诉我，如何寻找到自己？

整座山是一片松海，涛声阵阵，我把自己放置在没有船工的木船上，在林中树下飘荡，随山上山下盘旋，迷失在草木花香的深处。

一滴水因千滴水的汇聚而丰盈，一滴水因一滴的孤独而干涸，也许我寻找的早已存在，只是山花稀释了它的芬芳；也许我寻找的并不存在，如同清风流岚，随袅袅雾气消逝在越来越明亮的阳光里。

（选自《散文诗》2016 年第 7 期）

■［海南］刘　霞　　# 油菜花开（外一章）

一朵花开，扣动了心弦。那是春潮涌动的声音，是孕育果实的喜报。

一朵花开，扣动了心弦。那是春潮涌动的声音，是孕育果实的喜报。

一朵花开，点燃了田野。千朵万朵嫩黄的小花争先恐后地绽放，将田野织成光彩夺目的锦缎，将大地染成金波荡漾的海洋。

油菜花开，沙沙沙一片，故乡的田野，从金色的梦中醒来。

"油菜花开满地黄，丛间蝶舞蜜蜂忙。"

守护着故乡的父亲，正像蜜蜂般在那无边无际的油菜花海里来回躬身忙碌着……

油菜花，黄澄澄，每一瓣都绽放希望的光芒，演绎着生命的意义。

菜籽油，亮晶晶，像父亲串串辛劳的热汗，滋润着农家的日子。

村庄里的女人

是那第一声鸡鸣，将村庄唤醒，同时醒来的，还有村庄里的女人。

女人总是第一个走出房门，第一个走进灶间，第一个将上学的孩子唤起。

村庄里的女人是持家的好手。

春天的女人脱去厚厚的冬装，显得格外轻盈，利落。她们追着季节的脚步，奔忙在田野里。男人们都外出打工了，田野，是女人的天下。

她们三五一群，矫健的脚步踏实了田间小径。村庄的女人爱笑，大嗓门儿在田野上撒着欢。耙地，整垄，播种，用薄膜将平整的垄覆盖，孕育绿色的生机和希望……

村庄的女人，是田野里的风景。

她们像蜜蜂、像蝴蝶，来往穿梭在春夏秋冬，洒汗在油菜、稻香、麦浪和棉田间，将田野装扮得愈来愈美丽。

（选自《天马散文诗专页》2016年第3期）

■ [四川] 夏　梦　　　　　　# 母亲，耳边的碎语 (外一章)

你来，我就把肥沃给你，把蓬勃给你，把势如破竹全给你。

我好想在冬天回去看您，踏着白色的雪，和春节的喜庆。

突然好想看看您的白发，听听您絮絮的念叨。

到了窗下，我更希望看到您探出来的目光，闻着厨房飘来的菜香。

突然好想跪着给您拜个年，俏皮地讨要个红包。

那些年月，屋外总有个让您牵挂的小丫头，又蹦又跳地跑回来，拿着张小奖状，等着您的赞许夸奖。

这些年月，外边总有个让您放不下的女儿，拖着行李箱悄悄回到门前，给你带来个意外的惊喜，怀揣个深深的拥抱，给您贴心的温暖。

屋外，雪下了一夜，覆盖旷野。

灯下，细看母亲眼角的皱纹，如同山间小路，蜿蜒隐约，盈盈泪光里，我不敢直视记忆中从前的那一段岁月。

远行，我又能搁放下什么？

母亲用缕缕白发，为我放飞风筝一样飘飘忽忽的牵挂，哪怕我随我的梦想，飞得再远。

半生以来，母亲，已成为我耳旁微风吹拂般，一句句含糊而亲切的碎语。

头顶方寸白雪，老想老想

这个冬天，我很羸弱。

在这预告就要降至零度以下的南方，不会有人在意我掩抑已久的孤傲。

大寒这天，可能我和寒号鸟没什么区别，它用叫声诵读带血的今生，我在文字中不经意丢失了羽翼，提笔写下四个字——半生若梦。

雪来了。那种无所顾忌的真诚，就是人间的冰雪世界吗？

双手抱胸。面向竹海。无言以对。

想起我的北方，那漫山遍野的白，甚而想起莽莽昆仑。

而这儿的雪，似乎更细小，也更矜持。

北方也罢，南方也罢，唯有这驱之不尽的乡愁，狂如洪水猛兽，一股凉意，顺着经脉注入全身，似乎一个寒战，就会封冻一生。

头顶一方白雪，老想老想。无计可施，我只能在乡愁中消磨，砥砺。

其实我什么也不想要，就想在海子边静坐，在雪山下发呆，在云端的翅膀下冥想。

雪在下。是多么慈祥而富含温度的翩翩起舞啊。

你若此刻不想一想，天空不会开阔；大海，春光不会扑面而来。

想你。你若不为我跋山涉水，我就吝啬给你看。

我是广袤大地上的袅袅炊烟。我许诺你一个美美的爱情、一个美美的生命、一个美美的家庭。你是来与不来？

你来，我就仰视你。闭目躺在你微微的温情里无法自拔。

（选自《天马散文诗专页》2016 年第 5 期）

■ [黑龙江] 杨金玉

树巢像一面旗帜（外二章）

鸟试图把巢筑在天空。甚至想筑一个会飞的家，天空才是鸟的故乡。

高高的白杨树捧着鸟巢，像捧着它的孩子。

像一面画着鸟巢的旗帜，鸟的图腾在风中猎猎。

鸟巢不知什么时候挂在树上，一定是在我没有看见的时候。

鸟悄悄地筑巢，它并不惊扰谁。鸟巢是飞上去的。

鸟知道那些树枝、树叶、细草、羽毛是怎么飞到树头上。

树和巢组成一幅图画，一个静谧、祥和的画面定格在一幅摄影里。谁都能为她起一个诗意的名字。

树上鸟巢跟天空又接近了一步。

鸟试图把巢筑在天空。甚至想筑一个会飞的家，天空才是鸟的故乡。

为乌鸦正名

在民间，乌鸦被视为不吉利的鸟，它背着一个坏名声。

乌鸦偶尔光顾村庄，滴落几声鸦鸣，却砸痛了一些人的心。三两孩童弹弓齐发，乌鸦逃走了，落在一棵老树上。不承想又落进了马致远的小令里。"枯树老藤昏鸦，小桥流水人家。"乌鸦成了断肠人在天涯。

一个叫伊索的家伙，专门用寓言编织笼子。把乌鸦、鹰、狐狸、白天鹅圈进去。让它们嘲笑、戏弄乌鸦。然后编成故事满世界宣传。乌鸦名声扫地。

我总想找一些赞美乌鸦的词句，爱屋及乌总算好一些。
终于找到了"羊有跪哺之恩，鸦有反哺之义"，仅此一条足以为乌鸦正名。

乌鸦在天空飞，比其他的鸟都耀眼。
天空可以包容所有的鸟。

（选自《天马散文诗专页》2016 年第 5 期）

■ ［内蒙古］北　城　　　　## 奈曼记忆

岁月，有多少故事沉积，才站成魅力奈曼的铮铮风骨。

奈曼，第八。这位置的敲定，一定与一个故事有关。
一隅江山，因为水，所以沉淀成沙。
风，一路尾随。一双会说话的眼睛告诉你，历史的真相。

金沙之城，重着翠色。十个全覆盖，次第璀璨。
滴滴鸟鸣别在怪柳的枝杈间。被一阵轻风吹落，晕开了一地葱茏。
家，在回音里完成一次涅槃，等你我挽着幸福，入住。

风驾秋叶，把相思探望。蘸着薄雾，湿漉漉的影子在一幅水墨中伟岸。
梁上的月亮，看护这片苍茫。
一汪清泉，从记忆中涌来，涓涓地流过心田。

落雪无声，轻抚梦里江南，窗里窗外，一同交给时间。
湖底的庄稼，荒芜了传说，搁浅的渔船，在风中等待——
把涟漪还给湖面，让每一条红尾鲤鱼，游出白沙湖的记忆。

站在宝古图沙漠的峰顶，展开一卷厚重的典籍。
一片羽毛，从契丹铁骑的滚滚尘烟中一路飘来。
岁月，有多少故事沉积，才站成魅力奈曼的铮铮风骨。

（选自《天马散文诗专页》2016 年第 6 期）

第八辑　玫瑰与剑（爱情哲思14佳）

■［四川］宓　月　　　　　　心之囚（外二章）

不能安然入眠，一弯月牙将静夜的思念勾得好长好长。

渴望是一条奔突的河，它总在不安地躁动。

决堤也许是一种必然。

而转身，更是一种无奈，一种不能抵达彼岸的痛苦抉择。

不能安然入眠，一弯月牙将静夜的思念勾得好长好长。

你说，明月是天空的眼睛，把你唤醒在失眠的夜里。太阳逃走了，而你的忧郁却无法逃离……

可我却不敢告诉你，我窗前的月光是怎样在我徘徊又徘徊的身影中，悄悄侧过身去。它不愿舔去我脸上的泪痕，却让黎明前的黑淹没我难易释解的愁云。

逐渐稀落又逐渐喧嚣的车流，将黑夜和白天缀成一个个似曾相识的日子。

日历一页页薄下去，相思却层层堆积到了我再也无法隐藏的高度。

你的名字，总是频频地沿着一个个方块汉字，向我靠近。

是否，你真的想选择这样一种苦役般的方式，把你无法遣散的爱恋深深地刻印在我心上？

可我也看到了你犹疑的眸光，那深深地陷落在午夜灯光中的彷徨。

我在阳光背后生活

从早晨开始，阳光便一间一间检查我的居室。

先是书房，电脑关着，书桌上有摊开的纸和笔，人不在。

她守候了两个小时，才想起去紧邻的厨房看看。餐具安静而慵懒，只是微微地睁睁眼，没有一点挪动的欲望。

中午时分，阳光走进了我的卧室。

（在她进门之前我就溜进了书房，放着大大的音响，耳背的她，却听不到）

她只看到我匆匆逃离后的狼狈迹象。

她有些倦了。

整个下午都待在我的房间里，看着我零乱的被窝忧伤。

快要归去时，她又在我空旷的客厅里坐了好一会儿。

没有等到我。她快快地起身——该回去了。

她在窗口无精打采地回头望望，突然转过身去。连同温煦一起，跳下了窗，留给我一片寒意顿生的黑暗。

这一刻，我的心才突地咯噔了一下。像突然间意识到，把深爱我的那个人的心伤透了一样。

邂　逅

十年，又十年，终于等来这依偎的一刻。

古镇，石桥，雕花的栏杆，三月的阳光正涌进时光深处。

囚禁的爱情，绽放出惊艳的瞬间。

芜杂的岁月统统倒流回去了。

校园小径上等候的初恋，已长成一棵洒满月光的树。满天的星星都走进了你的眼中，你感到心弦在不停地战栗，浪漫的狂想曲由远而近。

或许，这样的场景太美了，美得不像是真的。擦肩而过的时刻，都忘了伸出手去——

年少时总相信，爱情就在前头，在下一个路口……

此刻，伫立在陌生的小镇，斑驳的桥头，二十年的怅惘已被阳光赶到了远处。所有的场景都成了今天的铺垫。

不必惧怕人群中投来幽怨的一瞥，那些陌生的眼眸，是一道泛着柔波的河，任由爱之舟静静地漂游。

命运是个多么诡异的东西！许多年前错失的一次牵手，成就了这千转百回的一次相拥。

或许只是轻轻的一握，最初的一脉颤动已锤炼得坚韧如玉。

这魅影般的古镇，以自己的方式铭守着它的秘密。却让两个相爱的人心中的秘语，在阳光下灿烂盛开。

这生命中平常的一天，因为爱，我们赋予了它别样的意义，并将它深深铭记。

也许明天又将各自西东，去完成命定的轨迹。生命的无奈，在于我们太清楚自己该做什么，包括肩负起沉重的责任。

或许，这一天将再次成为心头埋藏的秘密，像这张相片，只能高高地悬挂于心空。

相爱的人会渐渐老去，相爱的心却永远年轻。

走过这一天，已经超越了爱情。

（选自菲律宾《商报》"中国作家作品选粹"专栏第 192 期）

■ ［上海］古　铜　　　　　## 玫瑰剑

谁拥你入怀，谁就要接受你的锋芒。你是玫瑰，也是剑。

1　　无法雕塑你的美，因为你是一朵火焰，是一抹不可捉摸的眼神。
你似虚无，又是实体。
你的身段是丝织的，以刺装饰。
你是玫瑰，也是剑。

你的闪烁有如阴谋，在时间的篱笆之外，布下陷阱。
你以香为水，以水为轻轻的低语。
你的琴弦无法追寻，它正将夜色摇出红晕，簇拥含而未吐的蛹。

谁拥你入怀，谁就要接受你的锋芒。
你是玫瑰，也是剑。

2　　谁遇到你野性的盔甲，和孤注一掷的决心。
谁就抱住了你的花蕾，也就是抱住了你胸膛的火。
谁就牵住了你的手，也就是牵住了你的风，你的雷，你的雨水和星光。

你的身躯河流潺潺，一会儿迂回，一会儿歌唱。
谁小心翼翼地将身体围成一口井，就能轻轻抱住你的清澈和旖旎。
谁把生命布满青山绿水，将庸常的日子建成神圣的祭台，谁就拥有你的
芳菲。

快乐和忧伤，春秋和冬夏。
只要你献身，都是不可复制的绝唱。

3　　世俗，一匹野马。
与肉体对峙，与灵魂对峙，与天空之上的永恒对峙。

缘分以互相照耀来抗拒黑暗，以合力撞击来开辟希望。
婚姻就是把一片荒原开垦成为绿洲，将爱情精耕细作，才有四季葱茏，
瓜果丰盈。

而亲情，如农家的柴灶，谁愿意添薪加炭，它就越烧越旺。

谁以蝴蝶的喜悦去亲近你的音乐，你就还以冰雪。
谁就可以雪水来擦洗戒指。
谁以蜜蜂的勤勉去酿造你的甜美，你就还以眼泪。
谁就可以泪水来点亮钻石。
日子发出淡淡的光辉，照亮陈旧而温润的门楣。

4 天渐渐黑下来。美也不会消逝。
好日子在红尘里，藏得更深。

天渐渐黑下来。也不会丢失自我。
一小朵淡定，从容，率真，抱住蓝天的明媚，就能找到带电的翅膀。
一小朵双休，家宴，陪伴，能让羽毛织成柔软的草原，就可以让肉汁的喜悦在上面留下纤细的印辙。
一小朵时间，能足够坚强，就可以培植上善若水的伦理。

天渐渐黑下来，烟火气并不消散。
灼热的呼吸和柔软的颤抖，如一壶文火慢煮的清茶，由微苦，慢慢回甘。

5 万缘随化。
万化随缘。
世事遇合离散，万物互相见证。
两情相悦，总是造化的恩赐；终生厮守，总是难得的惊喜。

是以你摇曳红尘，暗香袅袅穿心，如宿世的无上咒，灿若霓虹。
以彼岸之橹，摇出欢乐的欸乃。
是以唢呐和锣鼓依然幽怨而铿锵，将迎亲的队伍送入繁衍的轨道，将姻缘的棉纱，打成一排排同心结。
从乌有的黑洞，虫洞，空洞，捧出柴米油盐，赐予酸甜苦辣。

总有一杯世情的美酒等人来品，等人迷醉，等人疯狂。
总有一朵花勇敢地跳入燃烧的炉膛，且歌、且舞、且啼、且笑。
用尽世上的缠绵，包裹剑的锋芒。

6 时空浩瀚，而你遗世独立，如抿嘴微笑的佛陀。
大地上一首古老的歌曲依依响起，回环，回旋，回放。

一隅大千，一沙天国，皓月常在心头悬挂，正果总在火中修成。

剧情进入真实环节。诗和远方开始回归，与多年游离的心灵相遇，微笑如花。

在诸多貌似虚拟的场景里，幸福的人幸福地活着，坚守生活的底座，将心的默许，结成血的盟誓。

北斗七星穿过红尘，化作七匹内敛的战马，镇守锅碗瓢盆，四座城堡。

花瓣终将凋落，美并不消隐，如柔软的绸缎，擦亮金属的骨头。

香气注入每个平凡的日子，化为沉香，氤氲每个晨昏。

盈盈一握，紧攥内核，抵御大风，抵御缤纷诱惑，人间灯火阑珊。

玫瑰与剑，合而为一。

（选自《青岛文学》2016年第10期）

■［浙江］张敏华　　　# 因为爱，所以爱

> 而在你的梦里，我是一条粉红色的蚯蚓，疏松你身心疲累的灵魂。

1　生津之渴，因你而起，应了初恋情怀，你是我一生的不舍。"三生石畔，前世有约"，听到你令人心悸的表白，我知道已别无选择。

一晚一秋，落叶生风，悠远的是放歌，翩然的是芦花。我们只是时间的过客，安身立命之处，青山绿水连绵。倒计时，我们竭力让自己变得坚定——"努力爱，生活才不会坚硬。"面对越来越强大的现实，我们摘下面具，在内心安装更强大的消音器。

尘世一隅，缘来则去，缘起则生，心由命，命由身，生死至爱，无处不在。对我而言，你显得那么重要，我的每一次恣意欢爱，都让你放弃了原始的初衷。

而在你的梦里，我是一条粉红色的蚯蚓，疏松你身心疲累的灵魂。

2　善变的是命运，泪水会告诉我们最后的结局，我们和一场爱，同归于尽。风肢解悲伤，我们是被闪电找到的两棵树——彼此相依，同沐天籁。

而现在我要做的，以意志喂养你，将你倒挂在树林里，你的每一次挣扎，都惊落一地雪花。大于我们的力量那么多，但我们不会被挤倒和压垮——给自己一个信仰，我们像两棵合欢树抱在一起。

睁开眼，就有了一种旨意，走在重生的路上，与你逐溪而居的心愿不谋

而合。

　　无垠的夜晚伏在我们肩上。

3　　朝朝暮暮，江山易改，但爱难易；难易意味着苦苦挣扎，在瞬间完成对你情感的扩张。

　　似乎我就是你身上的一根断肠，在你没生出仇恨之前，忍住疼痛，向你说出忏悔。

　　冬天里的春天，绝处逢生，我们有着桑树一样的命，给一个细小的伤口，就能长出新枝——和你一起焚香净手，贴心入骨，草木萌生宁静，深居简出，在南方以南。

　　记忆，停留在某个夜晚——夜风生凉：一个人的伤成了另一个人的痛。困顿的夜空，找不到方向，依在石拱桥的栏杆上，暗淡的河床望不到两岸。

4　　"秋风生渭水，难忘人世间纷纷扰扰的一季。"萧萧落木藏着我们的宿命。用什么来缝合记忆的伤口？像不计后果的爆竹：升腾，爆炸，闪耀，化烟，成灰。

　　夜晚抓住我的手，撕扯你的白衬衫，试图袒露你的爱，解除你的恨。忧伤有了石榴的内核，我只能在你的眼睛里种下更深粉红的孤独。但我们深陷彼此的身体，像墙上的钉子难以自拔——回去了，也回不到从前。爱情的意义在于遍体鳞伤，死去活来。

　　生命中的失踪者去了哪里？惊喜，或者啜泣，尝试着改变，却哑然无声。口渴难忍，像对情感的依赖，说不出口的细节，情绪——就像经历，又像神谕。

5　　二十四小时是忏悔的长度，爱和恨僵持着——变化无常的魔鬼吞噬着灵性。

　　以两个人的寂寞，享受一场爱，哈气成冰的冬天即将到来，三年的记忆像难忘的初吻。

　　需要一次爱，解放你和我，不可能发生的事，正在发生；不在乎，渐渐变得在乎。仿佛是两个自燃的人，扑救，挣扎，也无济于事，像一次浴火重生。

　　"万物因爱而生。"一生爱，一世情，像草木生灵，自荣自枯，用火写下不朽。爱在代替这个世界，人间未了的愿，未了的情，是长在菩提树上的，因果。

（选自《天马散文诗专页》2016 年第 10 期）

■[湖南]罗长江

窨子屋里的琴声

火焰即便燃成灰烬了，灰烬里会埋有火种。

夜色微凉。琴声自阁楼悠悠飘出。
老钢琴为老龄化的窨子屋，奏一曲《往事》。
一曲，离歌。

辽远，悠扬，沉郁而感伤。指尖的流淌下，一幕幕往事幽幽如梦。
晚风缓慢又悠长地推啊，一波一波地推啊，往心灵之川的深处涌动，涌动……
往事如烟。往事并不如烟。
只是，时光稀释了纷纷的沧海桑田，生死歌哭，繁华落寞。留下来岁月静好，客思乡愁。留下来新生活的憧憬与期许。
哦，叹息起处，柔肠百转。呜咽声里，落红一地。

渐渐，有声竟似无声了。
让人想起月光下渐渐消融的冰花，清丽，清纯，清越，清虚，弥散着洁白的清芬。一缕一缕至为细微的，微妙的，足可令灵魂出窍的天籁啊，遥远而亲近。可是一缕一缕光雾般飘忽，蝉翼般透明的音乐的光晕？
抑或，更适合念想起火焰来呢。
波浪般漫漶而至的，是透着暖意的凉。是浸着凉意的暖。是亦冰亦火的，轻微而确切的灼痛感。
一种温情脉脉得令人鼻翼发酸的灼痛感！
一种悲欣交集得让人泪水长流的灼痛感！
火焰即便燃成灰烬了，灰烬里会埋有火种。
哦，灰烬般的歌吟！灰烬般的叹息！灰烬般的呜咽啊……

（选自《天马散文诗专页》2016年第10期）

■[陕西]三色堇

终南草堂（外二章）

我只想在秦岭以南，在冷冷的铁里，挖出那些从体内开始慢慢下沉的光阴。

浓郁与充满光感的色彩，篱笆的柴门，宽松的粗麻布衣，披挂着时光的长袍，甩着盛满清风的袖子，一幅叙述性的画面，一位素颜的女子正在低头煮茶，俯身听泉……

所有的芦苇，花草都是她的旧相识。

她放牧着光阴，放牧着自己的影子，宽大的衣袍，不说轻重，不叙风情——

泛黄的书页，老旧的襄衣，耕读、听风、素食、搬柴、运水，静修……

在群山峻岭中就连鸟鸣都是朴素的韵律。

我于暮色时分抵达这里，辟谷的隐士，那安然、淡泊的目光，徘徊在精神的边界。我仰慕悠悠岁月，欢喜昂然生色。

终南草堂，文人题咏的越来越多，这里万物之宁静，之素朴，之寡淡，让人顿生敬意。

那些树下的落叶，静堂的蒲团，枯干的蜡梅，每日都在恩典着爱的光泽。这里流水无声，碧波无澜，夜色下的一切充满变换，一觉醒来，眸子里荡漾的尽是山水之情。

终南写生

金秋，适合用艺术的耳语叙说，说它承载的熟络之美，说一个女巫迈着零乱的碎步，将深秋的酒杯，斟满辉光，斟满明快音节的每一次吟咏。

那些绸缎般的眼神，省略了热忱的人生与悲悯的情怀。即使有一万个匠人也难以拥有它丰富的质地与色彩。

在秦岭，在终南山，在柿子园，整个画面柔和起来，柔和起来的还有日记一样私密的丝绒一样的风光。

满山遍野超凡的红，脱俗的绿，醉人的黄……内心正掠过不一样的涟漪，它们在我偷偷拍照的瞬间，泄露了季节的秘密。

秋天如此浩大，秋天正在加速爬行，我制造的色彩和那些有教养的笔触，正躺在风热情的手掌，隐匿南山，爆发出一阵阵笑声。

秦岭以南

这可是凡·高的秋日？有着腐叶浓烈的气息，又像是内心的悲歌扑向苍茫的大地。

风吹着摇摇晃晃的栾树，也吹着赶路的秋雨，我耳边的鸟鸣已传递出破碎的声音。我不知道秦岭以南会是怎样的情景？

暮晚，是否会有衣着华美的歌声穿过金色的烟尘，是否会有我的亲人提着被忧伤所覆盖的旧事，在被砍掉头颅的葵花地里奔跑。是否会有人像低微的草木可有可无地活着。是否会有西厢的明月，摇曳着落幕后满地归寂。

秋天就要结束了，我不再关心那些花开花落的事，不再关心季节之外的另一个时代的记忆。

我只想在秦岭以南，在冷冷的铁里，挖出那些从体内开始慢慢下沉的光阴。

（选自《诗潮》2016 年第 10 期）

竹篙·竹船（外三章）

■［四川］云　子

我想看妹子，妹子想外面的世界，外面的世界在我心里。

竹篙撑开的记忆，随竹船摇呀摇，妹子那青青的竹林子，我钻进去，竹篙竹船也就多了。

我在篙上系一方纱巾，我在船上系一方手帕，妹子的心事，纱巾手帕就知道了。妹子要去海上环行旅游，篙有的是力气，船有的是志气。

妹子随我走一遭，妹子的村庄就飘起了蓝蓝的风，大山就打开了蓝蓝的窗子，妹子也就蓝蓝的水嫩多了漂亮多了。

篙撑着妹子，船宠着妹子，我想看妹子，妹子想外面的世界，外面的世界在我心里。

手帕上的名字

真想把时间，折叠成一方手帕，藏在箱底，想你时，就小心翼翼地取出。

记得，在那个山洞的那把雨伞下，一只蝴蝶轻轻地落在手帕上，比画着一丁点儿一丁点儿血的痕迹。洞内的温度暖暖地围过来，我在你体内寻觅到了一份：红色的兴奋，和红色的忧伤。

整理好黑色的思绪，把回忆挂在脖颈，音乐在微风中闭上眼睛，手帕上的名字，散发着香味。

忧伤款款而行

谁家的音乐，以十二只幽默的手指，弹拨着节奏？谁家有块庄稼地，那位山哥哥在此耕耘？

花朵、蔬菜、粮食，以色彩的风流，湿润诗人。讲宝玉口中的玉，讲《围城》中进出的人，讲石头与骨头的纹理，讲根雕雄狮般的伟岸，以及安格尔之泉的温情。

音乐仍在原地坐着，黄昏却渐渐地走近，一种款款而行的忧伤，你来，将我耕耘。

寻找的蝶儿

蝴蝶喜欢在午夜来，睡在你的被子上，你往往在此时，有几句诗话，胡言乱语。

发烧的夜，风窜进血管里，挑逗蝴蝶的心。

蝴蝶的每一次呼吸，都是星星最亮的时候，其中什么缘由，你就问了那一堆堆的灵感？

蝴蝶的目光笑了，蝴蝶飞走了。诗中，你握住了她很深很深，很深很深的她，便是你要寻找的真正的蝴蝶，真正的蝶儿。

（选自《散文诗世界》2016 年第 12 期）

■［广东］许宇航　　# 月亮挂上了眼角（外一章）

你是悬挂在我心窗的风铃，没有风的时候，依然被思念，轻轻摇响。

一纸薄薄的信笺，隔断了曾经共有的一圈深深浅浅的月迹。盈握的梦，在秋风中被数行字句撕割得纷纷扬扬，只有泪眼，拉长了月的光线，月下，是一身为爱缟素的我，在寂寞中凭吊自己。而今夜，心该在哪里停泊？

多年来如帆，一直在寻找一处永久的港湾，可以在催眠的柔波中缝缝补补，有一个维系的缆桩可以晒帆，可以带着一份深深的眷念启碇扬帆。我已经缆绳系岸，谁知系住的只是一个滩头，怎敌晚来风高，梦断今夜？

秋分。秋天是分手的季节。夜空中停留的是你的十指荧荧，眉眼间的温存，款款的软语。此后一路寒露、霜降，为你定做的心又如何安放？立冬时节，可以强忍着把心冬眠，却也愁明年春暖，那灼灼的桃红。虫鸣蛙叫，正是相识的时候。

注定有痛苦的轮回，循环的凄楚，我不要你虚拟的祝福，尽管每次梦回我的心仍不时在抽搐，在苦涩的浸泡中，是我遍体的千疮百孔，在东风恶起的时候，我只有离去。信笺的一渍泪痕，是我航程的签证，心的慰藉，带走的一舱的惆怅，惆怅中你的名字。

此后为自己守孝吧，月光为我疗伤。秋风起的时候，风干了一段记忆，对月莹莹，月亮悄悄，悄悄挂上了眼角。

你是我的风铃

你是我东窗中悬挂的一串风铃，起风时，唤起我的思忆片片。

但你是风，可风我看不到，也听不到，风铃是我思念的凝结。你生性放荡，追随帆影，玩弄风车，我不能成为你手中的风筝，想飞，却总飞不出你的视野；我不能成为你口中的鸽哨，泣血的唱，却总是你的声音。可我愿意躺在你柔柔的怀中，听你耳边的细语，凭你的抚弄带我入梦。但你是风，你的飘荡我抓不到，风铃是我思念的凝结。

愿意你只是一串风铃，可以一心维系，知道你探我时的轻响，谛听你路过时的脚步，问询你远方的消息，落叶没有声音，只有风铃的摇摆，稍稍知道你的冷暖。

你是悬挂在我心窗的风铃，没有风的时候，依然被思念，轻轻摇响。

（选自《汕尾九歌》，河南文艺出版社2016年1月第1版）

■[内蒙古] 雪　漪　　　**关于梅的援引**

这样的一个缺乏诗意的年代，梅会如何为我打开春天。

梅，在我的生命里居住了很久很久，久成一座古老的城堡，装着神秘的前尘后事。

许多年来，我的一颗心始终为了梅展开想象，走在一条千里之外的路上，走在二月和三月启刊的唇齿之间。

又穷尽想象：这样的一个缺乏诗意的年代，梅会如何为我打开春天。

于是，我站在一个属于境界的地方，陷入不知所终的寻找，并且陷入不知何年的等待。等到"花褪残红"，等到"绿水人家绕"，等到我再也无法长高，依然，我自随意逍遥。

从左手到右手，寻找一种感觉；从思想到精神，等待一种缘分；从眼神到心灵，迸发一种超越；从血液到精髓，渴望一种贯穿。

等到天空的白云走了又走，等到大海的心事皱了又皱。为了一次等候的出场，我执意实践一次远行。于是，我选择随心灵放逐。无论哪里的天空，每一片流云，都是我潇洒驰骋的坐骑。

在离开故乡时，我只带着对家怀念的年代和对家情景的期待。

世界这个词抱着地球，的确太大，人这个字虽然才一撇一捺，却实在很拥挤。我是一个水手，把此次意义上的远行看成是我生命历程的最后一场豪赌。

寻找了多久，就等待了多久；等待了多久，就寻找了多久。多久的岁月让我不知道是自己把自己落在别人的后面，还是自己让自己走在了自己的前面。

就这样，我随秋来，就遇到了那个藏在我身后的你。许多时候，共同说出的一句话，让你真像我，让我真像你。原来，我们说的都是爱。

谁知道，爱和爱，这宿命纠缠的关系！怎么这么合拍仿佛离奇，幻美而又纯粹？

（选自《山东文学》2016 年 3 月下半月刊）

■ [湖北] 草馨儿　　**听　雨**（外二章）

今夜，我是那采莲的女子，我要把小船划入你湖心。

绵绵的雨落着。

没有晨昏，没有季节，我只临窗听雨。

一滴滴的雨打在雨棚上，像敲打一个人的名字。无数滴雨穿珠成线，像雨幕回放从前。

有金属的韵律，有轻盈的舞步，我感觉发上有雨，唇边有雨，全身上下似乎都沾满了
清凉。

只是一扇窗，一帘雨。

"出去走走，你都坐了一天了。"

难得这样的季节，这样的雨，我喜欢这样坐着，让枯旱的心获得润泽。虽不像绿叶那般润玉，至少没有烟尘和喧嚣。

一个电话也没有，多好。即便有，也可以理直气壮地因雨天而拒绝。

心灵亦如秋草，在雨中摇曳起来。

今夜，我是那采莲的女子

让风静下来，让月光沉下来，让所有的星星跳下来……

在我透明的忧伤中，裹满了盛夏的轻愁。

不言不语的那一朵，多像我临风的白衣。

日日夜夜，用清露拭目，用淤泥濯身，安然于你的近旁。

而你，如那蜻蜓，总是喜胭脂，爱红唇，被风灌醉。

今夜，我是那采莲的女子，我要把小船划入你湖心。

挽袖握莲，与一朵清幽相伴。

今夜，我是那采莲的女子，我要把小船划入你湖心。

兰桨横陈，锚入湖心。

（选自《中国诗人》2016年第6期）

■［浙江］天　涯　　鸡足山：穿越与邂逅（选章）

让我在阳光里成为鸡足山光芒的一部分，这样你才不会在转身之后把我忘记。

时间魔毯，带我回到二十年前的宾川，红土地以饱满的激情，燃烧。

记忆之门打开，鸡足山的佛光在召唤虔诚的心。

换一身白族女孩的装束，似乎找到与这块土地连接的密码。黎明前的丛林，一匹白马成为我的坐骑。黑暗中，牵马汉子的眼里有星星闪烁，无法言语的神秘指引。

沿崎岖石阶攀登，每一步都贴近山的心脏。有多少秘密藏在岩峰背后？一朵花醒了，另一朵花尚在沉睡。在太阳升起之前，所有的幻想都可以得到原谅。伸出你的手，紧握，世间再无遥远的距离。天地空寂，唯有溪流与飞鸟呢喃。植物弥漫芬芳，我如初生婴儿，焚香沐浴，赠你无邪的笑颜。就这样追随你的脚步，蜿蜒而上，我要成为鸡足山最早的客人。

登临金顶，天空呈青色表情，霞光若隐若现，与少女的娇羞交相辉映。风呼啸而来，一件军大衣抵御突如其来的寒意。按捺狂跳的心率，静下来，倾听万壑松涛在耳畔雷鸣。时光纯净如水，洗涤游荡的蒙尘灵魂。

伫立众山之巅，凝视。云，翻江倒海，空谷回音绵长。一声金鸡啼鸣，世间万物同时作揖，恭迎旭日君临。

欢呼。我的太阳！

突然，这四个字有了别样的含义。回首望，红尘喧哗，潮水般席卷沉默大地。有鸟在我心湖落下衔在口中的一粒种子，从此生根发芽，一棵葳蕤的树。

鸡足山，你就这样在我生命的册页，烙上永不消失的印记。

去金顶寺，褪色的朱门洞开。佛在高高的莲台上，慈悲。

有人说，在同一时刻跪在同一尊佛前的人，来世必有牵连。个，找还是祈求今生的相遇。闭目，双手合十，是为了更清晰自己的内心。一诺千金啊！可在命运底牌翻开之前，谁也无法猜透最后的答案。

抽一张鸡足灵签。有缘人千转百回，无缘人对面不识。一个缘字，颠倒多少众生？

从寺院走向寺院，我不是朝拜名山的信徒。跪下来，以额触地，以最谦卑的姿势，卸下欲望重荷。

路边的山茶花开出朵朵禅意，粗壮的枝干，扎根岩缝的力度，这是我喜欢的人生。来，让一棵又一棵开花的树成为青春的背景，而你就是美好的记录者。

仰望树的高度山的高度天空的高度，让我在阳光里成为鸡足山光芒的一部分，这样你才不会在转身之后把我忘记。

（选自菲律宾《商报》2016.6.17、《散文诗世界》2016 年第 7 期）

■［上海］陆 群　　　　　# 千日红（外一章）

什么样的女子，可孤独不败，可绽放千里，可温婉一世？

什么样的女子，可孤独不败，可绽放千里，可温婉一世？

幽居古镇，自顾自清雅。她，就开在水乡古镇的七间村。

那天，微雨。我们遇见了诗，遇见了诗一样红的女子。她的芳名叫：千日红。直立草本，花色一直艳丽，不变色褪色，花干后不再凋零。阳光下散发和田青玉的光泽，雨中弹拨出一串明珠的清越。当诗人与花艺师同时爱上这株黄昏中的千日红时，它已在七间村的水波里千年摇曳。这朵红泛起窈窕的水波与水草，如今定格在艺术家的画框里。偶尔的一阵咖啡香，惊扰了尘世的步履。

台湾人也素喜欢千日红。是因为这小小的花球圆满通融，智慧藏于笔穗般的苞片里。那些小小的慧眼却是真正的花朵，而世人无从知晓。大智若愚，就是这等情形。拥有很多智慧，千日红不屑于表露，而当生活需要一抹红时，它便毫不吝啬。

半年前，我几乎用膜拜的心情插了几枝百日红。后来的情形是一直修剪，一直萌发新枝，一直开花，开出了小小的日常般的智慧。

紫 堇

在大通桥上看到紫堇时，她们是一对幸福的陌路人。紫堇花自个儿见证奇迹，她懂并收藏沧桑美。她正从东方走过来，站立古桥，脚趾凝固了，独自赏悦这温婉可人的低调，这见证奇迹的朴素美。她们同时拥有了一种远古而来的力量。

现在，谁和大地挨得最近，谁和泥土的气息相依为命。紫堇是从古老的桥缝里长出来的，是从明朝的城墙里顶出这半朵花苞的。

在没有机缘见识紫堇时，我已见识了它身边的泛着风花雪月的青苔，那种最原始的苔藓植物旺盛的生命力。此刻，在你不经意间，有一头春天的小鹿慌乱撞进了你的怀里，那就是粉紫色风情并用作医学中药材的紫堇。

这恍如隔世的怀抱，被一簇簇鲜活的绿拥堵。就让我是你怀里的其中一朵。我们倾听着，这青砖之外现世的车轮声呼啸而过，还有谁也在张望着。那几个如花似玉的女子相拥着梦里的麒麟才子，缓缓的脚步声由远而近。

（选自《西桥东亭》2016 年第 2 期）

■［北京］冰　岛　　# 我读泰戈尔的诗（外一章）

他要一昆虫一鸟兽地爱，他要刚与柔的爱，他把祖国放在他的童年上。

大仙生了十四个孩子，泰戈尔是最小的一个。

最小的一个写下他爱的祖国，他要一昆虫一鸟兽地爱，他要刚与柔的爱，他把祖国放在他的童年上。

他要他的诗一尘不染，他要让音乐始终流淌在字里行间，他要使一只飞鸟成为天空。

他和大仙穿越在喜马拉雅山地间，他给自然穿上美丽的嫁衣。

给它装上乳房、肚脐、阴阜、高耸的鼻子和神仙的大眼睛，他让石头发出钢琴声，让溪水长出羽毛。

我也爱我的祖国爱我脚下的大地，我一横一竖画着方块地爱，像小时候描红模子。

我牢记我的童年那时的阳光像我游戏的小伙伴，带着惊喜闯进我的每一个歪歪斜斜的方块字里。

那时的花鸟虫兽都是飞起来的呀。

露水叫浴池，阳光在里边洗桑拿，产道叫花朵，红蜻蜓不停地点水然后飞离。

一辆骡子车

来自张家口那边的一辆骡子车嗒嗒嗒地跑过。

黑枣色的皮毛和着欢快的嗒嗒声，在深秋的夕阳飘浮的氤氲没有任何的尘世痛苦，车把式被颠起的轮廓和线条转化成音乐，农场不再是空阔的原野。

骡子车的节奏一顿一扬。

路边的国槐有的一团金黄有的一团褐绿，小碗粗的树干举着它们没有纯粹意义的自由。
可远处的天空呈金色的空旷，手机里一个重要提示；
回应着必将到来的冬季。

（选自《散文诗》2016 年 5 月上半月版）

■ [四川] 周小平　　　　　**物理辞典**（三章）

至伟的向心力呀，牵引着皈依的心，运动年复一年的圆周。

惯性定律

一个站在巨人肩上叫牛顿的伟人，向人类庄严宣告：
惯性，是原生状态的循规蹈矩者！原有秩序的坚守者！原有秩序的维持会长！
保持老衲入定心若止水的，静止；保持慢条斯理不愠不怒的，匀速。
噢！凭借习惯势力，而顽固地惯性着。
然而，系统内部颇不平静，纷争紊乱在心里较量，明火执仗在桌底施展，明枪暗箭在脑满肠肥中设计，坑蒙拐骗在背后影子里使绊……
内部的一切算计，一切力量，均——扑空。纯属：零和博弈。
只有外力出现时，状态才拥有了改变！

向心力

一步，两步，三步，磕头……
磕着，等身长头！等身长头无以复加，那就是里，那就是公里，那就是——山水之遥。
与风和日丽无关，与风雨飘摇无关，与大道坦途无关，与爬坡下坎无关。
身体，就是米尺，就是测量的仪器，就是丈量的皮尺。手指与脚绷直的距离，就是基本的物理单位。
呼吸的是崇高信仰，仰望的是无限敬畏。

至伟的向心力呀，牵引着皈依的心，运动年复一年的圆周。
——今天，磕着半径，想去圆心朝拜！

自由落体

看了不少"一失足"的案例。积劳成疾，由是夜有梦寐：

一脚踏虚，是如何成恨，如何惊悚成千古之恨。

蹦极出现了。凉风习习自谷下袭来，白云悠悠在天上领舞。

两脚一空，自由落体，急遽下坠，加速度灌满全身。

失重，完全失重。加速的动力，来自带皮的自重。没有向上的牵挂，没有大地的托盘。

群山张舞着犬牙，向我咬来；长河鞭策着咆哮，向我倒灌；大地向我，迎面砸来……

惨案，即将发生！

幸亏，惊醒的弹力，把噩梦从深渊拉回。

（选自《天马散文诗专页》2016年第4期）

■［黑龙江］王　平　　# 与女儿微信（外二章）

一条条语音信息，是牵念的小溪。一句句文字，是"家书抵万金"。

一只只小鸟，从北国飞到了南国。

一只只大鸟，生着钢铁的翅膀，起飞。带着蓝天的蓝，或夜晚的星光，回到大地。

女儿们静候着，把天使的问候，给大鸟及每一个人。打开露珠一样的微笑，伸出花朵一样的双手，把温暖传递。

南国的雷雨或大风，不能让她们停歇。她们在人声嘈杂的空间，伫立，静若一朵朵莲花。

每天，我进入微信朋友圈，山山水水的世界。女儿是我的星标朋友。点个赞，是一声问候。发个表情，是无声的祝福。我看到女儿们的笑脸，春风拂面。

一条条语音信息，是牵念的小溪。一句句文字，是"家书抵万金"。

我与女儿一回回谈到北国的雪，南国的雨。万里之外，我看到女儿们理想的树苗，接近着阳光。方寸之间，我听到女儿的歌声里，有亲人，有祖国，有长大的孩子内心里的春天和江河。

旧照片

请不要试图与他们说话。

嘘——他们正安享时光的花瓣雨，漫过脸颊和胸口。

父亲放下斧头，母亲离开灶台。年轻的妻子、妹妹，像两朵花。

女儿是乖娃娃。还有我，一个长不高大的早产儿，头发有点长。

被一枚相机召唤，在春节的钟声里，拍一张温暖的全家福。

此时，不必理会狗的歌唱，鞭炮的喧哗。他们相拥在叶子一样轻盈的时光里，一起嗅到了春天的气息。

还有什么比这更温暖：父亲还没有发现肝病，母亲身板儿还算硬朗。这对庄稼地上的钢铁战士，还可以并肩走在庄稼的呢喃低语里，走进春夏的鸟语花香中。

此时，时间里没有伤口和泪水，只有春天和感动。

如今，近二十年后的又一个瞬间，这一切成了我手中的一张旧照片。

那时的星光、风、喜鹊的问候，已随时光的海洋漂走。

那时月色

那时月色温柔，我不敢说出那个字。

"姐，一场雪即将来临，孤独的不只是一枚落日。

一个十七岁的男子汉，是否需要用一生走出荒原？"

你的名字与雪有关。窗外，漫天大雪。我在等待一只雪一样的纸鸟儿飞来。

教室像一艘大船，波浪声中没有人谈爱情。与隔壁的你相遇，我们只谈风雨、峡谷、淡黄的月亮。

我们只说，实习的小护士，是个诗人，爱上病人和时光，花一样美。

风雪天里，她送去亲手编制的小金鱼和书，没有见到弟弟，他在午睡。

是啊，要错过多少回月色，才能失去一场爱情？

一首《逝去的爱》，不是姐的分手宣言。

我们却就此分手。珍藏的唯有一本诗集和姐在扉页上写的小诗。

姐，二十三年后，我们只有两分钟的一次通话，做了十多天的 QQ 好友。

姐，我们不说爱或不爱，不相见，只说祝福。

（选自《天马散文诗专页》2016 年第 7 期）

第九辑　大野之歌（风光10佳）

■［湖南］黄曙辉　　　　# 大野之歌（组章）

行走大野，一壶藏王老酒就是我们的全部血液——

1　　远古。洪荒。我听到了静寂之中异样的声音。这大野之大，乃我想象之所不能及。

芳草连天，大鸟高飞，快乐的鸟鸣如珠玉般泻落。

长河自天际而来，无数想象中的一粒粒动词，以雪豹优雅的行进之态向我靠近。

我们不计前路，只向渺渺洪荒告别。

天神，地神。敦巴辛绕是神中之神。神诞，14881年过去。又249个君丹过去。木鼠之年，聂赤赞普是我们永远的王。

天赤七王。天赐七王。沿着彩虹之道，诸王抵达天庭。

我只携一壶藏王宴酒，随往。

饮吧！开怀畅饮。以食为天的人，王欠其一壶老酒。

这一壶老酒呀，我们从远古喝到现在，将洪荒推远，抵达一个"饮"字方能到达的地方。

行走大野，一壶藏王老酒就是我们的全部血液——

2　　天风浩荡，碧草无垠。

格桑花开了，我们在战争的间隙，吹响了号角。

这号角声声，只为一场炫舞，醉卧花丛。

喝吧！不要擦去嘴角的血迹——

那流淌的生命原浆，是火焰，是历史，是一条永不干涸的浩浩汤汤的大河。

它们自火口湖流出，绵延十万八千里，燃烧亿万八千年。

我们的酒是青稞酿成的酒。

我们的血是青稞酿就的血。

我们的魂，是青藏高原的魂。那飞翔于喜马拉雅之上、唐古拉山之上、祁连雪峰之上、札伊克嘎峰之上的鹰，就是我们高原之魂的影子。

——那是藏王的影子。

逢山开山，逢水过水。王者之气，就好比这不羁的洮河，一路滔滔，终究在冲撞与切割之中，成为与我姓氏完全一样的母亲河不可或缺的精神之源——

而藏王宴酒，乃是王的气血与魂魄。

3   请允许我一路跨过那遥不可及的高山与大河吧。

请允许我携带十万枚从未出征的动词和十万枚从未使用过的形容词。

请允许我气喘吁吁奔向卓尼——

那些裸露的岩石，是秦岭山脉的骨头，其实更是我的骨头。

那些茂密的森林和草场，都是我忍不住溢出的感动与诗意。

那些开阔的冲积滩地与河谷，是我从未提起过的隐忍与宽容。

甘南，甘南。

我已经在梦里无数次寻找过前世遗落在那里的牦牛，经幡，玛尼堆。

我无数次在叩着长头前往。

转经筒在灵魂深处不停地摇着，六字真言我从未停止默念。

无数次，我在夜晚仰望星空，听取来自星星的密语。

无数次，我在藏文里取暖越冬，只为赶走孤寂，在心头留住一片瓦蓝瓦蓝的天空——那里白云轻浮其上，我可以随手扯下，给圣洁的灵魂献上哈达。

无数次，我将藏王赐给我的那一壶酒，点化给天空与大地，而我自己，只无限珍惜地舔舐一下指尖上残留的香氛。

4   我站在时空交叉处瞭望——

十万匹野骆驼向我奔来。

十万匹野牦牛向我奔来。

十万匹野骏马向我奔来……

沙尘暴在瞬间遮天蔽日。黑暗之神此刻主宰世界。

旌旗摇荡。尘土飞扬。

海啸接踵而至，惊涛壁立千仞。

巨大的鹰翅，搅动旋风，世界摇摇晃晃。

寺院在远处苍凉。酥油灯在远处明灭。

我是风窝里直立的唯一生灵。

一块擎天的巨石，支撑最后的时空。
我取出王之所赐，豪饮——
给心空点亮十万盏神灯，给身体疏浚十万条河流，给肝胆置放十万枚引信。

——"干！"
向自己的影子喊出这惊壮绝世的口号，
我已经无惧世界末日的到来。
天地之间，一个大写的人字，高过神灵。

5　骆驼。牦牛。骏马。
雄鹰。经幡。长风。
那一粒粒动词，一串串动词，一排排动词，一堆堆动词，排山倒海——
及物。或者，不及物。

大野，有足够宽阔的空间包容一切——
沙尘暴，泥石流，肆虐的洪水，地震，海啸。
在青藏高原，王的训示，已经化为甘醇的酒。
这藏王宴酒，是水的化石，是火的化石；也是化石之火，化石之水。它们，构成我们全部的勇气与力量。

我早已无意在酒气里寻找虚无。
这酒是太阳之魂，我将悉数存放在比虚无要真实和阔大得多的体内。
它们，将抽净我体内全部的暗黑与阴影，让火焰烛照前世今生。

黄沙吹尽，黄金始见。
这浩瀚无垠的大野，从此，将是我驰骋的疆场，更是我——
灵魂永远安睡的眠床。

一条大河流过体内，叫作长江；一条大河流过魂魄，叫黄河。
长江，长过时间，一路弥漫酒香；黄河，黄过我的姓氏，金波荡漾。
青藏高原厚重无比的黄土，足够安置十三亿座生命的酒缸。

6　我的王！我已经在 960 万平方公里的大野设宴，
请赐我——
藏王宴酒；
请赐我——
万世梦香！

■ [北京] 唐朝晖

大 地

你深深地沉进自己的湖底，做一条不会呼吸的鱼，一条会飞的鱼，跃出湖面。

1   你爬上灵山。那些高大的马，突然出现在雨雾的深处，一大群，一动不动地站在那里，闭上眼睛倾听树林山石的声音，它们奔跑的动作悠扬大美，飞扬起的石子声音溅在花草上，惊醒你失神的灵魂——骏马集体站立：一动不动地站成你汹涌的雕像。雨雾急急地穿过马群，一层之后，又来一层，凝聚的寒冷落在你心灵的野花里，你呢喃出：花零雾散。

你站在马群里，早先的惊慌失措与马群一起立于雨中，一条路伸向山顶的空茫。请你继续与这些马群在一起，它们是天堂里走失的希望，其中有一匹你家中的白马。它们的站立是等待你的到来和大醒。

马群站在这里。

2   树，临水而镜。

群山轻声诵读根所理解的土地，轻点，请再轻点，不要惊醒草木对大地的虔诚，不要伤害天使那白色的翅膀，和绿色的短裙。水纹颤抖地抑制不住欢喜的心情聆听和赞美。

你捧起一湖的水，手轻拂水面，不需要掩饰人性中的微小黑点，那是物质给生活留下的记忆。

风不断地把黑暗送进土地，阳光圆满恩惠。

你的影子留给了这片纯青的水域，记忆带着雏菊散发出的一朵清香，从湖水的缺口流向另一条河流，浪迹于江河湖泊。

你努力与根一起扎进土地。

3   你竟然没有在意那一湖的水，静静地躺着，深入绿的林中，四周群山守候，如同守候你的倦意。

你累了，深深地沉进湖底的睡眠。一个梦，鱼一样醒来。那是一个破天荒的日子，你告诉自己，永不要忘记。

阳台远眺无数个伤逝的昨天，天才少女的一行行文字鬼魅般缠绕着你的生活，多少年过去了，阴魂不散，倒映的湖水，比天空更深，比蓝色更蓝。

回来的路还很长，谁也不知道你是怎么到的对岸。就你一个人，站在堤岸上，茫茫然地看着不变的河床，看着不断更新变换的河水，那是泪水最痛的部位。

精气神烟云般藤蔓于山林水面。

今天，你终于把两行文字，签上名，递进了那扇大门，于你，是一个重生的纪念日，你没有想到会如此的平静——那又能如何，要高歌？要狂饮？不就是一张桌子吗？你用微博的文字来庆祝，用一个电话来祝贺。你深深地沉进自己的湖底，做一条不会呼吸的鱼，一条会飞的鱼，跃出湖面。

4　　你轻轻地说话，
　　你站起来的地方光亮充足。

5　　向生命的早晨请安。
　　呻吟震颤着天空的飞鸟。
　　植物成为土地最高贵的陪侍者。
　　独自远游的只是你的身体，一切没有改变，始终站在你的身后，如诸神的呼吸。
　　期待你的美好。

6　　一间房子，另一间房子；一个动作，下一个动作。
　　时间留下灰尘，留下一些暗黑的、青灰的尘垢。
　　积攒的印记，清水冲刷不净，明又天会洁白如初地躺在你的身边。
　　只有把自己摇醒……
　　你留在屋子里的时间证词，才会说话，形成一本诗集。
　　昨天穿过的一件外套，疲惫地搭在靠背椅上，从哪个角度看，都像是你的影子睡在昨天的时间里，有呼吸，没有动作。
　　没有一件有意义的物证站在房子里。永远没有拉开的窗帘，封闭不了时间的外泄。
　　黑暗可以传染，虽然是那么美妙的一件事。
　　你穿戴整齐地来了。你永远不会在离开后，回头看一次，你瞬即如陌生的树木，从上游袭隆而来，又迅速消失在洪水的巨响里。
　　摆脱不了圣琼·佩斯的大美。灵魂和精神不需要理由，只要你有足够迈过今天的勇气，
　　只要你有足够的信心把死亡的心灵拉回到明天的那间房子……

（选自《天马散文诗专页》2016年第10期）

■［山东］刘俊科　　　　　　　**珠江边**（外一章）

水，溅落在我的脸上，轻轻地抹掉，双手一伸，成为翅膀……

暗流隐去谎言。江面静而不止。

岸边，历史的骨头给现代化撑起了虚荣，偶尔的痛感，给今天的江水投下一粒石子，涟漪渐渐消失殆尽。

我没有勇气发出一声叹息，也没有勇气放下一缕眼神。

一个趔趄，让天空倾斜。

湿漉漉的江边，曾经滑倒了多少才子佳人的爱情？还有那位清唱的女子，孑然独立，可歌声已经寻不到一个可以空拍的亭子。关关雎鸠，一缕细细地相思，逆流而来……

记忆、风尘、岸边的回声。满江清澈见底的忧伤，让一腔悲悯惊涛拍岸。

江边跑步的女子，衣袂裹挟着江南的曲线，像一枚信号弹，点亮了珠江的清晨。

江风温润，把我虚弱的端着彻底粉碎，伏倒在珠江的石榴裙下。

鸥鸟的叫声杂乱无章，飞翔却是悠然有致。

水，溅落在我的脸上，轻轻地抹掉，双手一伸，成为翅膀……

在岭南

岭南本是诗意的坡地，却滑落着平平仄仄的枪声。

珠江的水势经久不衰，起伏跌宕着血淋淋的历史故事。

一所军校，成为历史的岸，迎来送往。

迫近的民国，在公元纪年里用加法实现了追逐。

江边的码头，摆渡过多少慷慨赴死的将士，又接回来多少从容就义的灵魂。

我无力想象，这所老房子里的军人，最初的梦想。但是，作为迟一步走进历史的军人，我可以在心里复原他们的慷慨悲歌。

在岭南，我无意间掀开了历史的一角。夜已深，我在珠江边聆听，回响，佩剑一样，紧紧依附在历史的腰间。

酣睡的江水，漂浮着喘息，星子潜入水中，闪烁，似在诉说。

在岭南，我的珠江之梦，连着我生命的信仰和生活的意义。

（选自《山东文学》下半月 2016 年第 8 期）

■［山东］鲁本胜　　**鱼翔浅底**（外一章）

或许，是远古女人的柔雅气息扑面而至，唯双眸忧郁。

不是秋天，也不在橘子洲头。

水草，传说似的，化出一条鱼。

微风徐来，那鱼，或游或浮，动感细腻。
或许，是远古女人的柔雅气息扑面而至，唯双眸忧郁。

不远处，风念诵着：即墨故城，庄稼如歌；沽河两岸，鲤鱼肥美……
从或近或远的村落里伸出的欲望之手，伸向鱼的自由。

伤感和眷恋，在银河与沽河之间，产生无限想象。
我站在岸边，意识里，那人也是一条鱼了。

大沽河湿地

上善厚德，泼墨一幅原生态。
可圈可点的一笔。
让湿柔涵养大地。用诗意，慰藉岁月。

浩渺之水，云朵林木，一个春天捧出了原始的青翠。
风不停地吹。水波激滟中，可听鸟的低飞，鱼的体味。
在水与芦苇之间，野花、水鸭选择沉睡。

夜与昼的交割时分，所有水鸟，整个河岸，显得尤为深远。
水色苍茫，一段人文心曲，
向着纷然而落的残枝瘦叶，泼洒一片雷雨……

（选自《山东文学》下半月 2016 年第 8 期）

■［湖南］海　叶　　　# 引　领（外一章）

　　　草叶和风声之上，透明的翅膀，驮起了诗句里的火焰。

说好把每一朵花都开成蝴蝶。为此，我动用储藏了一生的春天。
我的手，握住雷霆的指尖。怀抱着那些温存、呓语，和你面颊上悄然涨
满的红晕，仿佛被一朵小花，突然绽开的美。
将一朵白云，藏到桃花的深处，命运的星辰，倒映在春天的河流。
草叶和风声之上，透明的翅膀，驮起了诗句里的火焰。

以一瓣桃花的意念，放牧春天的流水。那些微笑的眼眸，能漾开鸟鸣都挥之不去的欢愉吗？

远方，在引领着春天的河流。以一瓣桃花的意念，放牧梦的远方。谁能告诉我，该以怎样的方式漂流，才能抵达那芳菲的彼岸？

倘若用爱铺成一条温暖的河流，只许愿一刻，流淌的爱也会永远不腐。在春天面前，你安静得像一枚嫩芽，蓬勃在河流的拐弯处。

安　顿

犹如秋野中的一片叶子，你在明亮的阳光里掳走清霜。

风，自由自在吹拂着。轻轻飘动的除了树叶，还有悬在半空断了线的那只风筝。伸向广袤天宇的，除了爱和思想的飘带，还有灵魂存在的痕迹。

突然很想去远方，只携带着自己静静的影子。我接受命运的选择，在一片落叶里安顿好漂泊。

在秋天，我开始变得宁静。昔日的乞求和热泪，已慢慢变凉。泛黄的书简，让我闭上发涩的眼睛。

在秋天，我做出一副倾听的样子，像某个智者。但事实并非如此，我的脑袋里塞满了许多念头。

比如，我突然很想去远方，在被风打扫得干干净净的大地上漫步。让看似荒诞的想法，托起身体最真实的部分。

在秋天，大雁开始互相招呼。

作为一个笨拙的人，我只能坐在向阳的山坡上，安顿好自己的影子。

（选自《诗选刊》2016 年第 2 期）

■［上海］清　水　　**旧物的火焰**（外一章）

那些朴素的、安然的事物一下又照亮了母亲。

山水的嶙峋隐约可辨。

那些凋零在河边的菩提树叶，慢慢会被人遗忘。薄如蝉翼的，是坠落的金。

它们说一些尘土被雨水带走。说早晨和夜晚的光浸在河水里，慢慢沉落，又慢慢升起。

说淡淡槐香的软草，在无数个明媚的、孤独的时光里，有我幼年细小身体里爱情的羞怯和离别的伤愁。川杨河日日夜夜向两岸诀别前行，一个黑夜又将过去，一簇火焰又将燃起。

我看见父亲在整理老房的旧物。一些干草留有香气。

怀念没有停止，父亲也是旧物的怀念。

我看见夜晚的光穿过软草。那些朴素的、安然的事物一下又照亮了母亲。

卑微之物

蓄满雨水的花枝，已盛开在原隰之上。

我赶着马车走在中道。四匹马的驾车跑得飞快。马儿鬃毛飞散，它们早已跑得疲累。

而路程遥遥，我还得继续赶路。一个影子被另一个影子覆盖。

我看见一些见识多广的苔藓跟着水流缓缓行走。

我看见丢失了寒冰的湖水不再伤悲，一只疲累的鹁鸪鸟儿，它和长着金叶的大树不期而遇。湖水轻漾。透明的枯叶落入了泥土。稍不留神，

一些卑微之物转眼就变成了金子。

（选自《上海诗人》2016 年第 4 期）

■［四川］赵振元

人生风景线

精彩一段段人生，组成人生的独特风景线。

自然界的风光无限，千姿百态，组成美丽的自然风景。

但美丽的风景往往都不在近处，而在远处，在险处，在人们难以企及的高处；

都在崇山峻岭的峭拔处；

都在蜿蜒曲折的幽微处；

都在无人问津的荒漠处。

只有历经重重磨难，艰难跋涉，踏平险阻，方能走上康庄大道；

只有经历百转千回，不息探寻，才能欣赏到人生美丽的风景。

人生的机会造就人生的命运；付出的心血促成人生的机会。

丰富一段段人生，需要怒放一段段生命；

精彩一段段人生，组成人生的独特风景线。

人的生命不可复制，人的历史无法重写，人的经历不能改变；

而我们，虽然无法改变自己的命运，但我们依然可以在命运的安排中，精彩自己的人生，挥写出美丽的人生风景线。

只有贵贱的心态,没有贵贱的岗位。任何职位都只能风光一时;当功成身退,一切光芒都会暗淡下去;只有那些有价值的思想、品德、魅力、艺术与贡献永放光芒,长留青史。

人生到处都是风景。

人生的风景是人画的。

历史是人创造的。生命是属于自己的。人拥有的生命只有一次,无限珍贵。

我们一定要使自己的生命如诗,如画。

如火。如歌。如虹。

如太阳般光彩夺目。

风光你的人生吧,风光的人生,属于那些在崎岖的道路上,奋发攀登的无畏勇者;

丰富你的人生吧,每一次危机,每一次磨难,每一次生死劫,都考验着、丰富着我们的人生。

美丽你的人生吧,真诚的培育,心血的浇灌,必将使美丽的人生之花盛开!

(选自《散文诗世界》2016 年 11 期)

■[上海]巴伶仁

领悟建筑（组章）

题记:建筑,让世界多曼妙,让地球更精彩。

诗语建筑

建筑的艺术从诗语出发,或流线或曲折,将情感深入地下,与蓝天对话。它用凝固的音符点缀大地,抒发博大的情怀。幽暗释放一种致密的感情。

一种卓越,一尊威武,从五千年前出发,河姆渡、半坡、秦汉唐宋一直都在添砖加瓦,放大了目光,拔高了城市。

诗语框架起每一个人生的起点到终点,用艺术创造升华。

用柔水、用坚石、用骨气、用民族文化构建起我们美好的向往。

那些扎根大地的无声诗歌,用美诠释了立体、自然的图画。

一个元素进入一门艺术,心路和诗语的两端,是创造辉煌的灵感。

智慧建筑

所有的诗性气质都从微粒开始,从木结构出发。聚居集聚再集聚,原野瘦小了身体,城市圆润了臂膀。

　　宫殿（阿房宫、故宫）、寺庙（雍和宫、布达拉宫、灵隐寺、悬空寺）、塔林（石塔、木塔、铁塔）、长城、宋城、明城、蒙古包、吊脚楼……广东围龙屋、北京四合院、陕西窑洞、广西的干栏式、云南的一颗印，这些特色民居建筑表现了人类的精神和内在情感，打开了人类的灵魂。

　　思念，沾满有故事的老屋与新楼。

标识上海

　　从多伦路到南京路、淮海路、人民路……从苏州河到黄浦江。宋氏三姐妹、张爱玲、周璇，行走的女人与理想、爱情、音乐一起重塑春天，时不时露出甜美。

　　我一次次打量石库门、旧式里弄、小洋房，人民广场、邮电大楼、人民大厦、浦江饭店、锦江饭店、和平饭店……那些叠摞的建筑洗亮一片风景。在外滩与陆家嘴对望，与万国建筑群对望，与摩天大楼对望，考量思维。直面这个海纳百川积淀多样文化的国际都市。自然的语言、声音，构成一段一段幸福的感觉。

　　在感觉的深处，诱人的光环可以撇开相随的阴影，一缕相思构建一种力量。环绕、曲行的十几条地铁将一首首诗歌带入遗落江南的时光，让黛瓦青砖体现。

　　回望，一阵玫瑰风，吹落遥相呼应的情愫。

（选自《谷风诗刊》2016年9月号）

■ ［湖北］刘素珍　　　**无辜的雨**（外一章）

你是一个内心拥有河流的人，将生死放在两岸对弈，任风在高处把你瞭望。

　　这场雨，它没有违背初冬的本意，微冷微寒。目送秋天这匹野马从容走远，天边留下金灿灿的浮云，与山水一并付诸东流。

　　灯光亮起来了，而此刻是冬天。冬天的炊烟依然是香的，香气弥漫在雨中的村庄，村庄的面孔一片潮湿，水光罩住一片空旷。

　　因为雨，风一遍一遍地吹拂，一只鸟傻傻地站在路边的一根电线上，你想沦为一只落汤鸡吗？它听不懂我的话。它应该飞上枝头，应该向往一只凤凰。为什么它不去往别处过冬，莫非想吊死在这根电线上？

　　总有一天这玩意儿会消失。一根电线搭不成一座通天的桥。此时，雨正挂在院里院外的几棵樟树上，在雨中，它们都在想什么？

想风调雨顺？对命运而言，这趋于一种完美的奢求。在季节的深厚里，我不能左右一场风雨，我只是想用眼前的雨澄清尘世中的自己，在属于我的地方承受风雨中不能承受的生命之轻。

而雨，像我一样是那么的无辜……

天黑之前

天黑之前，所有的雨滴都在安静地下落，没有呼吸，没有张扬，没有不安，没有风起云涌。

天黑之前，雨水是我的宾客，造访或是探寻，有大地做证。灯火闪烁，雨水流淌，所到之处理想风调雨顺，梦想五谷丰登。

我相信，你是一个内心拥有河流的人，将生死放在两岸对弈，任风在高处把你瞭望。风雨相顾，无言。

天黑，在仰望中来，在俯瞰中到。什么是什么，什么不是什么，万物是，神灵是。偶尔，我会犯错，偶尔我会变轻，想飞出俗世的仰望，在高远的空旷里做春秋大梦。

这一刻，感受不到雨水的冰凉。雨水一次次从天而降，一次次落入何种田地，一次次转尽轮回。亮出的高度和力度仿佛是从我的体内飞出。

什么因果可以落地生根，什么雨水可以落地生花？天黑之前，我都没有在意。

雨水在院里院外持续着响动，我质疑这声响齐刷刷地碎、齐刷刷地响是有意冲昏我，将眼前的熟悉变成似曾相识。

（选自《中国当代散文诗·2016》，中国书籍出版社 2016 年版）

■[上海]任俊国　　## 感受一缕月光的呼吸（外一章）

> 我迷失在邛海的万亩湿地里，却幸运地感受到一缕月光的呼吸。

紫色的牵牛花开在烟雨鹭洲的古榕树下，开在月的怀里。

站在蓝花楹下，在凤羽叶的光影摇曳中，我想到曾经的青葱岁月时，就有瓣瓣蓝月光飘落。站在皂角树下，我想到家乡芦溪，想到月下用皂角洗衣的母亲，想到在母亲手里越洗越白的韶华。

菖蒲郁葱，睡莲已睡。石纯碧浪一样涌过来，蓬松的狼尾草挤满路边。它们和月光，碾压着我茂盛的想象。

在纵横往复的汉港里，我感觉到有半睡半醒的秋沙鸭用红嘴啄着浅波里的痒。

茅草从栈道的石缝中长出来。沿茅草垒起来的蚂蚁窝，高过我的脚步，高过月光的脚步，也高过任何一场风雨。

龙牙花开得像火，清凉的月光镇定着它在白天被蜜蜂点燃的热情。

再次遇到苇子，遇到苇子长成的篱笆墙，遇到风翻越过去，压低季节和月的腰。

此时，风也正好翻越过故乡。

天空的湛蓝从一只积水的脚窝里浸出来，月光也从脚窝里浸出来。如果有星星落进去，我想一定会涌起月光的微澜。

我迷失在邛海的万亩湿地里，却幸运地感受到一缕月光的呼吸。

我和月亮，谁丢了谁

在黄昏的背影里，彝族姑娘阿米子的头巾如一匹月光，从对面街上升起。

月出东山，微云西去。有万方月光倒进月城，所有关在门外的月光都来到窗前，所有山坡的月光都流进邛海，所有微笑的月光都流进我的心里。一切都刚刚好。

今夜，西昌和我有一轮明月就够了。

在古城墙上，来来往往的脚步踩碎了一座老城的过往，也磨亮了比老城还老的月光。

当我的手按在城砖上时，感觉有一条千年的鱼在月光里游走。

我想到月亮也是一条鱼时，邛海就小了些，就有浪花拍打在我的心岸上。

当像月亮一样的彝族姑娘走入一条古老的深巷时，月亮撇下我，跟了过去。

午夜已散。我和月亮，谁丢了谁？

（选自《天马散文诗专页》2016年第8期）

第十辑 季节的温情（季节12佳）

■ [河南] 王猛仁

春 雪（组章）

一场雪，不期而至。覆盖了我心灵的村庄。

把过去蛰伏的日日月月、山山水水，都折叠进夜的庄重，趁梦还未逃走时，让阅读的人频频眷顾。

一幅画，撑开眼睛，春光般鲜明。孤独时，悄悄进入画中，好把春天喊醒。

那一夜，愁丝萦绕；那一夜，香雪纷飞。

继而，林鸟鸣响，泪水暗涌。风，捅破了田野的隐私。

心与心在彻夜交谈。冰消。雪融，情浓。

多少个红霞落日，多少个断肠夕照。一种香暖，在田间地头蔓延，在晨雾里发酵。

岁月，尘封了多少斑驳的往事。一株树，被凝固的黑色侵占，于干瘪的梦中哭泣。一场雨，感知着风的速度，试探着泥土的温情。

杜鹃啼血的梦中丽影，刀光剑影的长途跋涉，霆威镇守的心灵呐喊，不知不觉的，都在夜的断瓦残垣和撕裂的狰狞笑容背后，哑然失声。

一场雪，不期而至。

覆盖了我心灵的村庄。

一夜之间，落寞缤纷，在心间轻轻流动。

冬天飞舞的灵感在风的叮咛中默然滑过，唯有喧嚣的人群，空空地，远远地，如炊烟袅袅游过。

一场雪从我的心头落下，谁再能弹拨高山流水之琴？

迷入月夜的光

在五月，我看见一簇簇黄金似的手指在阳光下膨胀着，一面季节的旗帜在田野里纷至沓来，折射出诗意的色彩，刻在心底，映红了俏脸。

我站在来自颍河两岸骚动的情绪里，虔诚地倾听灵魂与大自然的对话，唯有被点燃的诗心，依偎着你的气息和迷人的香甜。

曾有那一刻，感觉不到自己的心跳，聆听不到自己的呼吸。眼前的世界，只剩下苍白的微笑，只剩下僵硬的诗句。

当我再次亲吻着你月光似的脸，你柔若雨丝的腰身，你草叶儿般战栗着的双肩，我似乎感觉到了自己久违的心跳和快乐的呼吸。

我所能看到的，仍是你朝霞般一抹的笑，带给世界一片芬芳，一片温馨。

我，如同一个追虹的孩童，在你的世界追逐不息，让风儿狂吹自己。

今夜，我已经把月亮藏在身体里了。我的心，云一样干净。

我不停地用手轻轻抚摸你细腻而柔滑的光芒。

傍晚，我要拥着你的美丽，你的唇间燃烧着的火焰，睡眠。

午夜柔情

阳光如初。在失约的午夜，你的笑靥托起了季节的风景。

黄昏隐去的时刻，等待比橘黄灯光还要温煦的微笑。

莫管它轰轰烈烈。莫管它寂静无声。

月光在堤岸上早已泛起花香的暗潮。长满青草的幽径，是一种迟来的意境，被星星追逐着，蜷缩于缄默的瓦棱。

夜的凝重深入肌肤。影子是空灵的。想象是生涩的。

内心的声音已化为流动的音符，一点点风动的声音，都溅起临窗柔软的呼唤。

居住在时间深处，守候着冬日苍白的容颜，一种透明的温暖，被小心翼翼存放。

时值冬日，拾掇起童年的快乐，让冻结的甜蜜深入骨髓。

那些不确定的机遇与游思，在空中继续穿行。

所有美丽的错误，都淡然无痕。

月亮依然柔情。带着温馨的气息，在这斑斓的夜，膨胀你蛰伏的生命。

（选自《天马散文诗专页》2016年第4期）

■ ［贵州］封期任　　　　　**春天的蹄声**（外一章）

我站在蹄声深处，悉数地收集这些蹄声叫醒的花朵。

我以梦为马，围着冬天壁炉煮出的诗歌。

踏断生冷文字的构架，听春天策马而来。

蹄声撞破沉寂，把候鸟的行程丈量。

蹄声撕破老树的皮囊，奔突而出的芽苞，惊起一场烟花杏雨，淋湿土地干涸的眼眸，长出一叶新芽，透露出一个季节隐藏的秘密。

　　蹄声过往的地方，都是一簇青草与一群牛羊的真情对话，都是一垄麦田与一片雪花的深情告白。都是蚯蚓拱出的臆想，同苍鹰一起，在云天上飞翔，划出的一片深蕴和湛蓝。

　　这蹄声，在母亲的锅台前响起，随缓缓升腾的炊烟，用母亲的体温，暖和雪地里踏出的小径。
　　这蹄声，在父亲的木犁下响起，一地的翠绿和金黄，穿过父亲的眉宇和胡须，穿透泥土的香醇。
　　这蹄声，在新娘舀起的水花中响起，那盈盈笑语，把太阳举过头顶，让一地的暖意改变风的走向，一抹深情，随列车一起轰鸣。

　　漂泊在外，我枕着蹄声入睡。
　　而惬意的鼾声，已砸出万千花朵。
　　我站在蹄声深处，悉数地收集这些蹄声叫醒的花朵，装饰我的心窗，我的门楣。
　　我在梦想的蹄声中，同春天一起醒来。

　　无法触及的春魂。

　　我抽出一根肋骨，把远方的辽阔与苍莽串联起来；那些血色的花朵，便染红一地的苍白。
　　我拔出一根发丝，编成一根长鞭，牧放着一群牛羊，漫步云天，在一片深蕴里探寻一叶知春的秘密——
　　蜂蝶，在花蕊上翻飞。
　　骨朵，在老树上狂欢。
　　低飞的燕子，把一种精气深入季节的骨髓；卑微的生命，随即长成一茬茬的麦子和油菜，长成一道道目光犀利的高亢。
　　我在一地金黄里，听一声鸟鸣，无法再去为冬日的落寞找一个托词；只能把空中倒挂的思想，植入到闲游的云彩里，让已付的时光渗出殷红的血液，把乡亲们漏落的哲学淬炼成一把银镰，向着香醇的生活。
　　我走在散发着油菜花香的田埂上，在炊烟晕染的花海中，浔郁举过头顶的阳光，褶皱万顷金黄。这喂养精灵的黄啊，凝结泪与汗的交融，血与火的思索……
　　而属于我的，是一首诗无法触及的春魂。

（选自《天马散文诗专页》2016 年第 4 期）

■ ［黑龙江］张雪松

立 春（外一章）

十二匹大马，驰于原野。朔风呼啸。它们的蹄子上还挂着尚未融尽的雪。

季节，从时间的秒针上，又一次匆匆跳过。

在冻土下面，冬眠的小动物还没有睁开眼睛，就听见头顶上唇齿响动，同时响起的，还有一只萝卜清脆的叫喊声。

一年的日子，就这样从农历中慢慢抬起头来。

麻雀的飞翔，画家的手，都突然止于一根冰雪的枝条，却又在半空中摇曳。

是血吐出的梅，还有夜研成的墨。一片淡去的鸟鸣里，远方渐渐变得更加苍茫、辽阔。

春节仿佛总是立春的嫁妆。春联，这对姐妹更像穿红衣的伴娘。我横立于门楣，看见一幅春回大地的新图浸染在北国的额头上。

一粒粒种子，已经开始在梦里悸动。

十二匹大马，驰于原野。朔风呼啸。它们的蹄子上还挂着尚未融尽的雪。

雨 水

二月，是雨水做成的一粒琥珀，镶嵌在北纬47°的衣襟上。冰雪解冻，有风吹来，雨水就在我们寒冷而又干燥的话题中闪烁。

其中，雨生，是我一个邻家兄弟的名字；还有雨清、雨浓、雨花、雨禾……雨落村庄，都能找到属于自己的家谱。

我们就这样淹没在一片充满亲情的怀想之中。

二月，柳的身体里有细雨的抚摸，杨的呼吸中全是大雨滂沱。

我还看见艰难日子的面容，在父亲的眼睛里只含着两粒雨水的轻吟。

其中，一粒飘落到父亲的嘴唇上，缓解了整个春天的旱情。

还有一粒，是我。在诗中，用一片金黄的麦子，装饰着父亲一辈子的生活。

（选自《天马散文诗专页》2016年第2期）

■ ［江苏］阿 土

在春天，像草一样生活

在春天，我心中洋溢着的不仅有一棵草的兴奋，也有一棵草的不安。

----

1   在春天，一万只虫子把我的耳朵叫醒，让我发现自己原来也可以做一只飞翔的精灵。

从被子里钻出，就像一棵从地底钻出的草，我腰肢慵懒，以至连伸展的胳膊都打着哈欠。

因为睡眠，我忽略了太多的东西，从下午到清晨，连生长在院子里的花木都视而不见。冬天已经退去，像消融的冰一样隐没在泥土深处。

撒欢的流水声里，盛开的花朵撩拨得虫子都激情洋溢起来，它们争先恐后的喧嚷声把我的骨头弄得酥酥痒痒，连思绪也忍不住飘浮起来。

一阵风来，我忍不住对着窗外打了个喷嚏，只一声，竟惊跑了满院的花朵。

失措间，我只能静静地站着，把鼻子伸向远方，顺着它们所到之处，嗅那令人回肠荡气的香！

在春天，我心中洋溢着的不仅有一棵草的兴奋，也有一棵草的不安。

2   在春天，我要像一棵草样活着，我说。

梦瞬间跌落，在阳光下闪耀成真实的的幻象，不断地制造着惊喜以及朦胧的意境！

我天生就是为爱而来的，我说，我渴望在这爱情已经稀少的世间寻得一段奇迹。

我歌唱、诉说，在歌唱和诉说中，期待平淡的生命分外精彩。

虽然，我不知道一棵草会以怎样的语言向对方表达关怀，但是它们不关心人类的姿势，却让我明白了对待世间的情意。它们恣意生长，为大地奉献绿色，改善空气的质量，并且不问自己的将来！

一万棵草在大地上奔腾，十万棵草在大地上演唱；

当所有的田野都换上春天的羽衣，我知道这个季节已经展开了翅膀。

（选自《天马散文诗专页》2016 年第 4 期）

■［河南］曼　畅　　　　**秋天已经降临**（外一章）

当然知道停顿是我与世界的最初或最终距离，有时一停就是一生的时光。

在一场风之后，确切说是在一场秋风之后。两片叶子挨得很近，阳光和秋色流下来，在黄昏，在夜晚，在无人经过的街巷跟着我的影子移动，其实，没有什么可以说的，一个简单的过程，从枝头到屋檐的空旷被它们不厌其烦的度量着，而风起于青萍之末，低过星云暗涌的天空，穿梭，撕裂，或者退却。

　　忽然，心生荒凉。屋顶上没有瓦片的声响，霜儿白了，柿树叶红了，这么多的叶子从无边的暗中来，一片一片陷入更深的暗中。是一只鸟，无声，一滴水，一捧土，一粒沙子，这么些理性的物质，从远处来，到远处去，没有叶子筛下斑驳的疏影，我将我和自己渐渐分开。

　　山重水复。总会带些什么？远是远方的肯定，飘红的落叶一脚深一脚浅朝向一切毁灭之物，极不情愿的门手挽了手，沿途吹满西风，更多的浮云还俗为尘，老是在等，一部分尘埃为枯枝败叶所收养，一部分反倒因淡忘而被疏远。
　　等待中，我感觉一些时间和另外一些时间，总有些忙。

不是今天

　　你不一定代表什么。一个人的沧桑宛若一条河从过去倒悬于现在，几只鸽子在意识的天空上沿着雨水行走，一步一步回应着我们的云朵。一棵枣树的模样只能从外部进行描述，你要敬重力量，风把季节吹走也不会把你的花吹走，这使得我们总会忽略它的实质，一只甲壳虫自下而上地爬，你会了解到它所做的事情，起初的一瞥极似务实的，你可以清楚地看见故人在风雪背后如归，孤灯高远，瞬间的走神一切皆可以流逝，有时我们自己也是随便停在哪里，此刻我站在已知的边沿，当然知道停顿是我与世界的最初或最终距离，有时一停就是一生的时光。

　　甲壳虫把自己埋在一片光里，一块干燥的影子，它并非出于顺从，我知道拦住它去路的不是枷锁，是风声里颠簸的命运。这时我已经记下我应该记住的一切。

（选自《山东文学》下半月版 2016 年第 7 期）

■［四川］伍荣祥　　**与秋风**（外三章）

　　与秋风，落叶像雨。再说什么？第三句还是落叶。

　　与秋风，第一句是落叶，第二句还是落叶。
　　季节一阵阵拂面，墙外一棵棵槐树在风中做证。
　　秋风说来就来，不可阻挡。
　　该坠落的已经坠地，不该坠落的正在摇曳：眼前万片槐叶束手无策，脚下众多虫豸也来不及退避和隐匿。

日子弄痛生灵与肌体，灵魂与落叶悄然逼近墙角，想舒展却周身困顿，想微笑却满脸苦涩，而声音嘶哑又异常沉默。

与秋风，落叶像雨。

再说什么？第三句还是落叶。

渡　水

蓝天倒映，云朵在柳河移动。

我们的双脚浸入水中。时光亦如水，一群一群的鱼儿穿梭于脚间。

我们在走，我们在渡河。

云儿萦绕啊，我们在水里赶路。

此刻，脚下有鱼，沿途有些许嫩绿的叶片儿从眼前掠过。然而，我们对这一切一点也不敢回顾与张望。

明天还有多远？我们在水里赶路。

喘　息

说暗就暗了下来。

夕阳无声地照着栅栏，槐树的影子轻轻翻越后院遮挡苍白的西墙，而看宅的狗儿已开始匍匐于房檐之下，还垂下倦意的眼帘。

说暗就暗了下来，说静也就静了下来。

该映照的事物已经照耀，后院的池塘水面还泛着残红，远处的山谷也停止先前轰鸣般的喧响。

万物沉寂，明天会发生什么？

此刻，有人在路途背负行囊喘息，外出的鸟儿却悄悄回巢。

静　宅

房门紧闭，窗外依然不安。

今夜，适宜枯坐，适宜开启电脑，适宜翻动桌上任何一本书，并且在某一页上随意作记和涂鸦。

日子慵懒，主人倦意，不愿谁打扰谁。

今夜，仍有鼠辈偷食，城市在沦陷，许多事物被掠夺和掏空，包括地上的尘埃和飞扬的纸屑。可谁也没有半点禁忌和懊悔。

时光真的在弄痛自己。

或许，今夜适宜遗忘，适宜目睹与淡然之后重新转身。

（选自《伍荣祥诗选》，四川民族出版社 2016 年 10 月第 1 版）

■［河北］孔祥玲　　　　　　　彼　秋（外一章）

远方让我在彼秋提前进入冬季，成为雪的尸体。

逝水东流，秋光一寸寸变短。而此秋非彼秋，此秋仍色彩斑斓，桂花飘香，果实离开枝头，阳光开始变得慈、暖。

然，我在彼秋，桂花酒已冷，秋阳似没落之后的爱情，冷冽的风是从心底刮起的，风向分明。

我在彼秋以一颗低微的心，在另一颗高贵的心之下，高昂起头忍住眼里的泪水。没有回响的远方，因为沉默变得更远，我曾触及的温度，在冷冷的风中成为指尖和唇齿间的记忆。

远方让我在彼秋提前进入冬季，成为雪的尸体，在等待和眺望中，玉体横陈。

秋天，我的世界雨声大作

此刻，我的眼中又布满秋天一场阴雨。而我的远方仍无消息，心中低沉的呼唤，犹如坠入空谷，回响的只是一声巨大的叹息。听，我的体内灌满了秋风，落叶在异乡迷途，你也在其中。

遍体瘢痕是在记录你异乡的故事吗？而我是其中一段秘不可宣的隐情。

我们曾拥有的剧情，是一趟载着我和陌生人的列车，驶向你，又远离你。

你成为远方，也唯有远方那一束昏黄的灯光和一双有力而温暖的手，向我的心胸靠近再靠近。它们成为我新的疾患，不能碰触，一碰就疼。

你是秋天，你是我的爱人，你可以保持孤寂，沉默，萧瑟，却不能不让我的世界雨声大作。

（选自《诗潮》2016 年 3 月号）

■［山东］陈茂慧　　　　　小雪：将落未落（外一章）

请允许一粒种子在黑暗中奔走，一边走一边摸索着自己的梦境。

带着一个冰清玉洁的名字，以新的姿态奔走在巴山蜀水之间。

你说，厌倦了京都的繁华。

你说，北方的冷让你尝尽了世态炎凉。

你要返回前朝。返回让你魂牵梦绕的绿地。返回时光的起源。

流浪的足迹遍布，陌生的语言里暗藏着尚未知晓的秘密。

灰蒙的天空像一块幕布，从前世拉到了你的今天，将疼痛隔开。

抱紧孤单。自文字中流出的液体淹没不了人世纷乱的石块，它们为坎，为墙，为护栏，为心与心之界，只不能为门，不会为谁洞开。

你等待风起云涌。

一个时代的症结，倒映在另一个时代中。

人们总是迟到，一场醉心的厮杀，并不见刀光剑影。

你以温和的面目呈现。目睹人世的荒凉。

南来北往。上下纵横。翻云覆雨。

今天的错就是昨天的对，历史的黑白刷新着万物的朝向。

阳光收紧花的翅膀，泥土埋入时间深处。没有一条真理的河流经过冬天。

小雪。小，轻轻，缓缓，渐渐，淡淡。你有潜移默化的神力。

你要施爱于偏僻的幽径。你过黄河，泰山，逆着长江。你要看封冻的山河，倾塌的庙宇，人心的断垣残壁。

你用自己的精血、生命、气息，覆盖一切。你说你要覆盖红尘万丈。

你挥起利剑，要斩断人世的疽痈，将落未落。

夏至：一粒种子的奔走

荷盛放。白、粉、红、紫，争先恐后在绿叶中探出了一脸娇媚。

请允许我摘下一枝荷叶，用它挡住人世间的烦扰。

允许我剥开莲子，细细打量，品味甘甜中的微涩。

我将脚步放轻放缓，不必惊动一池游鱼，它们的欢乐你我均不懂。

小小蜻蜓的翅膀扇动，它停驻在我的肩头。哦，它歪着头与我对视。难道，它是我前世的爱人？历经千辛万苦，才在大明湖畔与我相遇？

美好的错过。忧伤的错过。迟到的遇见！

别再标榜你的清高，周敦颐的《爱莲说》已诉尽荷花的高洁。

那么，请亮出你自己。

今日，白昼漫长，且容你慢慢推开身边的门窗，推开心中盘根错节的心事。你可以从容地说出隐藏的秘密，缓缓地将乱发理顺，正襟危坐。

天色一点一点地由朦胧到清晰，由明亮到灿烂，再由灿烂渐渐转淡、转暗。暮色便款款而至。你还是那个没有长大的少年。可是在暗黑中，萤火虫的光亮穿透了一朵荷花。那轻微的颤动紧紧地、紧紧地绾住了我的秀发。

入伏。今夜我穿上了紫色碎花长裙，在夏风中独自沉醉。

有哪一缕阴凉的风是为我而来？我将自己作为最虔诚的礼物进行献祭。

无眠的夜啊，请允许一粒种子在黑暗中奔走，一边走一边摸索着自己的梦境。

（选自《天马散文诗专页》2016 年第 5 期）

■［湖南］苏启平　　# 冬天记忆里的温情（组章）

青瓦白墙的山村，露出自己亮堂的心扉，黎明开始书写阳光，岁月。

北　风

冬天的空中，北风张牙舞爪。

山与山挤出一道山坳。风伸长脖子，用飞的速度前行。背叛云朵，背叛大地。

风在呼号，或炫耀自己的残忍，抑或孤独之后的忏悔。

没有人懂得北风，就像没有人喜欢北风的寒冷。

记忆随时会晕倒，不小心就跌倒在悲情的诗词歌赋里。

瓦片的咯吱，使我想起了边塞的号角。我不知道狂啸的北风是否也能吹响屋角的横笛，慰藉村庄落寞的冬天。

炊烟四起，雨点敲响夜前进的战鼓；黑夜张开大嘴，把北风与白昼一起吞噬。

把农具收起，藏在北风的背后。唯有墙壁，像个双手叉腰的坚强汉子，把寒风里打着哆嗦的人们，当作自己心爱的女人一样，紧紧地抱在它的怀里。

我忘记池塘的涟漪，忘记所有与北风有关的词语。

今晚，只有屋里温馨的灯光，辉映着几案上烧煮的香茗。

残　雪

残雪，掉了队的雪。是因为孩子般贪玩，或是对冬天的依恋？

晶莹的雪色，晶莹的泪光。谁的心如此晶莹剔透，藏着来自混沌初开的神话与传说。

婉约或者豪放，壮观或者柔美，残雪自有风韵，在冬天的旷野。

残雪所在，也许是村庄的腋窝。轻轻地揶揄，逗乐一村的顽童。

打雪仗的笑声焐热饭甑里的红薯，丰富饥饿的童年。

一堆雪，无法卷起岁月的涟漪。村庄沉默，宛如比丘，把残雪串成念珠。

恍然，村庄已经坐床成佛。

火 炉

火炉是跳动的心脏，左右着村庄的行动。

我和飞鸟一起站在村庄的高处，大声控诉凛冽的寒风。

屋檐把岁月切割成不同的季节。春天、冬天只有一墙之隔。

用木柴把火炉点燃，温暖顺着乡村小路走进人间。

红得刺眼的木炭，使我想起安徒生笔下卖火柴的小女孩。那枚划过夜空的火柴，是否依然诠释着痛苦、怜悯。

通红的火炉是儿时的红棉袄，高高地挂在商铺的货架，温暖我的心。

鲜红的火焰是否也有白居易一样的叹息。白发，愁容，已经随着破败的王朝远去。

青瓦白墙的山村，露出自己亮堂的心扉，黎明开始书写阳光，岁月。

（选自《天马散文诗专页》2016 年第 9 期）

■［新疆］李 凌　　**雪原上的稻草人**（外二章）

雪原上的稻草人，其实更像敛翅的鹰隼，身上落满白雪。

雪原上的稻草人，其实更像敛翅的鹰隼，身上落满白雪。

头顶是无边无际的蓝，身后是漫向山顶的白，前面是村庄，是七情六欲。

空旷中，阳光带领一群鸟儿，飞来飞去。而突然离群的那只，就像时间的箭镞，射在稻草人的肩头，收拢自由的野心……

看吧，那些踏雪的人，衣袂飘飘。透明的风，从来就没有来过，又从来没有离去。

其实，没有什么，没有什么能够留住那些短暂的美，永恒只属于自然，属于洪荒。而雪野是洪荒中的一面镜子。

此刻，一些细微的细节，稻草人倾斜的肩，有雪花纷纷扬扬，身体失衡的瞬间，日子落地，覆盖了正午。

拉爬犁的小男孩

在洪纳海村，时不时就有凛冽的风声穿过。

而我要说的最生动的画面，是三个小男孩和一架小小的爬犁。

其中两个弓着腰，共拽一根绳。而坐在爬犁上小男孩，他把自己当陆地上的船长，掌握着一艘船的童年。童声阵阵，小巷深处的宁静传得很远。雪地上两道深深的印痕，是两道永不相交的轨迹，纯真也越送越远。

小巷两旁的村庄，屋顶铺满吉祥。冰凉的雾凇缠绕在那些光秃的树丫上，仿佛久别重逢的恋人，紧密抱团，不忍分离。炊烟下静悄悄的时光，散发着浓郁的烟火味。

白是大地所有的雪，雪是大地所有的白。

宁静的上午，一架小小的爬犁，沿着童年的方向，开启了一扇记忆之门。

古朴的农具

我依稀认得它们：大斗、石磨、坎土曼、马灯、腌菜缸、马镫、手钻……

在这个上午，一一打量它们，就是在喊颂我的兄弟姐妹。

在那令人心醉和痛心的年代，它们镶嵌着我的多半个童年，尽管那时它们也竭尽全力，耕地、刨土、打粮，颗粒归仓。

照亮路程，打制家具……让每一个日子都丰富饱满。

当然，还有那硕大的大斗，自然也埋下仇恨的种子。

而我却再也无法把它与"五体不勤"互为映照，

那些已经走进记忆的场景，不过是陪衬，陪衬着日子由远而近。

而这些古朴的农具，它们也不愿再开尊口。

它们说完了自己要说的话，干完了自己要干的活儿。就像风烛残年的老人，表面的平静下面，暗暗流淌的血液，有血雨腥风，也有艰难困苦，有改造自然，也改写历史。

有扑朔迷离，也脉络可循。即使渺小，只要它们停留过的地方，就会生长五谷。无论是在高处还是低处，也构筑了自己精神的高地。只要我们凝神静气，就会发现，它们身上仍然炊烟袅袅，散发着浓郁的奶香。

（选自《诗潮》2016 年 7 月号）

■［黑龙江］崔明秋

冬

题记：完整的意义破碎在对完整的期待中。

1　冬天断臂，残缺的美感渗入太阳的肌肤。

黎明微弱的天光唤醒故事的开头，我用孤独的火焰煮沸一个庸常的清晨。从今天出发，我将又一次抵达昨天的终点。

与时间的对话永远没有新意，秋天僵硬的背影遍布大地。暗伤密布的下午，悬挂着一个抽象的疑问。

雪的犹疑在天空的背面辽阔，它充耳不闻人间高低错落的呼唤。

世界早已与颜色为敌，万籁俱寂的子夜，黑暗被灯光赋予了形状。那些失去了来路的故事，汇聚成同一种表达。背叛季节的密令，泥土深处的落寞，谁为冬天拱手让出生命的火花？

2　完整的意义破碎在对完整的期待中。

寒冷莅临时，那最初的呼唤早已灰飞烟灭。转身告别，一个个颗粒无收的秋天悄然而逝。积攒着月亮肩头泛起的霜白，妄图遮盖岁月的老年斑。拙劣的雾气不肯退让，艰难地寻找落入一个又一个谎言之中。

无数蒙难者把无助的眼神投向燃烧的天空，在落日的阴谋中，满怀感激之情。

3　固守原地。满目疮痍的热爱在没有出口的街市喘息。

从一次失望逃向另一次失望，沿途布满风的咒语。关于春天的说辞在根须的内心灿若朝霞。具体的生活从不诞生奇迹，纵使对每一个冬天怨声载道，却依旧保持着不变的步伐，踩弯了寒冷的腰身。

渴望度过，却又慨叹流年匆匆，苍白的命运填补着冬天的风霜。

4　继续在夜晚的深处铺展梦境的浩瀚，孤独的浪花层层叠叠。

断裂的叹息散落在朽木与枯叶之间，光阴从不询问悲伤的出处。有多少波澜起伏的往昔埋葬于夜的更漏声中。

冬天如此宽厚，为每一个卑微的愿望开辟出纯洁的领地。荆棘刺伤旷野，大地隐忍疼痛，收敛着暴躁与激情。

雪从童话里走出，坠落出一场尘世盛大的安静。

（选自《散文诗》上半月版2016年第1期）

■［湖北］向天笑　　**一场虚构的雪**（组章）

你准备用一场雪，来覆盖我，覆盖我们的前世与今生。

爱一个人要缓慢，像衰老……

我在等待一场雪的悄然到来，整整一年，你一直无声无息，现在，你缓慢地下着，不急不躁。

你仿佛用尽全身的力气洗净自己，那么疲惫，无力前行般前行着，每朵雪花都是你伸出的舌苔，那么温柔。

你说爱一个人要缓慢，像衰老……

你准备用一场雪，来覆盖我，覆盖我们的前世与今生。

我身陷这场虚构的雪里，不愿自拔，我似乎看到春水在雪底下四溢，春光缓慢地照亮黑暗，即将灿烂起来。

一场雪就这样柔软地坍塌在我的怀里，一遍遍地抚摸着缓慢融化的喜悦，任日渐衰老的爱像皱纹一样缓慢爬上脸庞。

多年后重逢

多年后重逢，在这个已是春天的冬天里，我遇到你人生的冬天，再大的一场雪，也比不上你的心在滴血。

我们凭借一座大桥，就可以从此岸到彼岸；我们凭借一次相会，也许会改写一生的结局，重新擦亮那些不再明亮的日子。

就像一场大雪，可以轻易遮掩一路的坎坷，别人看不到你笑脸背后的辛酸，除了我。

一场梦中的雪

一场雪，从江南下了江北，在你梦乡的四周，就落满了这样的白雪，还在你的梦里纷纷扬扬。

你的泪珠像悬挂在冰凌上欲滴还凝，睡眼蒙眬中，有一个人来了，轻抚你。似露珠滴进花蕊，颤抖着轻轻的喜悦。

那么含蓄，那么内敛，那么不动声色，直到你彻底融化成一摊雪水，我还是装出一副波澜不惊的样子。

是的，我像雪一样飘来过，又飘走了。

那时候，你正痴迷于自己的梦里，羞于喊我转身，或是喊了，羞于出声。

（选自《天马散文诗专页》2016 年第 2 期）

第十一辑 西部西部（14佳）

■ ［青海］梅 卓 **佛心之旅**（二章）

我要去那东方的刹土／你若能诚心祈请／并淌着心口如一的眼泪／那么就把额放在我灵塔的下面

　　让我们用菩提心瓶之水沐浴，当黎明降临、太阳升起时，我们仰着洁净的脸，把双手举过头顶，就这样，我们来到你的家乡，来到芒域贡塘的江安寨。

　　你童年的四柱八梁，你童年的俄玛三角地，随着父亲进入虚空。你的父亲，他从墓穴中伸出眼睛，无力地看着妻子儿女沦为乞丐。

　　你便以你身语意三业的供养，呼风唤雨，施咒放雹，痛快地雪恨后却又失悔，厌世和出离之心，成为得以与正法相遇的因缘。

　　你因此而被拯救，又因此而拯救众生。

　　你避居山野，以荨麻为食，以朝露为饮，当遍身罩上绿色的光环，你寻求到走向人生终极的验证。

　　你那泪如泉涌的徒儿，深深地伏下身，无怨的双眼是你身后的永远。

　　只愿听到你的名字，仅仅听到你的名字。

　　就这样你点燃了自己。你彩虹帐幕的天雨妙华，你水晶宝塔的光彻虚空，你金铃银鼓的神乐圣音，你慧心澄圆的金刚舍利啊！

　　可是我仍然不懂你苦修的一生，但请以你的悯悲心，摄授我吧。

羌姆：晴空下的鹿舞

大雪地中，缓缓地起舞了，你缓缓的足音，吸引了无数条无依无靠的哈达。

为了生存。

为了生存，在寺群之间，在荒野之间，在猎手之间，在历史之间，

敲响了高举的鼓。

是古代音乐的延伸吗？

是远古洪荒的反思吗？

犄角绽出的花瓣，唇内闪现粼光，而暖暖的足音，拒绝了明明灭灭的时空。

敲响了记忆。

是人类童年的记忆吗？

是游牧文明的神往吗？

我们宁静，安全，在古铜色的皮肤里悠闲，自如。

有时候扶一扶冬眠的菩提树干，怀揣着善良美好的梦想，不避风雨，在连绵不绝的鼓的节拍中，闭上眼睛，伸出心。

然后沿着鼓声传来的方向，寻找回响。

（选自《湖州晚报·散文诗月刊》2016 年第 4 期）

■[甘肃]梅里·雪

九片雪（外二章）

> 第九片比白塔还白，经文里的光芒都走不出雪域的幻境。

第一片雪，看见佛经里的雪莲花，穿越唐蕃古道的人不孤独。

第二片雪，骑着羚羊种青稞，迎着大风生长。

第三片雪，神的草木，佛的石头，跟着一米阳光到一个扎尕那的村庄去了。

第四片雪，落在拉卜楞大经堂的金顶，这是神有意安排的。

第五片雪，黄河源头正在受孕。

第六片雪，放飞的隆达（风马）在风中写诗。

第七片雪，草原在宁静中等待星辰和月色。

第八片都是参透贝叶经的隐者。

第九片比白塔还白，经文里的光芒都走不出雪域的幻境。

之后的每一片，我不说，交给你。

你说什么，我都跟你走，只要是去甘南——中国的小西藏。

割牧草

甘南草原上，那么多人是从秋天深处回来的。

手里提着秋草的芬芳，提着白色的云，蓝色的花香。

最重的人手里提着收割牧草的长柄扇镰，把沉重的藏袍脱掉，堆放在新割的牧草上。

他们要割去一季的凋敝和荒芜，为即将到来的大雪腾出辽阔。

牧草和牧人平等相处，甚至可以互换。

没有草就没有游牧文明，他们谁也离不开谁。

时间之风知道草和人的冷暖，一茬草一茬人一茬老去的岁月。

牧人收割牧草，草，收割着牧人的青春和汗水。

不抱不怨，不悲，不喜，雪来了就藏匿芳华和柔软。

牧人说草枯了，根鲜活着。人走了，星子替代着。

经过雪的肃杀、洗礼，来年的草依然会冲破时光而出。

那时，你遇见一棵草就等同遇见一个牧人，千千万万棵草站立成青藏的甘南。

巴松措

巴松措的一湖蓝沉默着，微凉的风大开大合翻阅着空心岛。

花开为字，叶落是声。

求子洞里走出的红衣僧人点破秋霜，笑容不带因果。

殿前，木刻的男女生殖器朗照着青藏的阳光，风和时间纠缠着，那棵桃抱着松的连理树，根部和腰部纠缠着传说中的两情相悦。

它们不介意你的亲近或疏离，只顾相拥，接纳，嵌入，不离不弃，又互相独立，谁开谁的花谁散谁的叶。一棵千年青冈木是它们的邻居，见证着欢爱。

佛把一只蓝眼睛留给人间，爱恨情仇不过一滴泪。

（选自《大沽河》2016 年第 1 期）

■［西藏］张九龄　　# 高原上的牛羊

它们的蹄印更深入泥土……它们的生命比一只鹰的飞翔更为坚强。

高原之上，这是谁撒下的珍珠？蓝天之下，这是谁结出的果实？

自由的牛羊，它们在神灵打开的经书之间，读遍高原每一行的文字，那些用藏文书写的青草，像极了粮食，它们以此为生，并以此老去。

青草长满高原，牛羊们的身影遍布其间，有的在河里饮水，有的已爬上了山顶，眺望远处的雪山。

除了偶尔有一只鹰在头上盘旋，或者有一只红色的狐狸从面前跑过，没有人会去打扰它们此刻的闲散。放牧的人只在随身携带的帐篷里睡觉，他们也许就没有上山，这里只有牛羊的天地，这里没有鞭子的呼啸。

膘肥体壮，这是必需的结果。因在它们的身体里藏着人们生存的渴望，要挤出奶水和粮食，要换回服装和妆饰……所有的牛羊都必须在高原的泥土里啃出更多的血和肉来，在高原无限的高里，所以它们的蹄印更深入泥土，它们的心比一堆岩石更为坚硬，它们的生命比一只鹰的飞翔更为坚强！

这是不一样的佛陀，它们的佛光只在内心里把这片高原默默照耀！

不需要语言，它们已经彻悟了生命所有的繁华或者没落，不需要宫殿，它们的莲花宝座就是这万里的雪域高原！

（选自《湖州晚报·散文诗月刊》2016 年第 4 期）

■[青海]祁玉良　　# 格尔木（外一章）

格尔木，一指流沙，轻掩一缕暗香，千年不肯归来。

一个人的天荒地老，需要多少坚守，才不至于逃离。

一个人的相思，需要多少年的吹拂，才能瘦成一棵茇茇草。

格尔木，时间巨大的沙漏，凝成的琥珀，有驼铃传来的遥遥喘息，有海从前遗落的骨骼。

格尔木，一指流沙，轻掩一缕暗香，千年不肯归来。

大唐和吐蕃，隔着一片荒漠，握手言欢。

德令哈

打开的窗户下，我们看到了灯光，和灯光背后的阴影。

浓重的夜色涂染，踉跄和孤独的脚步，德令哈，穷途末路。

谁把想象勾兑成烈酒，与戈壁对酌，在骆驼草的谦卑和低矮中，获得自然恩赐的葵花宝典。

疾驰的风还在疾驰，呜咽的城堡还在呜咽。

春天驮来十万朵枸杞开花的消息，驮来雨水远赴千里的喘息。

德令哈，厚重的生死簿上，谁把高原想象成地狱，谁就是自己今生的黑白无常。

德令哈，圣殿之外，一些腼腆的孩子，等待领取上苍。

五月里，撒到草尖上的，一个个天堂。

（选自《湖州晚报·散文诗月刊》2016 年第 4 期）

■[内蒙古]夏　寒　　# 西藏·雪域

我目光的尽头是旷远的转世，蓝烟缕缕如白发般飘向雪域的圣殿。

我用转世的视野去看西藏

我听见西藏民歌，把一支长调悠扬地抬高，一直抬到喜马拉雅山的峰巅，凝成雪原的纯净，那融雪的描摹，一定是春天圣洁的姿势。

在雪域高原，阳光把一缕缕寒光洒在天边。

我目光的尽头是旷远的转世，蓝烟缕缕如白发般飘向雪域的圣殿。

鸟，带着藏人的知觉抖落尘埃，在超然的禅境里风轻水秀。

天边，那遥远的祥云就是一缕缕佛光不断涌动的信念。

夜晚，藏人将大彻大悟挂在寺庙翘起的檐角上，为佛失语的嘴唇守住内心的秘密。月光，滋润着香火。卸下一身经文，超凡脱俗地诵唱不停……

慈祥，在觉悟中降生于涅槃；信仰的种子，在木鱼里发芽。

一条天路，洞穿天桥天门和天窗，登上天界。

我用凡人的眼光去看雪域

聆听雪山，也朗读藏经。

酥油茶里冒着一缕缕云烟，呈现藏人的是超俗的祈愿。

神鹰在雪山，拍打翅膀上的晶莹，一朵朵雪莲花含情的颤动，会让你的心境水墨丹青。雪域，藏歌与格桑花一起争奇斗艳。

雪域，每一缕风中都夹裹着诵经的味道，每一丛草随风摇摆，也都在朗读诵经。朝圣路上，求神灵保佑，三拜九叩是心诚则灵的写照。

信仰，把雪域覆盖。雪山，雪峰，雪域，在雪的世界，雪莲就是纯洁的化身。念珠滚动，经轮滚滚，滚动出诵经声声，空谷幽兰冒出幽香阵阵，随风飘进路人的心里。

雪域，把岁月冻结。在冰层下千年的呐喊积蓄雪域的能量。

雪崩，在纵横山脉缭乱的梦里，惊起一只神鹰，撕扯着雪域高原的魂灵。

（选自《意文》2016 年第 4 期特别推荐）

■［新疆］汪志鑫　　# 夜吟博尔塔拉

星星在这个夜里散落在草原上。羊群早已在牧人的梦里安卧。

1   在一个突兀的世界，我与博尔塔拉不期而遇。

蒙古汉子的祝酒歌，从属于马头琴的弦中溢出。一碗奶酒的香醇，在泉的温度里，回升……梦境里的历史如海市蜃楼般呈现：游牧的塞种人与汨罗江上的屈原把酒酣叹，吟诵《离骚》；"双河"在贞观长歌的斑斓里放歌。柔然、悦般已然逝去。静谧的蒙古包，赛里木湖畔的马群，远处的雪山，无名的小花，与成吉思汗点将台遥相呼应，追溯过往——

2   一次短暂的相聚。

在草原的横切面上，我查找岁月留下的波纹。一无所获。

长在城市的人们，遗忘了草原上的驰骋。一串拷问的词语，正唐突地原地踏步。而我，与这些词语一样，除想象之外。

阿拉山口的风强劲地吹。梭梭草在芦苇深处探出头，宣示生命的存在。

星星在这个夜里散落在草原上。羊群早已在牧人的梦里安卧。

半个月亮爬上暮色的秋，飞落的大雁休憩成阿爸阿妈的眼神，一个骑马的少年，疾驰而过。怪石峡谷，鬼斧神工雕琢成别致的美景。

站在层叠的冰涛前，我想起了波澜壮阔地奋进的年代。

红的鲜艳。白的纯洁。

3   博尔塔拉河，属于谁的母亲？空气里的咸味在深秋的夜里走过，以抗争的心态萎缩。我在属于温泉的地界，寻找梦境里的长篙，向芦苇深处漫溯，如渔家的晚归——小草如笋般成长。草原孩子奔跑的气息里，透着奶酪的香醇！

我虔诚地前行。每一步都小心翼翼，唯恐走失了纯净的灵魂！

当夜晚来临，暮色吞噬了白天草原的豪放，婉约了一湖秋水……

4   在喧嚣的大街，情歌随风肆意飘起。高楼阴影下，几个牧民在街头谈论着与马群有关的话题，生命的火焰在一幅黑色大幕里壮美地跳跃！

我无法驻足。因为我的心，还留在那片芦苇丛里，眼底似乎还有几只小鸟悠闲地飞落，不敢去惊动它们的欢乐！

今夜或今夜以后，我把一些文字堆砌成琐碎的思想，行走在银色草原，吟诵一首完全自我的博尔塔拉之夜……

（选自《淮风》2016年1月号，总第105期）

■［四川］庄　剑　　**打马过宜宾**（外一章）

在长江之侧的月亮田，今人的思绪，不仅仅是策马溯江而上……

这个特殊的日子，我策马扬鞭，跃过这个城市。

阳光洒下来，没有杂质。

如这个被酒浸润的城市，洁净、温润，泛着光泽，通透而又香醇。

浮云之上，扑鼻而来的，是老街里弥漫出的特有味道。

是谁，独坐流杯池喃喃自语？

那首与五粮有关的诗，在他的嘴里细细品呷，让诗与酒的韵味，不仅在古典里荡漾，还滋养今人的目光。曲水流觞旁，黄庭坚留给我一个潇洒的背影。

我要下马，用我的眼神，在坚硬的石壁，为你定格一幅永不磨灭的雕像。

今天，我打马过宜宾。而另一匹马，奋进塔上的腾飞马，与我不期而遇。它在我响亮的鞭声里，昂首远方。

这就是酒塑的宜宾啊，它，处处飘游着太白的意象。

盛装的酒都，在飘逸的酒香里，喜气洋洋。

月亮田

江畔的风，很生动。

月亮田，肯定是你的家园。因为激情澎湃的诗人耗尽了几乎所有的热情，仍然没有能够留住你风华绝代的飘忽身影。

所以，他只能"轻轻地挥手，作别西天的云彩"。

然而，生命绝非童话。当梁思成用没有华丽诗句装点的日子陪伴你的一生时，你感到了一份长久，一份宁静。相濡以沫的深情浸透了精神的芬芳。

在时间的背后，在第一部《中国建筑史》的诞生地，我悄悄地立于月亮田，把自己的声音藏进你当年江边眺望过的那块石头，然后，像一部已经被时光历练得线条闪烁的无声电影里的画面那样默诵你的诗句："到如今我还想念你岸上耕种，红花儿黄花儿朵朵生动。"

此刻，长江岸边耕种的人和朵朵生动的花儿，构成了层次分明的彩色画面。在中国李庄，在长江之侧的月亮田，今人的思绪，不仅仅是策马溯江而上……

（选自《人民日报》2016 年 5 月 23 日）

■［内蒙古］包玉平　　# 阿斯哈图冰石林

漂浮于西拉木伦河之上的 27 座巍峨山峰，燃烧的 27 支火炬，将时间烧成碎片阿斯哈图，冰的日子已随风飘去。

一块石头，是柔软的。一块片石，更是。

翻动一部书，就是翻看一座山。

我们曾经挥霍过的阳光，星月，再也不要去寻找——

在阿斯哈图，有人把西域丝绸之路上贩运过的那些丝绸，柔软地折叠成石林，让人迷惑不解，惊诧不已！

一万年，只是一小条缓慢的褶皱。

如果翻动一下，或许有千军万马，轰然奔涌而出，杀气冲天。

而现在，只有一朵又一朵野花，血红盛放。

头顶上，蓝天，还在拼命地蓝着。一只草原鹰，铆在石林的顶端，已千万年，一动不动。山涧，河水悠悠。白云和羊群，在静默的蓝色蒙古高原，一起放牧。

丛林中，鸟鸣飞溅，蛙鸣鼓荡。

冰川，何时已消融？

指尖冰冷。旅人们，一再抚摸山石间的青苔，褶皱，褶皱里的幽暗和冷漠，试图能够触摸到古人的脉搏，脉搏中传导的讯息，讯息中的辛酸和伤痛。

他们紧挨着石林，留下的光影，渗进岁月的骨血，急匆匆，滑下山去——

回头，回头是那么的不易。

阿斯哈图冰石林，随着人们的脚步，依旧提升，矗立。

上山的和下山的人，一次又一次，消逝在苍茫烟雨中。

（选自《星星·散文诗》2016年第7期）。

■［新疆］王信国　　　# 马蹄声渐远（外一章）

马蹄声渐远渐近。渐远渐近的还有马背上的故乡。

在西域，任何伪装都徒劳无功。

我隐藏在一株草根下，以诗歌的名义修行。以诗歌的名义学会忧伤。

马蹄声渐远渐近。在西域，随便捡一块鹅卵石，看见西风撕裂的废墟，随处都是。

在西域，听沙子与风演绎的交响；听植物与鸟鸣的私语；听时光与时光碰撞的回声；听马蹄声渐远渐近。

时光，有时会停下来。在马蹄窝里留下速度、奔腾及骨头打造的品行。

马蹄声渐远渐近。渐远渐近的还有马背上的故乡。

看见沙枣树

一块鹅卵石沉淀的风尘里，不需要回头，就能看见沙枣树。

久违的相逢，过去千年万年，沙枣树从未离开；从未停下风花雪月的叙述。

看见沙枣树，看见翻来覆去轮回的俗世；看见上辈子求教过的师长；看见一只羊在白骨上等待春天；看见松涛的回声消融天山的冰雪。

看见，不是偶然，我一定要来。走近一棵沙枣树，走进沙枣树的记忆。

读过的书，抚过的琴，一支木箭头上飞翔的鹰，在沙枣树的记忆里，活灵活现。

看见沙枣树，看见开花的骨头。

（选自《星星·散文诗》2016年第6期）

■［新疆］支　禄　　**岩　画**

用悠长的目光牧放岩面外的老鹰，远方就飘来了潮湿的云朵！

古老的兽们，一只只用骨头撑起瘦骨嶙峋的日子。

一旦四蹄死死地踏住时间，谁也奈何不了。

三千年过去了，一个个看上去像刚刚爬上岩面时一样鲜嫩，与衰老不沾边地过着四处悠闲晃荡的日子。

大把大把花费时间，像尘世的阔佬们花费金银珠宝；它们一旦说再活五千年，一分一秒不差就活五千年。

从不面对河流长叹：逝者如斯夫，不舍昼夜。

像是活在时间之外，却与时间之内的生灵一把一把交换风云雷电；交换一茬一茬的春夏秋冬；交换北草坡上干净的阳光；交换马箭、射手和马牛羊；交换布匹、干馕和金黄的麦子。

更多的时候，用悠长的目光牧放岩面外的老鹰，远方就飘来了潮湿的云朵！

沿着西北角，闭上一只眼睛，一次次搭弓射箭上演古老的射日。让嫦娥奔月，让精卫填海，让女娲补天……永不疲惫，演绎人类蓬勃的童年！

时间让我们 荏 苒荏老去，又一茬一茬接着活下来！

岩画外，人类实在不敢停留太久！

晌午一过，有人两鬓沧桑，有人已是白发三千丈！

（选自 2016 年《星星·散文诗》）

■［甘肃］牧　风

低处的面孔（二章）

农人的心颤动着，他疲惫的身躯如拉满的弓，蓄势待发。

耕耘者

把一切都倾诉给田野。

一生只干一件事，整日整夜的把念想浸泡在农事上。

甘南的青稞熟了，如大海般涌动着收获的欲潮，屋檐下梦魇中的火镰翻动着焦躁不安的身子，农人的心颤动着，他们疲惫的身躯如拉满的弓，蓄势待发。也许是期盼太久，布满血丝的双眼昼夜醒着，就如同白云浮动下的藏寨，在人间烟火的缭绕和经幡的飘荡中激动着。

青稞婀娜的身子，从夏日开始与季节追逐，到秋收时才被丰硕锁住了脚步。

守望者

整个冬季他都沉默着，连同他的牛羊。

青藏深处的报春鸟远远地传来初春的消息，告诉牧人黄河已醒，阿尼玛卿山的积雪已经消融。

还有什么能阻挡前进的脚步呢？

牧人的口哨响起，河边冰凌碎裂的声音划破欧拉草原的春梦。

格桑花初绽的季节，他在孤寂中寻觅夏日河曲马的嘶鸣，在沉吟中探寻阿万仓娘玛寺旁边十万块佛经的秘密，鹰鹫在喧啸，寺院背面的河水边喇嘛在沐浴灵光。

晨曦中裸露着黄河飞动的身影，还有央金背水时娇媚的笑靥。

梅朵赫塘边静谧而卧的牛羊如午后慵懒的阳光，悠闲地将目光漫射到远处几圈海子的涟漪里。

草原的一切都在如梦如幻中静默而沉思，如同超然世外的哲人。

■［四川］符纯荣　　　　**草色青青**（外一章）

七种颜色虚构的青春，美得像一句不忍揭穿的谎言。

一排巨大而空无的琴键。

音色苍翠，音域辽远。

主旋律的风，引导细长尖利的芦苇，调和空气中对立已久的情绪，把无辜绿叶设定于哗哗作响。从一层层梯田数过去，细小杂音无处不在：夜草的飞奔，虫豸的跑动，沙粒的滚落，众多骨节不能抑制的长势与衰老。

这是距离收获最远的春天——

田埂锁住心结，春耕无所事事。风干的脚步声，系于旧年的车轮，越去越远。迎风或背弯处，草无处不在。像缺少疼爱的孩子，自顾自地，茂盛，衰落，爱恨，热闹而孤单。

风过旷野。作践光阴的纨绔，重复着浪荡不羁的呼哨。

绚　烂

七种颜色构筑的世界，未辜负满园好时光。

蝴蝶拍动潮水。拈花一笑的少女，是羽翼唤醒的一朵微澜。

花粉，香气，尘埃，交织在一起，却相安无事。

薄雾追撵阳光，像一群用旧的时间在飞。美的事物，都在经历这样的时刻：精彩，繁盛，颓废，衰亡。七种颜色虚构的青春，美得像一句不忍揭穿的谎言。

一只蚂蚁偶尔露面，又很快隐没暗处。它有适度理由，劝解过了头的斑斓。

■［贵州］杨启刚　　　　**土地的心脏**（外一章）

水稻、玉米因成熟而垂向土地，倾听土地心脏的跳动。

在所有躁动的心脏里，不容忽视的是土地的心脏，那枚坚实而充满灵性的心脏。

长久的伫望，成熟了我的双眸。

当秋季采摘的季节终于来临，我已战栗不已。

水稻、玉米因成熟而垂向土地，倾听土地心脏的跳动。

我也同庄稼一样不能离开土地，终生凝望和守候那枚紧紧挂在土地胸前的心脏。

我将永远用五谷来养育孩子，教他们对生命之源懂得感恩；我将把五谷放在孩子们的面前，教他们一一辨认这些美丽的圣物，让他们把它们铭刻在那刚刚发育、渐趋丰满的小小心脏。

在土地的心脏里耕耘，播种和生存。

在土地睡着的时候，用那些勤劳艰辛而宽厚的手掌轻轻抚摸它的心脏——早已泪流满面。

山　歌

在神秘迤逦的大高原，在一部部奇逸雄浑的合唱中，是魅力独具的山歌最先登场领唱的……

山歌激越冲天的每一个乐句，那些跳跃着的每一个音符，都是一滴滴咸涩的汗珠。

头顶上是大海一样湛蓝的天空，双脚下是广袤无垠的苍茫大地。

秋风悄悄地拂来了，稻田一片片金黄。

我的勤劳一生粗大骨节的父兄呵，蛾眉柳腰贤慧聪颖的姐妹，他们挥镰翻飞的身姿，融合着山歌豪迈的节拍，使得这种最朴素最原始的歌谣，在迤逦的大山里深深地扎下了根。

山歌是最民族的唱法，山歌是最传统的舞蹈，山歌是土地里的果实。

歌的节拍和舞的轻盈和谐地糅合在一起，滚烫的汗水和生存的艰辛揉捏在一起，内心深处的欢乐和对山外世界的憧憬黏揉在一起。

在这个浩瀚的世界上，哪一种歌能有如此充盈丰富、多姿多彩的内涵？

有哪一种歌谣，能将厚实的土地与亲人们淳朴的名字撒遍在这片古老悠远的土地上，永远绽放着鲜艳不灭的独特音质？仿佛天地金曲，又似天籁之音……

（选自《中国诗人》2016年第1卷）

纳木错，转动在我心底的蓝（选章）

■ ［河南］陈宏宾

那一年，磕长头匍匐在湖边，不为觐见，只为一个许愿。

1　心情——

在纳木错皈依。从白云背后，从石子中间，捡拾。

风餐露宿在牦牛眸子里停留的蓝。

心动，撵不上一句藏语。

"马年转山，羊年转湖。"庄严、神圣，蓝天下飘动的经幡，牵挂我的目光。

来时，忘记喊上你。我只好一个人在纳木错转。

蓝天、湖水、海鸥、藏羚羊，都理解我孤独的心，牵着我的跳动。思绪里溢出来的是一片水洗过的天。

蓝色落入纳木错。

一位藏族老人的目光，幽深、枯瘦。他虔诚的脚步，超过蓝的真诚。

无法理解的转水，心贴着你的温暖。

那一年，磕长头匍匐在湖边，不为觐见，只为一个许愿。无法看到头顶的天，只因蓝在心中。

我叫不出你的名字，心中只开着一朵格桑花。

那一世，转山转水转佛塔，不为修来生，只为与你一见。

心在跳动。山在跳动。

蓝色在跳动。

我终于见到你，手拿转经筒，走在纳木错的一个汉子，有缘。

昨天夜里，佛告诉我的。去纳木错吧！堆积一颗心，修缘。

于是，我见到你，在湖的倒影里。

2　一滴眼泪，从牦牛眼里流出，纳木错这么热情。

在这个蓝色的海洋里，我的影子和牛的影子凝固成一种色彩。

伫立，成一尊蓝色的雕像。

海鸥转起来，围着我。

藏族汉子的脸，皮肤是同一种颜色，纳木错用热情打磨沧桑，蓝，显得举手无措。

已经深入骨髓，骨子里都是蓝，血管里，蓝色在转动。

纳木错什么时间流进我的身体里。

丢弃一瓶矿泉水，一个藏族孩子捡拾起来，跑了。不远处，一只牦牛等着他。

我不敢跑，生怕心会跳出来，冲进纳木错沐浴。

那位藏族汉子坐在我面前，看着我。人转累啦。

手中，经筒没有停下来，纳木错正兴奋在一群姑娘的笑声里。

湖边，一匹匹马静立。

3 和纳木错比，我显得矮小。

高原上的蓝，超过我的想象，蓝得热烈。

我没有时间去转湖，但我可以采撷一把蓝，安放在神经的一端，伴随我转。

牵着马的缰绳。

放飞，一颗心太小，舞台太辽阔。这么蓝的背景，足以醉倒我。

石头上刻下的藏经，或许是一段神奇的传说。

玛尼堆太厚重，不想诉说历史。

捡起一块石头，投进纳木错，我想把心沉于湖底，等你。

（选自《天马散文诗专页》2016 年第 7 期）

第十二辑　东方情韵（14佳）

■［安徽］崔国发　　# 一壶月光（外一章）

> 只有站在五千米的地方，才能真正领会到，一种精神的海拔。

一壶月光，在静寂的孤独里斟满，皎洁的夜色。

浅酌低饮的一抹恬淡。只是微醺。只是用文火清煮的柔情，自广寒宫前寂寞的花瓣上滴落，一脉淡雅的香。

月光是速溶的，我唯有沉迷与呼吸。

一缕缕薄雾，氤氲着，隐约的愁和怨。洗净双眼，擦亮流云飞过的虚空，丁酣畅的天地间轻描淡写；一种朦胧的美。一颗敏感的心，总是朝着一个方向，潇洒晚风中的那一份清凉。

举杯推盏，恍惚间，一只夜鸟飞来飞去，它仿佛在追逐着，流星的明朗与温和。

梦与醒：她一定是酩酊大醉，尽情泼洒的一樽清辉。

那风姿绰约的月桂呢？一种飘飘忽忽的心事，滴入，剔透的晶莹和那一份惬意与淡然。

今夜，我真的探不出，杯子的深与浅。月影婆娑，灵动婉约。不去想，那一帘幽梦里的女神会是谁。剪一窗清幽，觥筹交错，倾壶仰脖，或能品尽风月的浪漫或心中的忧伤。

如水的月光，纷纷扬扬。我只想执守心灵纯净，只是凝眸或灵心一闪：

月光在壶——

壶里壶外，心明如月，一尘不染。一壶月光，让我无私清净，悟道参禅。

梦的隐喻

我的梦，藏在月光的翅膀里，除了弗洛伊德，我不知道，还有谁能够深入地解析？

星辉映照，萤火虫的闪烁。

一个梦丢在幽谷里，只是你还没有在草叶的尖上，嗅到兰的香气。

从烟消到云散，飘忽的词与物，被轻轻地抹掉，一缕面纱的神秘，她在我的潜意识里渐次浮现：一点一点的迹象，她在模糊的暗夜里，似有若无，始终成为我们心头，一个解不开的谜。

梦的失常。碎片式的参差，从简单到复杂，从肤浅到深奥，恍惚，朦胧，扑朔迷离。

梦是一个隐喻，还是如波特莱尔那般——

意识的惊跳，起伏，骚动与灵魂的奔放不羁？

当晚风吹过，一片，又一片，月光里的白羽，薄翼上飘起，

她不可触及，我却怎么也抓不住自我的梦，是一种轻盈，自由，尘世中的虚无？还是一种幻念的游戏？

（选自《文学报·散文诗研究》2016 年 2 月 25 日）

■［河北］雨倾城

梅·兰（二章）

邀风，邀月，邀雪，和梅互为温暖互为春色互为梦境。

梅

我站在你的燃烧里，倾尽一生。
辽阔的风，在大地的掌心，走过。

走过，唇上沾着暗香。
走过，花的影子坠落成诗。
那么多的绽放，开出少年的颜色。战栗，却又汹涌。
这安静的人间，城池颓圮，可曾听见我内心的涛声还牵着昨日辗转的征尘？
寒，接踵而至。
越来越多的人，被时间埋葬。从边关到小楼，从沈园到城南，从阳光四溅的早晨到雨声不断的夜晚。
你就是我的万里江山了。
朝拜山水，天地泼墨。云水深处，栖息的骨头，长出空旷。
雪花不断落下来，落下来，让我如此深爱。一截枝丫，用积攒一生的坚持，声情并茂，仰望命运。

热血和黄昏，归于清浅。

瞳孔，涌入几行苍凉的诗句。

华发向人，我决定守着嶙峋和浩荡，与天地往还，邀风，邀月，邀雪，和梅互为温暖互为春色互为梦境。只留一片白，一片真，一片香。

不想说，这些年，风声正紧，尘世的雪，一望无际。

兰

它幽幽地开着。

尽是香。几笔简约素淡的身影。

尽是流动与静止。草尖上的露，深藏溪水的足音。

幽居山谷的人，被梦簇拥的人，向往归来的人，修炼内心的人，紧紧搂着一段因果，剩下空。

仿佛，圆满成佛。

梵音，是整个天空。

是大地坠落的苍茫，长出静。

是虫鸣经过的暗香，铺满长途。

是坐在石上，一遍又一遍写到的兰，用月光筑就灵魂部落。

是我心中最婉约的女子，体内豢养的清风明月，悄悄投入云的怀抱，又期待着水的回声。

风带不走。

静下心来，就能听见它们。

睡去，或醒来。都是出尘的命运——

淡泊于山水。

完整于人生。

（选自《诗潮》2016年1月号）

■ [四川] 徐澄泉　　　　## 夜雨惊梦（外一章）

- -
巴山的雨，淋透最后一句梦话。
- -

又是一夜巴山雨。

噼噼啪啪，声声打在雨棚上。

我一张完整的梦，被撕得七零八落。那些梦魇的碎片，飘零的树叶，泥泞的花瓣，串起漫漫长夜，为失眠的人们，值更守夜。

而两只无形的巨手，掌控了夜雨的命运，牵制着失眠者的思想。

天上的手，抚在巴山之上，撒下密密麻麻的针线，好似神仙的胡须，轻轻一捋，就把黑夜打扫得干干净净，只剩：一池秋水。

地上的手，从秋池深处伸出来，把遮天的帘幔直往下拉，往里拉。一直拉到夜的尽头，拉到黎明的开始。

一场大幕徐徐拉开。我不能继续我的胡思乱想，只能瞪大眼睛看戏，极不情愿地，心生几许悲凉。

雨还在下。

巴山的雨，淋透最后一句梦话。

无边落木萧萧下

一树黄叶从秋天的最高处隐遁在秋冬的边界。

她姿态优美，旋转如风，叠加复叠加，一叶高过一叶，覆盖了蚂蚱和蟋蟀们的最后一跃。

喧闹的远方，寂静的近处，蝉子细若游丝的呻吟，呼应南飞大雁的呢喃。

白菊似霜，在沉睡的土地中热烈绽放，占领了一位农人想象的空间。
月光如水，在欢唱的溪涧里静静流淌，打扰了禽鸟家族甜蜜的酣梦。
剩余的秋叶和秋虫，被悉数卷入初冬滟滟的深潭。

诗人对天伤怀。
草木守土传情。
无边落木萧萧而下，砸断千古愁绪。

（选自《天马散文诗专页》2016 年第 6 期）

■ [四川] 鲜　圣　　　　　　　# 中国药典（组章）

但它是药，药理是生活的一部分。

菖　蒲

五月，门扉被菖蒲打开。

端午那天，菖蒲像一位纯净的女子，高挂门前，像我暗藏的一把钥匙。

在田园，她细腻的肌肤上，沾满月光，谁都难以忘记它浓烈的清香。
我爱上了她修长的身影，爱上了她驱赶病魔的体味。

采菖蒲回家的母亲，手上，就此保留着它青春的颜色。
儿时的我，从母亲的乳汁里，吮出了菖蒲的异香。

无花果

谁说她无花？她的花，是暗藏心底的春光，是裸露寒暑的时光。
所有的枝丫，只有一个信仰：果，才是归宿。

她曾努力开出自己的花朵，但不需要与百花争艳。
她宁愿让人相信，它没有花，但它有自己的果实。

黄 连

谁能用一种苦，解除另一种苦？
黄连做到了。它让我在躁动不安的时刻，咬紧牙关。

三钱黄连，二两苦命，中药房里听得见它的抽泣。

（选自《天马散文诗专页》2016 年第 10 期）

■[江苏]田字格

巴音布鲁克（外一章）

我想找块安静的岩石坐下，端详这不老的河流，端详无尽的你。

河流经不起野花与落日的双重炙烤，拐了十八个弯。
风越吹越大，落日还要落一会儿。

我想找块安静的岩石坐下，端详这不老的河流，端详无尽的你。
你承受我的抱膝而泣，给栅栏披上外衣。

父亲，让我们挨着，我经不起天国般的美。
父亲，从手指开始透明，我的一部分已提前融化于你。

归去难

家里找不到我，河里，茅坑里用竹竿顶了个遍。
自从父亲走后，家人第一次这么慌张。

后来，母亲一把揪住耳朵，拖出躲灶后吃乐口福的我。
墨绿头绳衫上，褐色糖块板结。
挣脱母亲扬起的巴掌，我用火钳翻出灶中山芋，扭头奔西村野去了。

二十年后，奶奶电话里催，回来拿山芋啊。
扒开颤巍巍的草灰，山芋挨个滚进装化肥的蛇皮袋。

三十年后，我打电话给自己，回来拿山芋啊，装不像奶奶的声音。
手中话筒迅速冷成一块墓碑，三尺荒草，跪倒膝下。蛛网封灶，我已没
了退路。

（选自《青岛文学》2016 年第 9 期）

■ [安徽] 郭贵勤　　　　**雪　鸦**（外一章）

众声皆隐，唯你清亮地抒情，言简意赅的一个"啊"字，啼开了胭红的梅花。

大雪三日，泼不灭一朵黑色的火焰；一摊墨汁，苦苦守候着洁白的大寒。
一粒坚硬的信仰，保持着原有的操守和品行，在万物更弦易帜的季节，
也决不叛道离经。
一枚黑色的花朵，使素雅的雪原显得纯净、明丽、澄澈。
抱紧黑铁般的躯体，抵御刺骨的寒冷，满身的锐气挟裹着神谕、意志和
力量。翩然的飘浮、坠落，洞穿岑寂和封闭的气息。
洁身自好的乌鸦，接受灿烂的洗礼，在遗世的独立中，凝固了多少猎猎
的西风。
众声皆隐，唯你清亮地抒情，言简意赅的一个"啊"字，啼开了胭红的
梅花。

月光雪

雪是月亮分蘖出来的叶片。

隔着飞雪看月亮，月也朦胧、雪也朦胧。

顺着月光看飞雪，雪也晶莹、月也晶莹。

纷纷扬扬的碎雪，薄如蝉翼，缤纷飘洒，这些来自天堂的精灵，是质感的时光之羽，曼舞着迷人的绮丽，让人置身于亦梦亦幻的濡染的淡雅里。

这些在季节深处飞翔的花朵，楚楚动人，也楚楚伤人，任静坐如莲的我，如滴落在白宣上的一滴凝墨，在纯意层层落满双肩的脂香中，深谙岁月与情感交织的况味。

面对雪月，这流水似的沧桑，我不忍踏歌而行，哪怕是微微轻踩，这遍地横陈的玉体，也会张口喊疼。

（选自《星星·散文诗》2016年8月号）

■［湖南］曾 冬

宋词素描（二章）

那个弹筝的女子，素指轻飞，新词老曲，唱瘦了一个季节。

晏殊《浣溪沙》

此景依旧。歌坊里的曲子绕过屋梁和画柱，又撞在一只刚刚倒满的酒杯上，叮当悦耳。音乐是跳动的花朵，娇柔地叫嚷着春天的名字。那个弹筝的女子，素指轻飞，新词老曲，唱瘦了一个季节。

一切都在不断重演，就像一个又一个翻过去的日子。天气犹如去年，那束阳光，熟悉地走进了旧日的亭台，照在那只又空了的酒壶上。变的是易老的容颜，不变的是荏苒的时光。

夕阳如一个不愿回家的孩子，挨在西边的山头上，最后极不情愿地和一片晚霞消失在远方。什么时候，它还会一身金装，站在天空的尽头，看阳光一点一点地点燃黑夜的灯火？天亮后，它依然会拿起远行的行囊，开始每天的旅程。

一朵花落了，又一朵花落了。寂静的风不再沉默，纷纷扬起透明的手掌，摇晃着一根又一根细枝，大地的掌心，留下了一瓣又一瓣美丽的憔悴。诗人望着一地红英，忍不住滑下一滴无可奈何的叹息。四季轮回，花开花落，没有谁，可以让岁月的车轮停下！

那只似曾相识的燕子，再次飞过了屋檐，它能从一束淡淡的炊烟里找到那个温暖的巢吗？院门依然开启着，只是，人，又老了一圈。

小径通幽，清香在园子里弥散，沾满了衣装。忧郁的诗人，反剪双手，手握一卷发黄的诗书，在小园的小路上来来回回地轻吟。他是想找回那些已然逝去的光阴，还是想再填一首词，然后在耳熟能详的乐声中，一醉方休？

范仲淹《苏幕遮》

天空是比大海更深的海，更蓝的海，收藏了太阳的豪情、月亮的温婉、星星的私语，以及那一朵一朵白云的心事。风紧紧地倚在云朵的身旁偷偷探听秘密，却始终一无所获。

树不甘心地剥掉了叶子的衣裳，然后露出瘦瘦的臂膀，瑟瑟发抖地立在大地上。满地的黄叶，是季节最伤心的语言，一字一句，飘零在风中。

风停水静，碧波如镜。青山臬在水中，几朵路过的闲云安静地躺在江上打盹。秋天有点不好意思地溜过来照了照自己，然后又用一枚落叶的手指划破了水面。一圈又一圈涟漪，漫向了寒烟弥漫的江心，似乎如一个缥缈的梦，被一片苍翠的色彩收留。

斜阳慵懒地挂在山头，望着人间的烟火，袅袅地升起。天水一色的深处，谁会解开秋天的谜底？而那萋萋芳草，无所顾忌地一路延伸到了远方，让阳光也望尘莫及。野草无情，它又怎会知晓一个旅人的秋思？

故乡是一个让人黯然神伤的记忆，总会在孤寂的夜晚浮起。剪不断的思念，缠绕在理还乱的愁绪里。只有梦中，那些模糊的往事才会渐渐清晰，炊烟下飘着饭香的茅檐，屋门口张望的母亲，灶台上忙碌的妻子，院子里嬉戏的儿女……这些温馨的场景，才可以让一颗流浪的心找到片刻的安宁。而醒后，又是单枕难眠。

一轮清寂的明月静静地爬上了高楼，它会照亮一位行者的孤独吗？披衣而起的诗人，登高望远，只影倚栏，却依然没有看清老家的方向。只好又抓起石桌上的酒壶，一杯接一杯灌入了九转回肠。而喝下的，竟是一点一滴的乡愁，化作相思的眼泪，打湿了发白的衣襟。

这个秋夜，谁可以清理好一位游子蔓延的忧伤？

（选自《散文诗》2016 年 4 月上半月版）

■［浙江］风　荷　　　　# 向上的叶子

一枚叶子也听见一棵树的朗诵：庭中有奇树，绿叶发华滋。

深秋了。

一路轻盈，又一路浓重。

呼吸着金黄的阳光，一枚向上生长的叶子，自由的头颅从未想过枯萎和死亡。

迎着阳光而生是一种美丽。

当然有月光的抚摸，有风的安慰，生命就会长出另外一种味道。

一棵树也会自己的精神支柱。

日月是最伟大的摄影师，疏密有致，把叶子的身影投在大地上。

影子紧贴泥土。

鸟鸣在它的身体里点燃。一声声穿过石头，纹理清晰。以云朵的高度，以大海的磅礴，以不藐视自己的微弱，在枝头静候季节。

一枚叶子看见了草的恋爱，不动声色地扎进它心里的根须，供给它生命的养分。

一枚叶子也听见一棵树的朗诵：庭中有奇树，绿叶发华滋……

花香曾在叶子的周围走来走去，它记得一棵树年轻的模样，如小媳妇般的玲珑俊俏。

眼含春水，血脉融合。

借着东风雨露，孕育出一枚枚甜甜的果子，果子们额头饱满，晶莹而明亮。

流水，在不远处发出邀请。

一枚叶子的影子被它揽在怀里，日夜不与之分离……

现在，天空蔚蓝而高远，桂花的暗香袭来。

"萧萧秋林下，一叶忽先委。"一枚叶子没去想自己将风烛残年，将飘零于庭上黄昏。

敬畏叶子吧，在它的叙述里，省略掉了盛夏的一次次大风暴，省略掉了头顶可怕的闪电。

坚定的叶子，向上。

省略了老谋深算的空气和妄自菲薄的雨，省略了冬天残酷的冷和漠然。

安静的向上。

（选自《中国诗人》2016 年第 3 期）

■［浙江］陈于晓　　# 深山雪寺（外一章）

大雪也藏古寺。藏不住的，是寺前一株梅，俏雪而亍。

大雪。白山。风吹动着，苍茫。

除去苍茫，仍是苍茫。

风吹动着，古寺。古寺，在低下去，现出一小点金黄，隐隐的耀眼的金黄。

路转，忽见。一僧，立在空旷中。渐渐高大。

双手一展，接住的是纷纷扬扬，接不住的，也是纷纷扬扬。

双手合十，拢住的是天籁，拢不住的也是天籁。毛茸茸是天籁，亮晶晶是天籁，白皑皑是天籁，一声感叹是天籁，一声尖叫也是天籁。

苍茫是最心旷神怡的天籁。

时而，僧，模糊在大雪之中。

深山藏古寺，大雪也藏古寺。藏不住的，是寺前一枝梅，傲雪而立。

踏雪归去，被浸湿的，是身影，还是脚印？

立雪"程门"

"颐既觉，则门外雪深一尺矣。"

只是，这是下在北宋的雪了。程门之外，杨时，许久，站成了"雪人"，也站成了千古"美谈"。

昨天，在互联网上，看到一扇"门"，我鼠标一点，"门"便打开了。也许，这与"程门"无关。"门"口有雪，也在网上，积久不化，很美，但没有"温度"。

至于那立雪的人，只一闪，便不见了。但是有些雪，必须下着，必须呼唤立雪的人回来，即便"程门"已空，雪依然得下着。

如果时光可以穿梭，我必将回到北宋的那个雪天，从程门之外，取来一对脚印，置于案头。顺便用雪，把脚印固定。

或者让雪，化为柔水，滋润我的心田。还有哪个雪天，还会有人，提着一串问号，走向"程门"。却不叩，等打盹的老师，慢慢醒来。

应该有这样的雪天。

（选自《散文诗世界》2016年第3期）

■[上海]林　影　　　　　# 无垠之爱（二章）

沐浴着您爱的细雨，我拥有了一个春暖花开的世界

母　亲

您走进我漆黑的梦里，深沉而苍老的眸子，探视着我深深的夜空。于是，我黑暗的天际，坠满您亮晶晶的牵挂，我软软的梦里，盛开您粉红色的企盼。

流浪的心，漂泊在遥远的远方，一束束无法送达的康乃馨，至今搁在我忐忑的心里，叠加成深深的思念。月缺之时，我遥寄一颗晶莹的泪珠，填补您心灵的失缺；月圆之时，我伸长心的手臂，去擦拭您眷念的泪痕。

您记忆的海，收藏了我的点点滴滴，像珍珠一般，穿起往事的颗粒，镶嵌在您揉皱的光阴上，被您无数次阅读，宛如咀嚼一支甜美而永久的歌。

岁月流年，凄风苦雨，您浑浊的眼眸，古井般深不可及，隐藏着快乐、欣喜和希冀，深埋着困苦、辛劳与忧伤。

您苍苍的白发上，悬满牵挂；您深刻的皱纹里，写满嘱咐。母亲啊，您以枯瘦的手掌，抚平我的创伤；您以瘦弱的身躯，为我遮风挡雨；您以弯曲的脊背，支撑起我摇摇欲坠的天空；您以生命的光亮，点燃我灵魂深处的灯盏。

呵，母亲，您的爱，浩如江海，烟波浩荡。您的爱，沉重如山，无法称量。

女儿与我

羽翼未丰的你，在我拽疼的视线里盘旋，我悬挂的心，生出担忧的枝丫，等待你疲倦地回归。

你披一身执拗，走进风风雨雨的前程。我披一身牵挂，走进风风雨雨的心情。我是你风雨中呆立的背景，你是我风雨中跳跃的风景。我们总以相悖的方式，走出彼此的生活，又总在遥远的地方，走入彼此的心里。

你怀揣着自由的信仰，背负着理想的种子，走向天涯，将一串湿漉漉的童话，挂在我心的枝头。温馨的情节，不断地绽放姹紫嫣红的花蕊，记忆的树上，永远坠满芬芳甜蜜的果子。我将永不褪色的爱，压缩成一枚小小的禅语，偷偷塞进你干瘪的行囊，遥望远方飞鸟的轨迹，我空洞的心房，盛满无声的忧伤。

走吧，孩子。沿着自己的心，走向远方吧。在你遥远的远方，既然总有无声的召唤，牵引你的脚步，那就让岁月之歌，漫过生命的堤岸，如同汩汩的泉水，沿着你凹凹凸凸的足迹，弯弯曲曲地流淌吧。

但是，我永远是你孤独时的一支苍老牧歌，倦怠时的一面破旧风帆，迷失时的一张陈旧地图，在你无助的时候，请将我捡起。

（选自《天马散文诗专页》2016年第12期）

■［安徽］潘志远　　　## 纸　钉（外一章）

每一颗都钉在它该钉的地方，都钉进它自己的肉体和灵魂

醉里，我不挑灯，也不看剑。

无灯可挑，我只挑一页页纸雪。也无剑可看，我且看一行行文字。

看文字漫步，或疾或缓，十二万分悠闲。看文字一个牵着一个做狼叼小羊的游戏。看文字东躲西藏，猫捉老鼠。看文字排队，一二一；看文字列阵，沙场秋点兵……看文字游龙走蛇。我是痴迷的看客。

看文字壮汉喂马。看文字闺妇针绣。看文字意气风发。看文字蝇营狗苟。看文字幽会金童玉女。看文字偷情干柴烈火……

醉里，文字于我如浮云。待醒来，再俯眼：满纸文字满纸钉。

每一颗都钉在它该钉的地方，都钉进它自己的肉体和灵魂……

端午：锻造一柄灵魂的轩辕古剑

艾，满头青发。

菖蒲，正亮剑一片水域。

联合行动：因一个人，一个节日，上门，但不登堂入室。

婵娟的清香恋着三闾士大夫的剑魂，两千多年了，仍旧依依不舍。

箬叶迫不及待，一再清洗，以包举、席卷、囊括……为己任。

粳米、糯米、绿豆、红枣……携手并肩，你中有我，我中有你：大团结，同甘共苦，一起酵浓节日的氛围。粽子，从一双双巧手里脱颖而出：五个一组，十个一群，二十个合成一个方阵……拳头之重。箭镞之利。良心之状。

远方那条河上，龙舟、划桨、鼓点、呐喊、肱头肌，拼命较劲。

纪念是一个说法，不刻意，总能做到与时俱进。

竞赛也是一个说法，年年如此，循环往复，看不到尽头。

一半源于文化，一半源于风俗。非遗、吉尼斯之争，一度狼烟冲天，而今已尘埃落定。一个节日姗姗来迟。你们看中团聚的亲情，享用母爱的甜腻。

而我，只能揣着对一个人的怀念和内伤，在心灵深处，默默酵浓一种精神，和一种气节。淬着艾香、粽香、五月的各种花香，以肉体为磨石，以心跳为锻锤，以菖蒲的剑形为参照，端午：我要锻造一柄灵魂的轩辕古剑——

进攻，或者捍卫……

（载《中国诗人》2016 年第 4 期）

■ ［河南］霍楠楠　　　　　**杨柳岸**（外一章）

此刻，我看到了今生，和波岸。

这些，是我的，最繁华的枝叶。

这些，被无形和有形的风吹拂的内心的河流，总在感性与理性之间丢失了空白的部分，落寞微凉的夜色滑过雪野，像滑过我此生中所有不堪回味的境况。

有那么多的私语者，请与我共眠，休憩于无边的阅读。我们的肉体时刻都在杀死文字，我们的年轮尝试激起无边的回荡。

结尾之时的回荡。会抓住每一丝奇迹的光线。

穿过树影的回荡，向上攀爬，与每一处着彩的光晕严丝合缝，到达填满之时的温度，敲下另一篇音符的华章。向下延伸你的脉管。

想象河流的幸福，在缓缓飘落的花瓣之间，带着倾泻般的热情与一幅肖像积极融入。似乎，再也重拾不回云淡的宁谧与风清的散漫。

而枝叶依然，还原着本真的节奏，蕴含着一场风暴的雨滴。

此刻，我看到了今生，和彼岸。

杏花雨

在暮春里结网，为一只早夭的蝴蝶。

沉溺于经年的潮湿，再没有一种陈酿，可以让你尽抒胸中繁华。

笛声悠扬而至。一枝独秀的雅静，自冰洁的素淡与极致的绚烂中成形。

牧童的脚步很轻很轻。

灵动的水袖，似残或缺的夕阳，编织出一组组行走的山水画卷，总以为自己也在喧嚣中沉寂。

此时，偏要被淅沥声打断思绪。黯然熄灭的不仅仅是躯壳与翅膀。一支乐曲的浮沉与消融，是通向仙逝者的解脱，与未来者的缅怀。

臆语微凉。滴落眼帘与翕动的唇角，灼疼满树呻吟的鸟鸣。

宛若前世的作茧自缚。

（选自《天马散文诗专页》2016 年第 9 期）

■［湖北］张俊芳　　**民间纪事**（组章）

在古色古香的时空里。心在沉醉，魂在追寻。

评　弹

在古色古香的时空里。心在沉醉，魂在追寻。

三尺评台，一尊镇尺。犹抱琵琶的造型，一招一式的灵动。

金戈铁马的铮铮声碎，侠肝义胆的飘逸。

豪杰的俊朗，淑女的闺怨，演绎得淋漓舒畅，如梦如泣。

心灵深处的交流，在台上台下悄然流淌。

杨柳青年画

一张挂在墙上的笑脸，一幅印在节日里的桃符。

从元末走来，在乾隆最盛。过着"半印半画"的日子，流淌出板味木味和《五子齐莲》的神韵，"缸鱼"的艳丽，在历史的时空里，浓郁奔放。

如今，时光吐出新芽，品味结出新意，视角不断逆转。

但你骨子里仍是守着民族传统，让生活溢彩流光。

与你相伴，注定一生吉祥。

吴桥杂技

一个弯腰，一道峻峭山梁。

一个曲腿，一段柔美风景。

曲折中腾挪，柔软里跟进。变幻莫测的舞动，千姿百态的呈现，写满惊奇，注入绝唱。把一个品牌，甩得响亮。

一个七岁的起步，不再是稚嫩的泪光，注定成就梦想。

一个十岁的舞台，不再是初出茅庐的慌张，注定汗水流淌。

把欢乐刻在别人的脸上，让苦涩流进自己的胸膛。

走出那片天地，就走出一份精彩靓丽的人生。

（选自《天马散文诗专页》2016 年第 2 期）

■［江苏］苏　扬　　　# 古城墙（外一章）

> 巍峨耸立的，波澜不惊的，忍辱负重的，淡漠功名的，是墙。

喧嚣的朝代，喧嚣的荣誉，喧嚣的战场。

化为灰烬的，是战鼓，是令牌。

巍峨耸立的，波澜不惊的，忍辱负重的，淡漠功名的，是墙。

斑驳的墙，岁月的墙，战争的墙，像故乡的墙。从六里十三步扩张到九里十三步。从土夯辉煌到砖砌。

王朝与庙堂，前赴后继。

春秋战国的人，说了 2600 年之乎者也，火焰没有熄灭，墙，没有屈膝。

那些隐遁于烽烟的灵魂，身体叠成了森严屏障。从泥土里挖出来的石器已载入史册，隋朝的断壁残垣，向明朝的青砖交接了广府古城的权杖。

凹凸不平的马道，早已骨骼风湿，城墙下长满了苔藓，但气势更加雄伟。

有瓮城的埋伏吗？墙，肃穆不语。

墙，忠诚地保守着暮色里的秘密，阻止飞鹰的管窥。

城

城，像田字一样方正。繁复的古典结构组装成四条大街、八条小街和七十二条小巷。文化与思想的厚度无法计量。

那是人间的烟火，是几千年的沧桑遗韵。

星罗棋布的店铺各归其位。远的，近的，都是年代的缩影。

底蕴深厚的文化刚柔相济、内外兼修、圆融一体，庇护着老式建筑与现代时尚和谐共处。

闻名遐迩的太极拳不仅是一个城的文明标志，而且是民族精神的象征。

精神是条巨龙，腾跃在城楼之上，闪耀着金色的光芒。

相遇是前世的修行，在老城墙粗糙的缝隙里，斜伸出一株绿枝，似乎要与游人握手。你穿行于恬淡静谧的幽幽小巷，站在一棵古槐的月下，忽然感觉走进故乡了。

（选自《诗选刊》2016 年第 7 期）

第十三辑 年度获奖者·获奖作品（5家）

■［山东］栾承舟   # 梨花意识流（外二章）

雪在飘，像林中一只身份不明的鸟儿，矜持着某种欲望。
----

1   谁的手指，宛若金石，横过春天？
     谁的灵魂，活成自己，不渝的闪电？
     梨花的心，动了。

     多像一场不期而遇的雪啊，一夜之间，亮起漫山遍野白色的火焰。
     歌声四起……

2   五龙河的水，已不是水。
     宋时明月，夜半惊魂，再也睡不着了。
     这是个雨季。

     一层又一层的泥土，机声，引导清风读月。
     一粒虫鸣，是这个世界上最后的水。
     唯有芦苇，看起来仍像一支摇曳的蛙鸣……

原生林之恍

睁开你给我的小小的安详，鸟把繁响黑暗叼走，风声雪声鸟声如若天音。
雪在飘，像林中一只身份不明的鸟儿，矜持着某种欲望。
微凉的一片温和，近乎梅的花开，水的慈悲。

一种赤子的天真干净，走到枝柯上，刻画着梦想。
树啊，始终坚守，把野马一样奔驰的疼痛长到云端，周身清虚弥漫，一
种无量度的，日月才情。
人所不能了悟的澄明悠远，比沧海桑田啊，还要广大。

有一根嫩枝被折断了。伤口，触目冰凉。
那是信仰、骨头被欲望折断的声音啊，忍着热泪，同样，惊心动魄。

今　夜

黑浮上来，静落下来。一朵雪花，比白更白。
是柳，吹绿鸟鸣；瘦瘦的火焰，第一个抵达春天。
落日的最后一个回眸，绕过美，用一棵青草的速度老去，被冬天永远带走。

生命的福祉，又一次从唐风宋雨中突围而出，将深入血液的欢乐，
送给水草丰美的村庄。

今夜，舞蹈的雪，含笑论世，将麦子赶路的声音，全部兑成生命的盐。
站在奶汁中不眠的树啊，在渐渐明亮的光色里，深入心灵、天空与清风，
让人的良智渐次苏醒。

乘坐一朵春风从天而降，大片大片的雪花，春潮一样翻卷，起伏，柔情
似水，坚贞似水……

（作者获"第七届中国·散文诗大奖"；作品选自《星星·散文诗》2016年第5期）

■［上海］语　伞　　　　　　　　　　葡　萄（外二章）

- -
金黄的房间里躺着月光的盘子，风取出睡眠写诗，这是十月。
- -

葡萄就着雨水洗澡——
一个早晨失踪了，最后死于桂花香，这是八月。
耳孔里燃起菊花形的闪电，亲人次第苏醒，这是九月。
金黄的房间里躺着月光的盘子，风取出睡眠写诗，这是十月。

嘴唇排练了秋天，每一句，都能惊扰蜂巢，但贪吃蜂蜜的那部分，已然
死了。
星星忙着在天上演习，只选择自己的角度站立，但被光芒照耀的那部分，
必须再次经历黑暗的考验。
……昼夜并未重逢。
卦辞在明暗之间奔跑，酸酸甜甜的物事在葡萄嘴里走火入魔。
谁能预言一颗葡萄籽是选择发芽还是自焚？
深紫色的忧郁倒挂于绿藤——

太阳下熟透了的葡萄，一个接一个地撕裂了肚皮，即将开口说话。

哦，那些摧毁安静的人，多么令人憎恨！

对　视

葡萄与苹果在玻璃盘中互赠影子。

互赠安静的仪式。

俯在夕阳的后背假寐，试探空气，以及风的嗅觉。

糊涂的主人每开一次门，门就响两次。说一句话，只打破一个沉默。无论葡萄与苹果用哪一种香味示意，她都舍不得用牙齿与它们作短暂的交谈。

它们的细胞和内脏，渐渐失衡。

而它们作为彼此的礼物，同时被误入窗口的光线压弯，导致畸形。

大地上堆满了缺乏水分和维生素的躯体，风轻轻一吹，命运就紊乱。那只叫做光阴的怪兽，嘴里叼着高品质的橡皮筋，潜伏在人的血液里，偷偷地撒种生石灰。

影子们转过身，剪去干枯的指甲。

看吧——那些睁大眼睛的人，十根手指早已迷失了方向。

一个苹果的下午

外出散步的想法被锁住了，这是窗外雨声的意愿。

不开灯的客厅，孕育一个下午的暗，产出宋朝的婉约。

还好，我的眼睛没有上锁，果盘里的苹果没有上锁，旁边的刀子没有上锁，我的双手，又足够自由……

接下来，省略号摆出的方程式是对的——

垃圾桶收留果皮，苹果一分为二，二分为四，四分为碎片，碎片在胃里表现才能，我重组了它们的营养，或者，我已成为一个苹果的总和？

"我们隐身在对方的躯体……"

布罗茨基分析的图案，淹没了一个苹果的命运。

苹果隐身在我的躯体。

我隐身在一个下午。

一个苹果的下午与人的一生，何其相同！

（作者获"第七届中国·散文诗大奖"；作品选自《诗潮》2016 年第 12 期）

千里洮河图（选章）

■［湖南］聂　白

生命从羊水中来。淹死人类的，往往是自己最后的那滴泪。

1　"叮……咚……"

在时间远处。在福祉深处。一滴水，以卵形裂变——悬垂。椭圆。漩洄。明澈。呈现出造化的准则、命运的美学。

一滴水，有着怎样的幅员广阔的灵魂之疼？

混沌，时间的发祥地。擎起一束光阴的爝火，启开八极洪荒。

神的卜辞。美的礼仪。一种绵延的渊数里寂静含雨、孤独生云。日出如阵痛。

原来，所有都是虚掩的！

传说在上游。

沐浴远古文明的霞彩。天地有色，草木生姿。

时间，不腐。

北纬 35°08，东经 104°45'。

——灵魂的坐标。

其实不远，在神出发的地方。

3　天下黄河。

一个民族——开始启程。

谁说洪荒永世？黄是精魂的结晶，浊是血液的升华。

大禹王出生地。

秦长城巍峨。

河床蜿蜒。有了秩序和方向，经幡和朝圣，故土和乡愁。

一滴水流过：母语和长歌，精神和信仰，游牧和农耕，仰望和迁徙……一切由此而生。

雪域高原之上，每一朵花都养眼，每一粒泥土都能够活命。微笑的太阳，抚摸第一缕升起的桑烟。阳光有了人世的体温。

从先民到后裔，一滴水，是一代代藏民的胞衣。

孕育一个伟大的民族，放牧牲畜。敬畏神灵。面颊朝日。内心如豹。

只向圣山、先祖、父母、妻儿、乡邻俯下身子。

灵魂只有一个故乡，叫远方。

8　不能没有酒，为惊世的壮举。

掬一滴洮河水，换取千年一醉。

饮水之碧。饮花之香。饮西风之猎。饮鹰隼之疾。饮青稞之醇。饮薪火之远。饮今生之久。饮觉醒之真。饮女子之节烈。饮男儿之胆魄。

——非藏王宴莫属！

饮者为王。不负冰雪肝胆，不负眉宇英气，不负生就好皮囊，敢称万世之雄。难怪诗仙太白的祖籍在狄道。

酣处。从不舌粲莲花，去欺心瞒人，唯有马蹄掀起狂飙。面对地平线仰天高歌，有善巴，有阿迦，有"三格毛"的爱人一生马背相随，插箭节漫天的"隆达"抛洒对英雄的崇拜，篝火和锅庄倾洒奔放的激情。

血从酒中来。泪从酒中来。爱从酒中来。

生命，永远拒绝用泪水止渴。

罐里的奶茶飘香，煮浓一轮草原落日。醒来，又是新的黎明。

熬出灵魂的芬芳，谁敢说淡到极致，水不是酒？

把一条流域面积 2.55 万平方公里的洮河酿成酒，唯有高原为席、日月为樽可与之为匹。

敬天。敬地。敬人。在《祝酒歌》里把酒壶高高举过头顶，一声"扎西德勒"——天地嘤嗡。身心俱醉。

（获 2016 年"藏王宴"杯一等奖）

■［天津］香　奴　　　**鹤归壁兮淇水长**（选章）

白马，白马

一匹马，天马行空的马，一匹马，日行千里的马，都已不再。一千六百多年前，白马津之夜高馆张灯，残月归雁，李白挥袖对天：将军发白马，旌节渡黄河。

遥想大风起处，滔滔万里，逯明古城之外，有千万匹白马扬鬃嘶鸣，而今白马坡，空余辽阔无际。黄河故道，只剩春风微凉。

白马山上，关帝庙香火缭绕，而不远的白马坡中，枯草水蓼之间，颜良孤魂独望，怆然千古！

千百年烽烟滚滚里，到底谁是真的英雄？谁成全了谁的忠义担当？谁在一碗温酒里，丢了一世英名？谁在此受封"汉寿亭侯"？谁湮灭于乱世之中？

白马坡已从古代的水泊草潦里生出沃野，那些无处分晓的历史都与后世的青青麦苗生长在一起，站立在一起。

传奇如白马。梦里长河烟云中，只有白马，白马纷至沓来。

看见了烽火

马家寨，赵国的烽火仍有温度。在灰烬里生长出来的蓬勃之草，都顶着一抹沧桑的烟火色。

烽火。周幽王博美人一笑而戏诸侯的道具；狼烟四起家国危难的一个醒目标志；烽火连三月，家书抵万金的一种焦虑。

那么多的春雷和秋雨贯穿而去，却始终不曾更改它的红、它的亮、它的灼热。甚至这被称为遗址的赵国古都，空气里弥漫了烽火的味道，那些密布的丛林里仿佛被埋伏着万千勇士，那不曾生锈的盔甲和刀剑一直在，整装待发。

真怕这七月流萤惹出是非，也怕那轻纨锦扇加重了火势，让那些偃旗息鼓的战事复活，那些永不瞑目的英雄发出呐喊声。这些都是历史尘封的一部分。

每一次清风吹动了扉页，我们都看见了烽火。

淇水之绿

淇水，就像一幅古宣被绿色之笔，画透了，夏季风徐徐吹来，这幅宣纸画生出了绸缎一样明亮的波纹，你邻水望她，你自己的影子是绿的，她远远召唤你，她的轻柔的手臂是绿的。

她看你，眼波是绿的；你喊她，名字是绿的。

淇水的绿不是新柳的稚嫩，也不是苍松的老道，只有碧玉的温润和细腻能诠释这明暗迂回的绿，千折百回里蘼兰与芳草相连，伫立淇水之岸，仿佛见得到古人谈笑风生，泛舟而行，由远及近。从《诗经》开始，从鬼谷子兵法开始，他们说竹，说琴，说对弈，说高歌浅吟，两岸飞阁流丹，舟楫划出一条碧绿的水路。

时空转换，是我们坐在船头，望云端的鹤影，谁是卫武公？谁是穆桂英？我们都是淇河的一部分，都是这亘古缠绵的一条绿色，你可巍峨成青山，你也可细微成湿滑的水草。

昂首是枝繁叶茂的高树，匍匐就是一片片幽翠的苍苔，不怕岁月催人老，只愿淇水绿常新。

（选自《卫风》第二集，获 2016 "诗河·鹤壁" 全国诗歌征文二等奖）

■ [吉林] 盖湘涛　　# 雪域把我雕成一句刚劲的格言

千年的神话，风化成一捧流沙，沧桑成雪域的洁白容颜。

神性的雪域。

冷寂的蔚兰里，宿命之花，便开成一枚青涩的野橄榄。

皲裂的岁月，不时地滑向雪崩的峡谷深渊。

雪域之风，呼唤着五颜六色的经幡，破译一个民族心底最虔诚的祈愿。

冰雪诠释孤独，雪山注释空旷；苍鹰，是天上飞翔的神灵；经幡，含着多孤独的灵魂，与高原风合唱着经文。

风中的苍鹰，已把翅膀交给飞雪，顺风摘下雪域那飞雪的一面洁净的白纱，剪成哈达，向神敬献。阳光的转经筒，转出是神俗的隐秘的七彩神签。

群山绵延，那才是雪域高原的肋骨。藏人，正用一颗颗虔诚信仰神佛的心，在向神山圣湖朝拜。经幡猎猎，寺庙高悬，神祇统治的星空，神鹰载着灵魂正在转世，那才是藏人对生命的敬仰，那敬仰真是高过苍天。

千年的神话，风化成一捧流沙，沧桑成雪域的洁白容颜。

荒芜阡陌，种上何样的梦，才能从梦边拾起雪域的风刀，把信仰刻在藏汉的肋骨上，让灵魂震颤。

圣徒，鸣着法号沉郁的悲怆，心中总映着一片圣光的辉煌。是藏人的一世敬佛，去虔诚的对佛祖匍匐地三步一磕头，用自己血肉之躯，把距佛祖的距离缩短。带着香火温情的眼神，那才是藏人心中最后的欲望，确是魂系神佛，魂系雪域高原。苍鹰展示出雪域苍穹的神圣佛力，载灵魂转世，与神灵的灵魂转世和弦。

用朝圣者的虔诚，以精美与圣洁的经卷，用苍风的嘴唇吟咏，在一个顶天立地的民族里把圣经流传。

雪域，有冷酷高原风的鞭痕，也有火辣太阳的唇印，更有漫长高海拔的爬攀，也有缺氧的病患，在一块岩石的至高点上，进入神域的苍天。

还有惊心动魄的高原雪崩，雪崩后，骤雪惊涛凝固新的雪山，让鎏金岁月蜷曲在凄凉的冰雪梦里。雪崩中，一切将失去生存的伟岸。

玛尼堆——

那几行神秘隐私的文字，只是墓碑上的箴语。

雪域消瘦的岁月，把我雕成一句刚劲的格言。

（选自《星星·散文诗》2016 年 8 月号 "大鲁艺" 全国散文诗竞赛选登）

第十四辑　散文诗名家新作（13家）

■［山东］耿林莽

养马岛黄昏（外二章）
——怀念方舟

一夜无人，却开着灯。那么淡淡的一点迷蒙，在等着谁的归来呢？

养马岛是一幅画。大自然的手。还是哪位画家的手，将她留在了这里，留给了你我。

整幅画都是青青的颜色，海青青，岛也青青。

人也是青青的么，譬如说，你我？

当黄昏进入，海滩上有那么多流浪汉，三三两两，散布着的鹅卵石。明洁，光亮，海水静静地，白色泡沫漫过去，如一只温暖的手抚摩。

有一种低语，不需要说出。

养马岛黄昏，一点点渗入，漫过，沙子被淹没，礁石被淹没，我们留在沙上浅浅的足印，也被淹没了，没有留下

一点点痕迹。

早春的风，依依地拂过，有一点凉了。

"回吧"，你说，

声音轻柔，有一种暖意，沁入心扉。

休养所的大厅，舞会已启动，高高的顶灯光影模糊，映照着舞伴们身影起伏，乐曲低微像是怕惊动了什么。

窗子外面，零散的雨丝飘落，润湿着你我，不远处的海，轻轻地拍打崖岸，其声悠悠。

这一切，仿佛都是你为我而设。就这么在一方青石板上小坐，什么也无须说。

静静地呼吸，呼吸着明净的空气，与水，而一尘未染。

［附记］养马岛在山东牟平，新华社在岛上设休养所，方舟曾兼其所长多年，他两度邀我前往。近方兄骤然辞世，至感悲痛，回首往事，故人安在，散文诗为您一生最爱，方兄，散文诗唤您回来！

青衫湿：听雨

一切都是轻盈的：露珠，软语，水滴。蜻蜓翅膀，折柳枝的手。

剪烛西窗，池塘水满。"巴山夜雨"的雨珠，一直滴到今日，还没有滴完。

多雨的南方，荷叶杯中，还能品出

一点点古典的凉意么？

寻雨的少年，躺在那块紫色山崖的下面，闭上了眼睛。蒙蒙眬眬，仿佛已在雨声里行船。

雨打船篷，一滴一滴，水滴石穿。

梦醒！

奇怪的是，一角青衫袖，怎么竟真的湿了？

守　夜

从高处，夜的柔软的肩上，俯视：

一千只窗格中的一格，亮着淡淡的灯火。

发了黄的老照片背不出记忆，落满尘埃的草帽在提示。油纸伞记录下满天风雨，乌云们交头接耳，酝酿着持续。

一串红珠子失去抚摸，悄悄地散落了几颗。

史蒂文斯的诗集摊在桌上，字迹模糊。十三种黑鸟一只也不曾留下，读诗的人也已经高飞远走。

这一切都是不可见的：猜想、梦幻、臆断……

万家灯火陆陆续续闭上了眼睛，你却，偏不。

一夜无人，却开着灯。那么淡淡的一点迷蒙，在等着谁的归来呢？

（选自 2016 年《青岛文学》第 5 期、《星星·散文诗》第 3 期）

■［江西］李　耕　　　　　　　# 登　峰（外三章）

越过并回望峰时，峰，依旧是峰，自己，依旧是自己……

峰曰：峰，可景之仰之，高度，可攀之。登峰者，登上峰之极，自己未必

是比峰更高的峰。

峰，被登峰者越过并回望峰时，

峰，依旧是峰，

自己，依旧是自己……

湖　边

剪一角瓦蓝的天，便是湖泊瓦蓝的裙衫。

灰暗的雾尘，是罩在湖泊的斗篷，隔离了天的瓦蓝于湖泊的瓦蓝。

天，无可奈何。湖泊，无可奈何。

唯有湖的波浪，激荡起愤怒的声音，一声声击拍堤岸，寻求堤岸的声援。

堤岸，岿然不动，无动于衷。

没听见，或者是睡着了……

崖上老藤

藤，攀缘崖壁岁月，缠绕出一种既古典又先锋的文字。文字，并非在记叙崖的峥嵘崖的灵秀崖的不朽，是在用自己独有的狂草写自己的韧性、耐力，及面对的四季风雨……

雪　鸦

雪的雪野之白的雪上，一只黑鸦飞落。鸦，在冷的白雪的脸上，点了一颗黑痣。又白又冷的雪，顿时有了色泽有了热度。

雪野，

便少了些冷的感觉……

（选自《淮风》2016年7月号）

■［四川］海　梦　　# 登达古冰山（组章）

索道是走向成功的捷径，找到了人生的索道，便找到了生命的黄金。

最美的风景

达古冰山，你有多高？

4860米，多少人望而却步。

人生有几次登高？爱情的巅峰在哪里？一对八十四岁的情侣，登上你最高的峰顶，挑战自我，见证了生命的奇迹。

六十年相依为命，翻越过人生一个又一个高地，爱情的高度，无法用尺来衡量。人生太美，爱情太奇。

达古冰山的风，那么甜，雪那么美。而人的心，比风更甜，生命比雪更美。站在最冷的高峰，心中充满了温暖。

今天，达古冰山是世界上最美的风景。一对久经风霜雨雪的夫妇，你用赞歌撑起生命的高度，为人类自豪。

山高人为峰。2016 年 9 月 23 日是个值得纪念的日子，勇气，意志，毅力，和精神，抒写一曲生命的赞歌，在茫茫雪野，悠悠回荡。

金钱算什么？精神才是永不消失的财富！

索　道

索道，缩短了登山的里程。

乘上安全舒适的缆车，如飞机在峡谷之中缓缓上升。仰望，是蓝天白云，俯瞰，万丈深谷悄悄向后滑行。

惊回首，人生经历了一次艰险，既心跳，又充满了自信。人生要不断登高，不断寻找自我最美的生命。

登一次高，生命在升华中闪光。

登二次高，勇气和毅力在拼搏中延伸。

登三次高，你已经不是原来的你，脱胎换骨，找到了自我，找到了真正的人生。

索道是走向成功的捷径，找到了人生的索道，便找到了生命的黄金。

金色的哈达

哈达，一条金色的丝带，系着热情，含着敬意，怀着达古冰山千古的民族风情，献给来自四面八方的朋友。美丽的藏族姑娘，盛装迎宾，双手举起哈达，躬身了，扎西德勒，尊敬的亲人！

一下车，献给你金色的哈达。

一进寨，献给你甜香的美酒。

祝你健康，愿你快乐！让你心中的幸福热浪般翻腾。

忆往昔，八十年代，我在贞丰喝过进寨酒。三十年过去了，那酒香还挂在眉梢，那酒味还甜在心头。十二位盛装的布依族姑娘夹道欢迎，十二碗香甜米酒装满盛情，喝不完不能走，灌不醉你不罢休。

今天，迎接我依然是盛装的美丽姑娘，她们行的是最高的藏族礼仪。不像布衣美女那样豪爽开放，彬彬有礼送给你幸福平安。

哈达是金，美酒如银。金银中有民族的气节，藏家的礼仪敦厚而又美丽，传承着中华民族古老文化的高贵品质。

（选自《散文诗世界》2016 年 10 期）

■［北京］王宗仁　　　　# 里程碑（外二章）

题记：从青藏公路的起点西宁到终点拉萨，2000 多公里。
每公里就有一座里程碑，像士兵一样齐刷刷地站在路边。

头顶天阔，
脚下路远，
坚硬的躯体，护着内心的柔肠。

暴风雪淹没了千山万壑，
它仍然清醒地给司机报告着方向。

一天，有个退伍的老兵，
拖着残疾的腿靠着里程碑稍做歇息，
它从此提升到了一个陌生的高度。

拉萨雪

雪花翻过山脊，飘在拉萨河谷。
从草尖到草根已是深冬。
青年。鸭舌帽。他牵着一只小羊，扬着亮亮的嗓门，走在河岸上。

雪是轻的，路是远的。
冬天的早晨，不知他要去哪里？
晒在夏天的干雪花，其实是一滴水。
白雪种下的脚印。人生。

推开雪的门。
另一片冬雪覆盖的草滩上，无人的阔远。
拉萨河在拐弯处醒来。

卓玛姑娘和一头牦牛。满河滩流着她搅奶桶的声音。
雪天的音质真的像琴声，很美。

雪，下得很大了。一直下到鸭舌帽上。
他还在不知方向地前行。
路，都在雪里，只要脚步在，没有长睡不醒的路。
他周身慢慢地有草尖拱出雪层的感觉。
也许，他望到了别人望不到的地方……

弦月下的军鞋

午夜的沙尘，磨亮了兵屋前冰凉的山石。
石上那双留着雪迹的军鞋，稳稳地站在晚风里，醒着。

巡逻兵终于累了，点着月亮灯，睡了。
青稞咔咔拔节的声音，在山坡上无声地响着。

月亮摔在了石头上，碎成满地水银，
冰屋里的鼾声，
可以让整个雪山震动。唯军鞋稳稳地站在弦月下，
醒着。

（选自《小拇指》诗刊 2016 年第 2 期）

■［北京］刘　虔　　**止步。在黑夜的尽头**（外二章）

走过黑夜的尽头。在遮蔽着昨夜罪恶渊薮的最高处。止步。

　　走出黑夜的虎穴，在黑夜尽了的时候，止步。就在这里给黎明以最高的敬礼。这已是最高处了。最高处的自由。最高处黎明升起的路口。最高处的我的 26 楼。止步于旧梦的落幕。新梦。接踵。扶摇而起。以横陈天穹的漫漫长旅，踱步远方。这情欲的大鸟正御风而行。当黑夜尽了的时候，自由要与自由结缡。更要与心同醉。两杯浊酒。三盏新词。四面清风。八方友朋。共话红尘沐浴着桑麻。啜饮杯中好时光。走过黑夜的尽头。在遮蔽着昨夜罪恶渊薮的最高处。止步。坐拥高楼的一角。给鲜丽的黎明以最高的敬礼。给自由的辰光以最深的吻抱。然后，静心地翻阅，轻声地捧读一生的诗章……

土地。无须流泪的哀荣

秋风起，黄叶飘零。我的庭院顿时成秋之舞台。爸，妈，我又想你们了。你们的时光，你们的音容，也像这一片片落叶砸地，被风的呼啸搅得四处飞动，满目萧索吗？我收紧心中的血脉，痛着，念着，想着。想在这飘摇恍惚的时光里，静下我的思绪，凝定我的足踪，听闻这土地隐匿在庭院某个角落的缄语。然而，环顾六合，万千风情，总在风中漂泊。耳边，眼下，熟稔而柔弱的黄叶依旧翩然而逝，留不住对于枝头的依恋，更无从绾住依恋的枝头。时光的力量烙下的斑痕，浸透血迹点点，结痂成谜，已然是永难平复的伤痛。爸妈，你们早已入地而安。但也早已听不见我眼泪的呼喊。或许只有土地能够接纳你们的遗骸了，接纳这个人世间辈辈相传的遗恨。啊啊，秋风扫着落叶入土，竟是土地无须流泪的哀荣哦！

今夜。美人鱼浪狂野

月光一醉难醒，长卧在远天云帐里……今夜空旷，无星亦无月。唯有一片幽暗在燃烧，闪烁着久违的梦境。狂野的美人鱼啊，今夜，你撕裂了远古置放的童话。冲决安徒生笔底温柔的安歇。冲决冰雪迷离的故土。以及往日无从回望的爱的悲切。今夜。破浪鼓风而起。翻身跃过龙门。在东方古老的夜海里恣意游弋。你的歌声原是沉郁的。今夜，你依旧继续着你的沉郁。一阵一阵，如流波之激越。今夜，你依然用着早古的老调，半是迷人的诱惑，半是哀伤的惊阙。远离故国王子多情而泣的幻影，才添了些他乡异邦的苍凉，更执着你一生游荡的自由，重拾失落梦中的爱的向往。在东方，在这夜的海上，狂野的美人鱼啊，以野性的善良重振落败的心事，又一次摇撼着一座城府的魂灵：为了爱，心最疼。为了玫瑰，宁入荆丛……(夜听歌曲《美人鱼》)

（选自《香港散文诗》总第 52 期，2016 年出版）

■ [河南] 王幅明　　　　# 先贤祠（组章）

试着用诗句搭建祠堂，以敬奉心中的先贤。

陉山之上

新郑市的陉山之上，有一座二千五百多年前的陵墓，墓的主人名叫子产。

一个执政二十六年的宰相，死的时候，家中竟然没有积蓄为他办理丧事。

郑国臣民闻讯，纷纷捐献珠宝玉器。子产的儿子不肯接受，百姓只好把捐献的财物抛到子产封邑的河水中，以表悼念。珠宝在河水中泛起金色的波澜，从此这条河便被称为金水河。

子产下葬之时，郑国百姓哭声遍野，悲痛犹如失去亲人。举国哀悼，三月不闻琴竽之声。

孔子周游列国时到过郑国，听到子产去世，流着眼泪说："子产，你是历史给我们造就的最慈悲的人啊！"

子产受命于危难之时。乡校是当时的民间论坛，也是知识分子发牢骚的地方。有人向子产汇报，建议关闭乡校。子产坚定地说："大家到那里议论政治上的得失，认为是好的，我们就实行；认为是不好的，我们就改正。都是难得的老师啊，为什么要毁掉乡校？"

子产制定了中国最早的法律，铸在青铜鼎上公之于众。这位列国的楷模，被后人尊为"春秋一人"。

伟大的先贤，竟遭遇遗忘。其陵墓几乎被四周贪婪的采石场吃掉。

片片黄叶落在子产的陵墓上，无人打扫。

殉道者

世人称你商鞅，我坚持叫你卫鞅。

因为你是卫国人，中原人。

弱小的秦国因你的变法而走向强大。六代君主因遵循以法治国的理念，最终让兵戎相见的列国迈入统一。

案头放着一部《商君书》。我记住了书中《更法》中的一句话："法者所以爱民也。"这句话是全书的纲。攻击你为酷吏的人，从来不提这句话。

史书记下了秦国变法后的场景："道不拾遗，山无盗贼"，"勇于公战，怯于私斗"，整个国家进入"大治"之世。如果百姓的生活得不到温饱，何来道不拾遗？

有人说你是一个尚武者。尚武也可成为罪名？可悲的是，从古到今，从中到外，没有血性的民族只能配做羔羊。

战时的法律绝对不会完美。但是，谁能找出比能打胜仗的法律更好的法律？

以你的贡献，至少应该与教育家孔子平起平坐。但你没有孔子的命运好。孔子的祠堂不计其数，你却没有一个。

二千多年前，老士族恨你；二千多年后，特权阶层恨你。殉道，也许是你唯一的宿命。

你本是中原人的骄傲。可是，来到古卫国的土地，竟找不到关于你的任何遗迹。

晚辈的心中隐隐作痛。

渠水千年不息

到陕西三原县，不能不看郑国渠。

渠水穿山过岭，深不见底，流淌着两千多年前一位水利工程师的感人故事。

原本是一场阴谋，最终成为泽润后世的佳话。

韩桓惠王苦于秦国的不断东进，想出一个抵抗的妙策：派水利专家郑国充当奸细，帮助秦王开发关中，以分散人力，使韩国获得喘息之机。郑国带看重任来到秦国。

年轻的嬴政刚刚继承了王位。他接受吕不韦的安排，召见郑国。郑国将水渠开成后关中的丰饶前景，作了生动的描述。秦国君臣听后人人折服。工程进展到一半，郑国"间谍"的身份被侦破，朝野一片哗然。

秦王政下令把郑国押来咸阳亲自审问。郑国早已做好了赴死的准备。他从容地说："开发关中，韩国能得到什么呢？充其量不过是秦国不去进攻，过几年安定的日子；但对秦国来讲，一旦关中水渠修成，就成就了秦国的千秋基业，究竟对谁有利，岂非不言自明？"

秦王政转怒为喜，当场拍板，支持他把工程做完。

数年以后，连绵三百里长的水渠终于完工。汹涌的泾河水穿山而过。盐碱地逐渐变成绿色的沃野。

秦国因郑国渠的开凿更加富强。

韩国却并未因有此"良策"，挽救终将灭亡的命运。

成就一项伟大的水利工程，是水利专家一生的梦想。

郑国实现了。他受命于自己的君主，更受益于另一位目光远大的国王。

（选自《东京文学·大观》2016年第11期）

■［湖南］皇　泯　　# 欧洲纪行（组章）

一个人不在真正的爱情中死，就在真正的爱情中生。

威尼斯捉迷藏

同样是小桥流水，同样是七弯八拐，在江南古典小巷里溜达惯了韵脚，却找不到传统的词牌。

威尼斯，也捉迷藏。

当然，不是两小无猜，异国有异国成熟的情调，在陌生的字母里找不到点横竖撇捺，只有似曾相识的弯钩，垂钓浪漫。

游船，在双桨的摇曳里，欸乃一声，蹦跶的只有波光的鳞片。鱼，不会上姜太公的当。

唯有手捉住手，才不会逃脱。

因为，爱是不干胶，情是淹不死的鱼。

在爱情海中，不会游泳，也会找到漂亮的泳姿。

潜泳，是单相思；

仰泳，是失恋；

唯有自由泳，可以找到活命的爱情。

一个人不在真正的爱情中死，就在真正的爱情中生。

爱情，你躲在哪里，不要说，在心里。

罗马街头，风吹翻一把折叠雨伞

2001 年冬，海盗船，冰雕一样塑在罗马街头。

桨凝固了，浪凝固了，历史凝固了。

一阵没有天气预报的雨，在倾斜中，淋不湿千年的火山岩砖，却淋湿了我四十三年干燥的人生。

那是西方的风，吹翻一把东方的折叠雨伞，一个人的影子被淋湿后，就再也无法晾干。

多少年了，掰手指头计数的时候，仍有雨丝缠绵的感觉，何况在麻石古巷中撑开一首关于油纸伞的诗。

现实，晴朗在伞内；

回忆，湿润在伞外。

枫丹白露宫后花园的门，被封闭了

我来到枫丹白露宫的时候，后花园的门，被封闭了。

不知是因为约瑟芬吝啬了六个字的回信？还是因为拿破仑报复了一个字也舍不得的回音？

只有掰开爱情的缝隙，钻入栅栏，寻找一线蛛丝马迹。

一泓清醒的溪水，洗亮对视的目光，汇流中，历史的败叶浮漂，现实的石头沉默。

不说话，无须说话。

纵深处，寂静，掉在地上，听到的只有心跳的回音。

嘘！别惊扰了直来直去的时间。

溪水，遇到顽固的石头，拐一个一百八十度的弯。

迷失在罗浮宫

罗浮宫有多少张门，我记不得了，我只记得我迷失在罗浮宫。

也许，为寻找胜利女神维多利亚的头，迷失在萨莫色雷斯岛；

也许，为惋叹爱神维纳斯的断臂，重返希腊米洛斯岛古墓遗址；

也许，为留住蒙娜丽莎永恒的微笑，忘记了时间和空间。

相机无偷拍存合影，一卷三十二张的胶片，在保安的监视下，灰溜溜地曝光。

罗浮宫在惊艳的视域里浮光掠影，人迷失了，心迷离了。

罗浮宫的门，进得来，出不去。

埃菲尔铁塔

电梯，攀升埃菲尔铁塔，人不敢触电，心，被电击，焦灼了时间。

情感，迷失在钢铁构建的回环里，太阳燃烧的世界被淬火，血肉可以淬火么？

预约的时间很现实，东方人赴约在西方的巴黎，却被浪漫绊住了脚。

不想走了，又不能留。

2001年，巴黎的冬雪，有点迟钝，更不会让冰冻住拒绝过千年的千禧钟。

唯有寻找借口，在巴黎街头小店买一只埃菲尔铁塔，以1.715米的身高留念我曾经攀登过324米高的天空。

（选自《诗潮》2016年第9期）

■ [河南] 王剑冰　　　　　　# 书院秋声（组章）

滑州，让我搬运些秋声走吧，我要把它扎成生命的篱笆。

1　我的记忆在涨水，我曾经来过道口镇。那个时候我还很小，我天真地寻找着那个道口。

一定是有一个道口的，它在摆渡着来往，引导着方向。

可是我没有找到。

现在，我依然在道口徜徉。有个声音告诉我，欧阳书院就是道口的标志。我看到一扇门无声地开启，一股清风灌了满怀，我的怀里立时温热起来，心里在荡舟。

我曾经找过的那个历史的道口，就芳香四溢地站在四通八达的地方。

2 滑州，你是作为一个音符在那里发着骨感的声响吗？你的卫国的月光里，飘着许穆夫人的裙裾，一曲未经化妆的绝唱，在时光深深的庭院里舞蹈。

那个在乎山水之间的人找到这里的时候，"星月皎洁，明河在天"，一缕秋风正在流浪。

他记住了那个朴素的路碑，正如多少年后我们循着那个路碑，毫无偏差。

3 我试着像欧阳修一样在秋声里沙哑地歌唱，真的，我真的在那种歌唱里越地找到你。

过了灵魂的高峡，在一片清澈而亲切的水上飞奔。

水的四周是辽阔的北中原，中原一派玄黄。一个个经过无数次痛苦和愉悦而繁衍的村庄，把这玄黄连缀起来，就如汉赋、唐诗、宋词的连缀一样，将广袤和丰收连缀起来。一个人从广袤和丰收里站直弯着的腰身，甩出一串汗水，那汗水变成了飒飒秋风。

带着秋香的风吹过大地，大地上一片繁忙。欧阳修来的那天，是否也是这样的景象？我去过欧阳修的家乡，正是"白水芦花吹稻香"的季节。

4 一群学子的声音水一样缱绻在风中，我听到了你们的歌唱，不，不唯是我，我身后那个摇摇晃晃的醉翁也听到了你们的歌唱，他激动得抖动着胡须，陷入了沉沉的回忆，似乎感怀那两次人生短暂的行程，感怀历史的理解和千年中滑州人的感情。欧阳公，六一居士，你始终让心居住在孩童中吗？你的生命里，重叠着那个儿童的节日，我们叫起来是那么亲切。

声音就这么缱绻地流着，我在这流水里偷偷地泡着自己的泪光。我回头看欧阳公，欧阳公的眼睛里映着清澈的天空。

5 欧阳书院已成卫河边的风景，我在这风景的夜晚久久不能成眠。

秋风拂过大地，我随风扶摇而上，看一个人怎样地对天惆怅，惆怅中又带有着怎样的调侃与放浪。你一定流过泪，没有泪水的男人是不真实的，只是我没有看见。故乡沙溪旁，满头白发的芦花摇出的风，一直吹过卫水，抖乱你的衣衫。

"草木无情，有时飘零。"人生不可能长驻春天，那就在秋天里扎下根，把春天重新孕育。绵州、夷陵、扬州、滁州、滑州，欧阳公，你把坦荡和豪情种植在这些山水的深刻部位，让它们长出思想和灵魂，长出文字和墨香，没有人知道你的痛苦，亦如不知道你的快乐。你看，童子都睡了，你露出了宽怀的笑意。

深秋的风重复着重复着，一直重复到现在。

其实我不该想起这些，我应该想起醉翁亭的快意，想起蝶恋花的清香。我还想起你的直率，你的不屈，你的无愧。就让我这样地多想一些吧，想得多了，我就离你越来越近了。

不，我一点都不怀疑你的意志，你只是借助秋风放飞一下自己的思绪，就如你放飞吹落的一根胡须。"人为动物，惟物之灵，百忧感其心，万事劳其形。"谗佞的草在你的跟前，早拂之而色变，《秋声赋》后不知去向。

滑州，让我搬运些秋声走吧，我要把它扎成生命的篱笆。

6　在欧阳中学，我看见那些不老的风，在雨中丝丝落地，长出又一茬嫩苗。风雨之间，千岁欧阳依然"子夜读书"。

欧阳书院，请允许我作为你的一位晚来的学子，让我再坐在那方舢板样的小桌前，用我满腹的激情诵出："初淅沥以萧飒，忽奔腾而澎湃……

（选自《山东文学》下半月刊 2016 年第 1 期）

■ ［海南］蔡　旭　　　**生活流**（组章）

　　其实我更想说的是——伪装过了头，就等于暴露。

伪　装

这家小理发店的生意太好了。
在我剪短一头花白染上黑油时，师傅已顾不上为我及时冲水。
20 分钟，等待冲水的最佳时间，现在不得不翻了一倍。
染得太久，我担心颜色太黑了。
师傅却说，不要紧，黑一点显得更年轻。

我想年轻，又不想过分年轻。
把花白涂黑，只不过为了稍微掩盖我的老态。
说这话时，我有点心虚。
其实我更想说的是——
伪装过了头，就等于暴露。

高楼上的蚊子

一只把我从梦中咬醒的蚊子，告诉我它也住在 21 楼。

蚊子属近地生物，作为低级飞行员，直飞高度只有十米左右。

我不明白这只蚊子，并非特别强壮，也不见有什么特异功能，它何以飞得这么高？

什么时候起，又凭什么，竟变成了天外飞仙？

我乘着电梯直上高层，终于找到了痒痛的根源。

这可恶的蚊子，也和人一样。

千方百计，总会找到登攀的办法。

何况不管有意无意，总有人给提供了

爬升的捷径。

风，雨，人

风在风着，雨在雨着。

那个把乞讨者赶出酒店门口的人，

并没有人着。

街　角

盲人音乐家拉响生活的颤音。

一位乞丐从破衣袋掏出一枚硬币。

几个旁观的人，袖着手偷笑。

（选自《青岛文学》2016 年第 4 期）

■［上海］桂兴华　　　# 写在青岛（三章）

这才是一片被海水轻轻拍打的心岸。成熟的稳。

看书的少妇——写在塔楼咖啡馆

那名少妇，打开的那本德语书，肯定有现煮的香味。

没有谁，打扰她。糕点，也是被动的第三者。

她微微地沉醉，始终没离开眼前。她盘着头发的姿势真美。

滑下的雪白外衣，她也没有察觉。

整整一个下午。周围都坚硬，她是软。

这才是一家冬之岛。不喧闹。慢慢暖起来。

这才是一片被海水轻轻拍打的心岸。成熟的稳。

悄悄地，各品各的文物。

位于1901年的顶层，多少信息储存在她躺着的手机里。

不用申请组装电话了。底楼展览中的任何一架记忆，都陈列在她的凝视里。

她的心，可是一座静静的邮电局？

靠什么，她暗迎着百年时光里的任何号码？

放弃一些，她才得到了一些。

墙·藤——在老舍故居外漫步

那时候，黄县路12号的墙，不属于骆驼祥子。

望不尽的北方，通向那片并不太平的湖。

即使被罚跪以后，被毒打以后，被口号声横拖出来以后；

先生肯定还不想投入那个字！

否则，他不会在燕京西城的湖边，久久地坐，在黑幕里的长椅上独坐。

坐到这院子里的那堵外墙，成了偌大的伤口。

墙如果倒了，那紧紧依附着的、密密麻麻的枫藤，还有什么生机？

这片生命之藤，竟枯死在比我还要年轻的67岁！

50年了：先生苦苦默想的那个午夜，早已亮了。

藤，萦绕着一位山东大学教授、"职业写家"的魂。

悼一位相约未成的诗人

这一边等你相碰的杯，还有余热。

那一边的酒，却永远浇灭了你的手机。

风衣里的手往往柔软，不敢拨这串突然越走越远的号码。

只怪那天，海风太猛，掀翻了你城角边的这条鱼。

什么都会逝去的。没有假如。

该笑则笑，该聊则聊，该狠则狠吧。

不要等到只剩下一口气。

每一条饥饿的鱼，都有自己的终点。

唯有那对最后的眼神，说明还有多少剩下。

（选自《青岛文学》2016 年第 4 期）

■ [浙江] 萧　风　　　　# 莲花朵朵开 (选章)

稻草人即使戴上皇冠，也成不了真正的国王。

思想掠过我的心头，如同花儿开启了笑口。
——你听到它们欢快的笑声了吗？

碑，是一种会说话的石头；
心，是一座有生命的巨碑。

鸟，是天空飞翔的灵魂。
失去自由飞翔的鸟，天空也就真的空了。

根据牙齿的形状，便可判断动物的善恶。
——而人呢？

就精于交际的人讲，微笑常常是一副贴着谜语的面具。
——你能猜透面具下的谜底吗？

惯于攀附高枝的藤，连骨头都是软的。

秘密，好比笼中的鸟儿。
保守秘密的最佳方法，就是关紧笼门；否则，一旦鸟儿飞出去，想让它再进来可就难了。

稻草人即使戴上皇冠，也成不了真正的国王。

与其靠金钱，把名字刻在石质的碑上；
不如靠德行，把名字刻在人们的心上。

回忆犹如考古，捡起的大多是一些破碎的陶片。
——正是这些陶片，使历史得以复活。

所谓弱者，就是那些手握剑刃与别人角斗的人。

钉子——
只因屈从压力，所以无力自拔。

礁石，是浪花的杰作；
历史，是时间的杰作。

笼中的鸟，最懂得什么是自由；
上钩的鱼，最明白什么叫诱惑。

在虎崽子看来，
既然老子是山中之王，那山里的一切都该是自己的。

当你跳出一个圈套时，最要紧的是——
不要再落入另一个圈套。

人人心中都有上帝，正如人人心中都有魔鬼一样。
——善恶的区别就在于：由谁来主宰你的心灵。

雾的谎言，总被阳光戳穿。

笼子，是鸟们的家；
家，是人们的笼子。
区别仅在于：是否掌握开门的钥匙。

良心，是一根无形的鞭子。
常于夜深人静时，拷问扭曲的灵魂。

在生活的竞技场上，有的人并非凭过硬的功夫取胜，
——而是在别人脚下使了绊子。

雨花石——
　群开花的石头，正做着五彩缤纷的梦。

尊严，犹如人的脊骨。

一旦失去了，便再难挺直腰板走路。

麻雀看见雪地上的谷粒，兴冲冲地飞来。
可它没有发现，谷粒之上还有细绳牵动着的骗局。

独处时，灵魂就像一只美丽的蝴蝶。
她钻出肉体的茧壳，翩舞在思想的花丛中。

（选自《滇中文学》2016 年第 3 期）

■ [福建] 陈志泽

不能弯曲的目光（外二章）

目光里带着深情的爱恋，能把美神牢牢地吸附。

目光，不能弯曲。
目光与目光相遇，是躲闪或是相融或是碰撞？
虚弱的、畏惧的、猥琐的目光，暗淡、破碎，躲躲闪闪，游移不定；
瞬间对峙的目光，溅出火星；目光是从心里射出的。
目光里带着深情的爱恋，能把美神牢牢地吸附。
目光是一根鞭子，令丑恶战栗地溃逃；目光是箭镞，能射中罪恶的祸心。
堂堂正正的目光，从不七里八拐地去窥视什么财宝和奥秘，却能穿透一切云雾般的迷茫和身披马甲的虚伪。

仙足迹

仙公匆匆赶路，若浮云飘游，偶尔一只脚点地，随即腾空而起，消失在茫茫世界……只留下一个深陷山岩的足迹，雷电炸不灭，风雨洗不掉，太阳用它千万把锐利的锉刀磨不去。仙人足迹闻名遐迩，香客与日俱增、络绎不绝。

那一天，我们的队伍浩浩荡荡，汗水浇出星星点点的脚印去寻访仙人的千古神迹。踩，踩，踩，一路跋涉攀登，终于踩着了仙人足迹，似乎蘸满浓浓的仙气，满山笑声鼎沸。

不曾想，云彩的缝隙里泄漏下一束亮光，有好事者竟然辨认出仙人足迹里，苔藓盖不住，有钢钎的凿痕藏匿其间……

树的冤案

小区在荒地上崛起，紧靠一栋栋住宅楼的周遭，种满了树。

树苗扎下根去，努力生长。十年过去，成长起来的树，以其伟岸的身躯拥抱楼房，缠绵的身影越过一扇扇明亮的窗户，填满居室。人们突然感受到阳光遁逃，生活暗淡。翠绿竟然成为祸害……

只得做出一个无可奈何的决定。绿树一只只粗大的臂膀，伴随着刀锯斧削的嘶叫声从空中断裂下来，人们如同当年欢呼翠绿的栽种，欢呼着今天树的肢解……

雷厉风行、只凭想当然的决策，遭殃的，是这些一心一意生长的树。

（选自《诗潮》2016年3月号）

■[深圳]李松璋　　# 秩序：四季（组章）

春天意味深长地对我说：季节转换，王朝更替，有时，就像你翻开脆薄的书页！

春（太阳到达黄经315度）

不知不觉地，白昼长了，太阳暖了。

暖流是一种坚定，是沉默不语的爱。它是悄悄回来了，还是根本就不曾离开？

在严冬强大的淫威下面，暖，隐藏于一切事与物里面。它从未屈服，从未向血温零下30度的专制者俯首称臣。冬日漫长，仿佛无际，但季节不信。悄悄地，将石头培育成种子，将冰凌磨砺成锋刃。

它告诉江水里的鱼儿：可以发抖，但不可以绝望；

它告诉寒枝上的麻雀：可以暂避于强权者的屋檐，但不可以为他们唱一句肉麻的颂词，留着最干净的声音，待大地苏醒，万物复生，你会唱个尽兴！

一候东风解冻；二候蛰虫始振；三候鱼陟负冰。

其实，看上去无比强大的冬天，都斗不过那些卑微的鱼虫花草。

仰望星空！北斗七星毫发不乱，站位严整，斗柄已指向东北，方位角45度。

春天意味深长地对我说：季节转换，王朝更替，有时，就像你翻开脆薄的书页！

夏（太阳到达黄经45度）

斗指东南，维为立夏。万物至此皆已长大。

蝼蝈鸣。蚯蚓出。王瓜生。锦绣大地，用顽强而丰盈的母语，成就一篇有声有色的锦绣华章。她不落款。她说：还有几个词，令我推敲难定。那些塑料的鲜花，为何还在城头上无耻缠绕，妖娆地粉饰太平！

四季当中，最为淫靡、湿腐、暧昧、滋生、奢欲的时候。丰饶到迷乱，有人正为虚假的富足而泪奔。

清茶败给勾兑的冷饮。猎人酒醉不醒。豺狼虎豹坐在芭蕉树下，高声阔谈规则、简朴、素食和主义。蟑螂老鼠们听得眉飞色舞。

夏天景象，让春天失望，让秋天忧虑。

秋（太阳到达黄经135度）

门前禁卫把盆栽的梧桐移入殿内。时辰一到，太史官高声奏道：秋——来——也！

话音刚落，梧桐的两片叶子应声落下。

龙椅上的人，顿觉背脊发凉。宫廷内外，秋意肃杀。

田野金黄。大豆含荚，棉花结铃，玉米抽雄吐丝。表面看是丰收之景，其实，夏天的衰败终于降临。

唯将两鬓雪，明日对秋风。

一场秋雨一场寒，是真实而确切的。

蚊子、蚂蚱已清楚地看到末日。有的存一丝侥幸，继续表白和奔走，有的陈仓暗度，去温暖的远方流亡，以待来日杀回故地。

舞台上，秋老虎耍蛇吞象的把戏，嚣张地吼道：我要吃掉中秋的月亮！

云朵选择高处去冥想。对于大地上的事情，它早已熟悉，如同知道自己能落几滴泪。

所以，它看淡一切。

算计收成的人们，偶一抬头，看见雁阵南飞，一丝不苟地将"人"字写在天上。

冬（太阳到达黄经225度）

一候水始冰；二候地始冻；三候雉入大水为蜃。

冬至。天子在行出郊迎冬之礼了；在赐群臣冬衣，矜恤孤寡，表彰为国捐躯的烈士及其家小了。

　　还要以时令佳品祭祀祖灵，尽为人子孙的义务和责任，祈求上天赐给来岁之丰年。

　　还要请死者保护生者。可见国之弱！可见民之悲！

　　那时的人们，心中有敬畏与怜悯，似乎不是假装。

　　而一位诗人，却在炉前灯下，看到从窗外马路上走去郊外行礼的官员队列，写出这样的诗句：落水荷塘满眼枯，西风渐作北风呼……

　　风雪弥漫江山。也弥漫了诗人满怀的忧戚。

　　原野空旷。到处是魂灵们死不瞑目的呼啸！

（选自作者散文诗集《在时间深处相遇》，北方文艺出版社 2016 年出版）

第十五辑　跨诗体写作名家（9家）

■［山东］张庆岭　　　　　# 切一块黑夜送给你（外一章）

> 切一块黑夜送给你，／不大，不小，不多，不少，正好等于——我们／错过的一生。

再一次想起你，我便突然产生了这样的冲动——
切一块黑夜送给你。

里面——肯定有我的鼾声，呓语，还有六十年的梦想。一间红房子，在你我相向奔跑的中间，渐渐变小、变亮、变成一滴泪。
山，是软的。水，是硬的。路，思绪一般
缠绕着我的呼声。

你在局外。淡定。自知。一无所求。
左手，一本书里夹着枫叶形的相思；
右手，五指清秀，一副舍我其谁的样子……

切一块黑夜送给你，
不大，不小，不多，不少，正好等于——我们
错过的一生。

我 与 她

她，很美。
"倾城"，只能表达她的一次浅浅的微笑；"沉鱼落雁"，只不过是她眉眼的一举手，一投足。

她，是我的前妻——我说的是我的前世之妻。这是天机，打死都不能泄露，我没有资格运用这个世界的无知，来让这个世界的荒唐埋单。

她，就要结婚了，新郎是这个小城的独裁者，也是曾经举刀杀死她的那个无赖——当然，这也是她的前世之事。这是天机，即使我怎样摇唇鼓舌，都不可能说得清楚，谁也无权借用这个世界的混乱，来消除公平与正义心中的

愤懑。

　　现在。她，是那样的幸福——那个无赖，正拥着她。举世无双的百年好合，正从一楼上升到十七楼，红地毯仿佛从前世铺来，对一切都了如指掌的上帝，正从《圣经》里，姗姗走出，神圣与尊严，同时光芒四射。
　　整个世界都在为他们鼓掌、祈福（当然也包括我）……

　　有人好难过，泪水滔滔，左边长江，右边黄河。
　　有人想不通：旷世的清明，是否会成为终生的情敌。

（选自《伊犁河》文学双月刊 2016 年第 5 期）

■［四川］干海兵　　　　# 康定的鹰（外一章）

多年来见山登山、见水涉水，只为了到达这空空的海滩，说一声道别。

　　鹰落在岩石上成为另一块岩石，翅膀，卸下了川康边地的，整整一个秋天。它隐伏在闪电与闷雷的深处。

　　鹰带走过一个人的梦想，它让晨昏的道路在天空中倾斜。

　　折多河奔流远方，朝圣者沸腾的心一次次长扣隐秘的神山，唯有鹰像时间定格的子弹，在黛青的黎明熠熠闪光。
　　唯有鹰像死去的金子，君临着南高原最后的寂寞。

在秦皇岛

　　需要你坐在我的身边，在白茫茫的月光下，我们指认那些被鱼举着的礁石。忙碌之鱼啊，也许在水尽之时用嘴唇唤醒彼此的涛声。

　　萤火虫一样的孤舟，在等待另一场无边无际的雨。
　　老龙头的海被时间之墙分隔，生锈的带刺的水母，沿着老虎滩走向河北，在空中我们穷尽一生，只为等待片刻的潮水能打湿这将要分道扬镳的脚印。多年来见山登山、见水涉水，只为了到达这空空的海滩，说一声道别。

（选自《浅草》2016 年夏季刊）

■ [湖北] 谢克强　　　　路（选章）

我不知道，有没有一条不穿过黑暗的路可以抵达黎明？

1　你寻找着路。

路，坦荡的、崎岖的、蜿蜒的，都把你的视线，不，都把你的脚步引向远方。

路，没有尽头，你的视线也没有尽头。

地平线很远，目标也很远，信念也能远吗？无论朦胧的黄昏，还是迷离的清晨；无论风狂雨骤，还是霜寒露重，你依然寻找着路。

你要寻找的，只是为了抵达终点，抑或抵达目的。

终点，抑或目的只有一个，而路却有千条万条，哪一条是通向终点抑或目的的捷径呢？

你寻找着路……

2　看见那条崎岖、蜿蜒，甚至有一点坎坷的山间小路吗！

如果你想走出大山，别无他途，只有这么一条山间小路。是呵，世界上，哪里有一条通向尽头的平坦大道呢？

我不知道，有多少人从这条山间小路走过，他们又都走向哪里；但如果你走过这条山间小路，你的命运就长长地延伸了出去，就会走向平坦与开阔。

人生的路也是如此。当你走完这段崎岖、蜿蜒、甚至有点坎坷的山间小路，虽然这只是人生中一段短短的路程，但这短短的路程也是人生。

所以，路是人走向生活、走向人生的导师。

3　猝然倒下，苍茫的四野竟没有一棵小草支撑你的孤独。你奋然昂起头，用高昂的头颅和不屈的信念支撑自己。

你又上路了，眼前依然是一片空旷与寂寞。

什么诱惑着你呢？

穿过迷离的烟云，在那一片冷寂与荒芜的土地上，我看见了你延伸的足迹……

追着你的脚印，我发现了道路和血痕。

4　夜是漫长的，因而黑暗也是漫长的。

走出驿站，夜的远岸，那熠熠闪烁的星光也熄灭了，难道希望与梦幻、向往与期待也会因夜的深邃而熄灭吗？

　　远处，有脚步声传来，是谁走向夜的深处。这脚步似鼓点敲沸我的血，当沸腾的血催促我的脚步向前跨去时，我匆匆的脚步蹚响一路夜色。

　　我不知道，有没有一条不穿过黑暗的路可以抵达黎明？

5　是路，总会分岔。

　　分岔的路，就仿佛一棵棵长青的大树，伸着茂密的枝枝丫丫，当我沿着树干走向一个个枝丫，走到路的尽头，我不知道迎接我的是一片枯黄的落叶还是一粒粒饱满的果实？

6　走了很远很远的路，真有点筋疲力尽了，然而才走到中途，离终点还远着哩！

　　不巧得很，前面有两条小路伸向远方，令我徘徊的脚步怅然远望。

　　实在有点遗憾，我的两只脚，不可能同时走在两条路上，所以，面临新的征程，

　　我得选择！

　　两条路，也许就是两种命运。

　　在人生的征途上，总会遇到这样的时候，在这样的时候，与其说选择路，不如说是命运的选择，而这种选择，其实也是在检验每个人的见识、能力、志向和决断。

　　站在十字路口，我思绪万千，沉思良久……

（选自《中国诗歌》2016年第1卷）

■［江苏］张作梗　　　　# 父　亲

　　黄昏像一扇门，在我的身后轻轻掩上。我走了那么远，最后，还是回到了我的身上。

　　他把虚无最初也是最后一次引荐给我。尔后，穿过漆黑的
门洞，再没有回来。

　　他死了也是我父亲。入土为安了也是我父亲。腐烂了也是我父亲。转世为虫豸也是我父亲。我抱着　捧微温的骨灰穿过人世；
　　这逐渐冰冷的
　　骨灰，是

我
的
父亲。

他蹲在树下修理一辆老式自行车。他裹在尘土里莳弄稼穑。他潜入水中摸鱼采藕。多久多久了，自行车已被骑走，稻麦入仓又给卖掉，鱼藕培养出了又一轮新的胃口；他依然没有现身——穿过漆黑的门洞，他再也没有回来。

我怎么能说我的心上多了一个坟冢？不。晃动过他身影的垄亩开始晃动我的身影。他握过的锹柄上现在缠裹着我的
汗水。他空了的床榻由我破碎的
睡眠来填补——

他遭遇的劳顿、穷困和窘迫，我一样、一件来承接，来领取，来
担受——仿佛世袭的衣钵。

（选自《诗潮》2016 年 4 月号）

■ [北京] 洪　烛　　　　**梦中人**（节选）

我梦见的还是你的那一半，你梦见的还是我的这一半。合在一起，仍然是完整的。

我喜欢看你的小波浪。那是你开的花，刚开的花骨朵儿。峡谷越来越窄，水底的石头更多了，你的花不断被放大，你的灿烂跟你遇到的阻力成正比。我也遇到了阻力：一看见你，我就走不动了。忘掉自己是在路上还是在岸上？也许你的岸就是我的路，你的路就是我的岸。我走不动了。不，我正在你的嘴唇上靠岸。亲一下，你的就是我的，你的小波浪就是我的小波浪。

断了再接上，接上了又断。把一次爱分成两半，一半是前世，另一半是今生。不，它已变成两次爱了，就像爱了两次。不是爱上两个人，而是把同一个人，整整爱了两遍。爱了一遍又一遍，还是觉得不够啊。接上了又断，断了再接上。总是记得第一次相见时你的模样，却忘掉自己是谁，心里怎么想。断了再接上，接上了又断。把一条路分成两半，可惜啊可惜，我走这一半，你走那一半。我走的是这个方向，你走的是那个方向。接上了又断，断了再接上。在梦里刚刚走近了，醒来却发现：彼此走得更远了。走得再远，我梦见的还是你的那一半，你梦见的还是我的这一半。合在一起，仍然是完整的。

去年的花在去年开着，说明去年还在，花还在，看花的人还在，看花一朵接一朵地开，中间隔着一片大海。此岸的花变成彼岸的花，说明大海还在，岸还在，看花的人还在，只不过有点分心：一边看花，一边看海。隔着大海看一朵越变越小的花，不禁想起去年：去年多好啊，可以隔着小花看大海。花的香还在，闻到了花香而产生的战栗还在，潮汐还在，只不过一层被又一层覆盖。

太阳掉进大海里，把海水都烧红了。亲爱的，我像大海一样等你，等你飞累了，在我的怀抱里，演示一番落日的情景。我尽可能地张开双臂，为了把你抱紧。你可以落在千万个地方，只有一个地方，在焦急地等待，等得眼睛都变蓝了。波涛的臂膀不是为了套牢你，却像镣铐一样约束住自己：不管你是否归来，我都站在原地等你。大海的胸怀再辽阔，却无法给别人腾出位置，所有的空白，全留给了你。只有你能把他的空白，填得满满的。

你的眼睛只望着前方，看不到自己的背影。你不知道自己的背影有多么美丽，也没想留给谁看。你走得越远，背影就越美丽。可惜你不知道，你陶醉于前方的风景。根本没想到，自己忽略了的背影会构成别人的风景。我的眼睛也望着前方，前方是你的背影。我并不想慢腾腾地跟在你后面，只怪你的背影太完美了，甚至比正面还要完美，使我舍不得超越。我只顾着看你的背影，忘掉了自己也有背影。如果有一天，我把你的背影弄丢了，还以为是你的背影把我弄丢了。前方，空荡荡的。心里也空荡荡的。

（选自《散文诗》上半月版 2016 年 2 月号）

■［辽宁］宋晓杰　　　　**稻草人**（选章）

> 诗人说："生命并不短暂，短暂的是人。"

1　试着，排兵布阵；试着，记住那些金黄的细部、黄金的闪烁之处。
　　——诗人说："生命并不短暂，短暂的是人。"

2　遮阳帽。小花褂。倾斜着身体，急于长大。
　　手握小彩旗，呼啦啦，呼啦啦，麻雀、老家贼，全都被你吓跑了。
　　——如果愿意，你就顺着自己的意思活；如果愿意，就变着花样儿笑。你就是童年和童话的粮仓。
　　编织与创意，历来是春天的缔造：清亮的露水挂在唇边，你睁开渴睡的眼，清风扑面，蜜蜂旋舞，花枝乱颤……在干草收割之前，你不停地歌唱九月、明亮和停顿的时间。

3   古老的机杼没断，打草机停在檐下，会把你打扮成什么样子？那些线、横梁、踏板，太熟悉不过了。是谁令光阴漫漶，一把把星辰推到天边？

当我翻过山冈、涉过梦的泥淖，苦难中止，天使在晾晒翅膀，蕨类在编瞎话，而我在慢慢变轻……

身影消逝，单调的声息、奶奶的咳嗽、模糊的面容……都在原地旋转。

风箱得了哮喘，但是，一家人的夜晚因为你而烟火旺盛，晨昏升起明净而温良的火焰。

4   我们都是稻草人！我们都是稻草人！

地震了！砖瓦因而可疑、危险。唯稻草暂可栖身，唯稻草性格绵软。

乡下的奶奶家不是避难所，而是童话乐园：黑夜里无须点灯，无须烛照，手电恰好是神秘的灯塔——稻草人的卫兵，就睡在我们的身边；我们睡在奶奶家的菜园。

"地震了！"奶奶是发号施令的指挥官，我们每天的功课就是等待命令——也许正在吃饭，也许正在玩耍——人命关天，奶奶爱我们，训练决不手软。

那一次，我刚刚跑出稻草窝棚的"洞口"，却恍然记起我的伙伴——因为笨重的棉衣，因为惊慌失措，七岁的我跌倒在"逃生"的前线！两个姑姑连拉带拽，我艰难地爬出洞口，怀里紧紧抱着你——我的稻草人……哦，寒冷有牙齿啊，它一小口一小口地咬我的鼻子、脸蛋，但我有你的温暖，足以抵御清贫和严寒。

5   我要给你一个心脏，一颗透明的水晶。没有血，没有疼，永远明亮而喜悦。

我要给你绿野、仙踪、凤愿；给你晴朗的笑容、美丽的旅途、至爱的旅伴。

我还要给你：绵延不绝的田野、宽舒的怀抱、无尽的蔚蓝和夏天……

7   草民！——当心空澄澈，土地踏实，即使我们共用一个名字，也是好的。

多年前，我买了一把韭菜，用稻草捆扎着。于是，我写了一首诗:《稻草》，没有"人"。

但你试着找找看，你、我、他，都在其中。

……显然，这一次无非是额外的器重。

你被重新派上用场，延缓时日。

籽实是紧的，需要文火层层打开——

就像打开花朵，打开香气和养分。

而灶膛里，跳跃的火焰

无穷地涌动，模拟你喜乐的心。

……清晨，当我在明净的厨房，矮下身子，
解开你的发辫，蓦然惊诧——
我不想作七步诗，不想说出那个许多人熟知的隐喻。
我们面面相觑，仿佛两个
尘烟满面的姐妹，涉过千山万水，
星夜兼程，彼此默认。

（选自《天马散文诗专页》2016年第9期）

■［北京］鲁　橹　　# 雨中淇河（外一章）

最初是猛烈的，像一段爱情来临，直奔主题。

最初是猛烈的，像一段爱情来临，直奔主题。
阳光如同绸缎翩翩时分，我没有来；
夕阳在树上筑巢时分，我没有来；
露珠亮相廊檐，淇河的诗走廊，一个小学生奔跑着朗诵诗篇时分，我没有来；
雨雾撑开，水流平坦，吉瑞降临。
是天作之合。我像一枚尚未打开的果实，临水而立，哗哗的白雾中，恍然觉得淇河如高悬的大鹏，在吐着森林气息的栈道上，扶住了我风中的双肩——它那么柔和，都舍不得用瓢泼的心情笼罩我。
我缩身在其翼下，听得见波翻浪涌……

夜色中卖大枣的男人

他捉住一颗大枣，掂了掂，直接丢入自己的喉咙。
他说：真甜。说话的神情像妈妈给了他一块糖。
头顶的天空倾斜着，派出无数颗星星照耀着他的枣摊。
我相信最亮的一颗藏进了枣堆里，青皮的微微透着蓝的饱满的枣，有着浑圆的光泽，像露水带着胭脂的红，又像月光栖息的呼吸。
我捧起了它们。
"你吃吧，你吃。"他中原的口音厚重、朴实，像在家招呼客人。
他示范地又捉住一颗，丢进口中。那动作，有点像突然抓住了自己一个调皮的孩子，向空中拢起，又牢牢地接在手中。

　　他把他的果实和幸福拢得这么高，以至于我只好迅疾离去，我怕我的分享太贪婪，他会窥见我的忧伤。

（选自《散文诗世界》2016年第1期）

■ [云南] 施　云　　# 鸣沙山（外二章）

整个六月，我在火烧火燎的路南——等她归来。

　　与同行的队伍一道骑着骆驼上了鸣沙山我才明白：路程，并不像描述的那样遥远。沙子，也不像介绍的那样软不可及。或况我们的脚上还套着比驼掌更大的红布鞋子。

　　我喜欢沙漠上轮廓分明的光影和沙峰柔软可变的圆润弧线。那是一个阳光明媚的上午。那是一个阳光随着我从沙坡上滑下来的上午。许多滑翔伞载着许多人从我们头顶飞过，像一只只巨大的俯瞰沙漠的鹰，或者秃鹫，盘旋在一只只小鸟的上方。

　　我虽然没有小鸟的担心与恐慌，但却有着没能做回鹰的遗憾。

路南石林

　　笑声包裹的那段岁月，还青翠着那片石林，青翠着，涟漪荡漾的六月。

　　在阿诗玛的故乡，在彩云之南的"石头城"堡，阿黑哥扬起的马鞭，抽打着风，发出大地的鞭响。

　　火火的六月，火把照亮梦想的石洞里，白龙的传说像尊醒着的佛，跳月的阿细围在它身边，等待白龙马快点到来。

　　莲花峰上，一朵彩云宛如观音，把天界与地界连在一起。在那片神光普照的南国大地上，幸福的莲花竞相开放。我独坐莲外，抑或坐在《爱莲说》中，看一个个传说打马而过。

　　我的阿诗玛，从袅袅燃烧的香烟中，宛如嫦娥飞来，又驾龙而去。整个六月，我在火烧火燎的路南——等她归来。

坎儿井

　　坎儿井的坎儿实在太多，多得就像历史长河中一次又一次的苦难。我无法数清它们，就像记不住所有的历史事件。祖国的大西北啊，有一条血管一直波涛汹涌，有一条清泉一直流淌幸福。

博物馆里流动的灯，是祖国西北最纷繁的血管。坎儿井，用血液哺育了祖国的西北，哺育了吐鲁番胜景，让贫瘠土地上的人民日益富裕。

追寻着时光的绳结，我们走过了坎儿井一道又一道的坎。然而，我却未走过它的全部。

（选自《绿风》2016 年第 1 期）

■［湖南］邹岳汉

晚　宴（外一章）

品味这猛火急炒、半生半熟的菜肴；品味着青丝白发间，半生半熟的人生。

踏进寂寞深深曲折如许的书院。
即刻落入黄昏一手布局的巨大迷宫。
长的回廊。窄的旋梯。古旧、漆皮剥落的扶手。统统都被涂抹上一层幽暗、暧昧的色调。

穿过去。
灯火辉煌。满室烟雾。
一番不拘礼数的迎迓。噢，我总归是迟暮到来的不速之客。

桌上无山珍。摆开几个古老的话题，放纵满屋子年轻、嘈杂的笑声，鼎鼎沸沸，就是一席丰盛的美味。额角居然冒出腾腾热气，祛除冬夜骤至的寒凉；窗上初凝霜花，悄然结一枚淡若无痕的新月。
咸。辣。多。热。抢。一部快节奏的五线谱；七手八脚，轰响锅盆碗盏奏鸣曲。

心年轻了。牙还老着。
困守狼吞虎咽之阵，独个儿慢咽细嚼。
品味这一席猛火急炒、半生半熟的菜肴；
品味着：青丝白发间，半生半熟的人生。

深　刻

人生，总归是太容易淡忘了。
刚踏上宽阔的坦途，就背弃身后的那条小路。

才挺起腰杆做人，就忘了门边爬、地头滚的稚弱。

迎着温灿初照的晨曦，即刻忘却了长夜里月照栏杆、呼应无人的啼泣。

春风得意，伸展柔韧宽厚的十指，一遍遍地梳理、安抚着田间正值青春、骚动不息的庄稼；田垄上高卷袖管、荷锄赤足看水的农人，静夜里倾听到禾苗吱吱吱地拔节生长，不禁喜上眉梢；可又有谁去纪念那些夏日秋阳下，坚忍地经受着灵与肉双重炙烤的粒粒种子？

人们太容易淡忘了。

于是，一次次地跌倒。

一次次地，迷失。

于是，看透了这一切的时光老人，一手抡起沉重的榔头，一手掌定锐利的錾子，将人们一生经历的波折，起落，得失，忧乐……全都有棱有角地打刻在人们原本细嫩光洁的额头上，一如大地上随意起伏、走向分明的丘塬沟壑，使你一辈子再也无法忘记，无从迷失。

这，就叫——深刻。

（选自《三亚文艺》2016 年第 4 期）

第十六辑 致敬许淇（附方舟、林柏松遗作）

编者按： 许淇是我国当代卓有成就的散文诗人之一。他的散文诗创作题材涉及草原、城市、古意翻新的"词牌散文诗"等多个方面。据许淇夫人计晓荣女士回忆，许淇曾经于 1997 年、2005 年先后两次出访欧洲，陆续写成《欧洲的气息》共 26 章，首次编入 2016 年出版的《许淇文集》第 1 卷。这些作品，体现了许淇深厚的外国文学素养和他散文诗创作涉及的另一个重要方面，也是许淇晚年作品更趋成熟的重要标志。现从中选取三章与刘虔、沉沙二位怀念许淇的作品编成专辑。另，还选有于 2016 年先后去世的散文诗人方舟、林柏松二位的遗作，以志纪念。

■ [内蒙古] 许　淇

罗马与恺撒（外二章）

诗歌与历史，是罗马母狼哺育的孪生姊妹。

诗歌与历史，是罗马母狼哺育的孪生姊妹。

台伯河泛着红赭的波浪，城郊的山冈，那剥落的岩石断裂层里，辨识拉丁故土的历史粉末文物典章。

古罗马废墟和巴拉丁拱门下，幻听罗马军团的雄壮号角。银灰的橄榄树林里，粉红的蔷薇自开自落；杏仁的白花散发淡淡的清香；紫罗兰的花的溪涧奔泻似瀑。

古园的喷泉哑了，兽面鼻孔里，挤不出一滴泪。只有亚平宁山脉那端，海风吹来柠檬、佛手、橙子的各种果香。

乡下牧人赶着羊群，腿上裹着兽毛皮，一路往世纪的尘土。比牧人更贫穷的是裸足的行吟诗人，像荷马而不盲瞽，一架自制的弦琴代表了鞭子；他希望不成调的歌谣能换取一杯加斯丹利酒。

穿行罗马的大街小巷，那小方石铺就被磨得乌黑发亮的路面。花岗石奠基路两旁的古老建筑。马车悠闲地穿过黑木门栏栅。

我仿佛看见当年摇着羽扇的矜持的美人、孔武健硕的勇士、敛眉歌舞的女奴以及诚实守信的百姓。

豪华的宴饮正酣，而哲人其萎，割腕自尽，汩汩的鲜血像醇酒一样腻稠，用一连串花束般的语言向死神取媚。

我仿佛看见公元前 44 年的一个春天，在罗马元老院的议事大厅，恺撒要背叛"恺撒";背叛恺撒的元老贵族谋杀团买通坎斯加,从恺撒背后一剑刺中他的肩胛,他急转身拔剑相向,见到逼向他的谋杀团伙中竟有他的儿子布鲁图——是他和心爱的塞维利亚生的心爱的儿子布鲁图!

"孩子,你也来杀我!"

他把剑插回剑鞘。

他拉过被血染红的长袍遮掩住自己的面孔。

他僵立似石,一任对手的剑捅向他的心脏。

致命的并非利剑,而是永远胜利者的最后的失败。

布鲁图对着小山般倒下的父亲的尸体说:

"我爱恺撒,但更爱罗马!"

夜访但丁故居

到巴尔捷洛宫去的途中有一条窄的小巷。

小巷昏暗,象征着时光的模糊。

诗歌的门紧闭着,我不敢触摸凹凸。厚重的橡木光明的闸,经风雨剥蚀,如岁月的蠹虫吞噬发黄的纸笺。

我曾经临摹过德拉克洛阿的《但丁的渡舟》。引领的罗马诗人维吉尔渐隐去,我瞥见但丁正款款地走来。

大红头帕,一朵少年的血色玫瑰;宽大的长袍,驾驭着初恋的轻风细雨。

他两颊瘦削,咬肌突出,双睛深陷如洞穴之爝火,长明,忽因爱而炽燃。

细嵌磨石的小巷,他遇到了圣洁的贝阿特丽丝。

她的明眸如灰鸽的曙色,睫毛犹同心扉的帷幕在风暴来临前垂落。朱唇,未绽的花朵,尚未吐出爱的诺言。

于是,但丁诵吟道:

黎明在仓皇地逃遁,似急退的海潮,
而旭日将要升起……

一刹那,天堂之门开启,华严圣殿忽现。

而人间仍是炼狱:那苦难的圣火煎熬并无休止;那中世纪暴君的专横并无休止;我们个体生命存在的重负,沉没,沉没,欲渡忘川而不能。

我们心中没有贝阿特丽丝,谁引领我们抵达彼岸?

今夜过但丁故居,过圣母百花大教堂,过米开朗琪罗的旷世名作"大卫",都未曾被霓虹灯的喝彩包围。

然而,在被填平了的小桥的尽头,我看见一个染红了头发的吸着劣质纸烟的老女人,游荡在街灯的暗影里。

广场上，一个华裔商女正兜售温州产的罗马花巾……

马赛和尼斯

马赛港。喧嚣的阳光与海岸。

平静的是海边的老人，每天从早到晚独自看海。

他往往自言自语，也仿佛向你诉说：你可以沿海岸线到摩洛哥的蒙德卡罗去试试运气。

他说：如果你是一只倦飞的海鸥，你可以任意憩息在王宫的屋顶上，绝没有卫兵来干涉你……

他说：有一年，我远远地看见了公主卡洛琳……

第二天，我输光了一切，回到马赛当渔民……

他说：我曾带尽人皆知的卓别林先生出海玩。卓别林不仅是明星，还是智慧的大师。我问他：你要在海上寻找什么？他回答我：早上我要寻找月亮，晚上我要寻找太阳……

不可能的也就是可能的。我怀着大师的智慧，回到马赛港拟古的欧洲旧式旅馆，侍者给一把铜钥匙开房间的门，钥匙左转两下右转两下，房门便开了，屋里有一把精雕细刻的古典的木漆椅。

走过餐厅装门灯的圆拱门，庭院里菩提树和栎树下摆着铺了白花布的桌椅。邻桌坐着无法猜测她身份的法国女郎，在啜饮高脚杯里微弱的光线。

她散发普罗旺斯田野的薰衣草的香气。

尼斯的海浴场。女人的肌肤被太阳晒成香槟的颜色。

她们吃着海贝，同时她们被吃。

那俄国公主住过的 Negresco，被利古里亚的海水和晚霞染紫。

帕隆河流经两千年的古城的老街，在那里行走，你将步履跟跄。点数每一块被风雨剥蚀的石头。

画家马蒂斯色彩的盛宴出自尼斯。不仅仅见到他叼着烟斗在海边涂两块蓝颜色——天的蓝和海的蓝，还有纯粹的蓝、新鲜的红和地狱般的黑。

（选自《许淇文集·第 1 卷》，内蒙古人民出版社 2015 年版）

■［北京］刘　虔　　　　　# 哀许淇

许淇兄：

你把你的诗篇留在这土地上了。

这土地就是你永生的证词。

所有的声即使嘶哑了，

也会有不倦不息的回声。
所有的河流上都流淌着你的呼吸，
那是你歌人生的诗韵。
辽阔。丰满。奇丽。
汇涌起血性与灵性。
驾驭着语言的骏马，
呼号着大草原的长调，
与日月同行的你驰骋了整整一生。
许淇兄，你把你的诗篇留在这土地上了。
这土地会永远属于你……

【刘虔论许淇】许淇是中国当代最具敏锐目光最有求新意识最富创作心力的作家艺术家之一。他把他思想与情感的触角，他的全部灵感与灵性，放逐深入到了艺术的多重领域。他的语言艺术成就着他的小说、散文、随笔、文论，还有最负盛名的散文诗。

■［北京］沉　沙

致敬许淇

> 他的散文诗《大草原》就是他的生命，他画的水墨骆驼，就是他精神的化身。

昨天，许淇神采奕奕的照片和他的雕像以及他的彩墨作品被我放在了微信上。同时，我写下了一句话：向伟大的诗人、画家许淇先生致敬。

很多诗友都看到了，我希望整个世界都能看到。但是，我想，我敬爱的许淇先生大概再也看不到了。

许淇从大都市走进内蒙古大草原，60 年风雨，草原改变了他，把他变成了草原上一棵伟大的野草，变成了无边的沙漠上跋涉不止的不屈的骆驼。

他的散文诗《大草原》就是他的生命，他画的水墨骆驼，就是他精神的化身。

草原把许淇变成了草原。不，我更相信是他改变了草原。他给草原带来了光芒，他使小小的大草原变成了无限大。

我不知道鲁迅先生是否到过大草原，如果鲁迅先生走进大草原，我相信许淇先生会采摘一把露珠一样鲜亮的野草送给鲁迅先生。鲁迅先生会欣然接受，说："谢谢你，在我的野草之后，我看见了你们，看见了郭风们、耿林莽们，以及更年轻的周庆荣们背上了我背过的十字架，你们比我走得更远。"

这一幕不管发生没发生，我相信它是存在的。

现在，许淇真的跑去见鲁迅先生了。也许，他还会越洋过海，去见一见歌德、雨果、泰戈尔以及波德莱尔、米修和布莱。

我祝愿许淇先生与这些大师们来一次大联欢。

现在，我捧读着许淇先生的《珍藏的彩贝》，我似乎看见了歌德、梭罗、里尔克，他们正迎接东方诗人的到来。

野　草

走出院子，用不了十多分钟就能走到月亮河。

月亮河，每天在我门前流过。像我每天都要读的一本圣贤书，我每天都会走近月亮河，它是我每天必读的一本自然之书。

河的两岸，一排排高大的杨树纷纷落下金色的叶子，唯独青青的野草依然迎风挺立。

我打心眼里喜欢它们。

几十年了，无论我走到哪里，它们都跟随我到哪里。

走进天山，我看见生长在天山的野草，有天山的静穆、高远和博大。

走进大草原，我看见生长在大草原的野草，有大草原的奔放、瑰丽和苍茫。

生长在我家门口的月亮河边的野草，我以为你们像我一样脆弱、卑微、渺小，不堪一击。

现在，我又一次领略了你们的英姿和你们守护的一河的天光以及世界的影子，我要另眼相看。

你们与天山的野草、大阜原的野草一样，你们色彩连着色彩、筋连着筋、血脉连着血脉、呼吸连着呼吸。

野草，呵，野草。

（选自 2016 年 10 月《中国海洋报》《作家报》）

■［山东］方　舟　　**心灵之囚**（遗作）

- -
几点星光闪爆，一条路弯弯曲曲，在飘飘忽忽中自由地蠕动。
- -

我被放逐。放逐在荒凉的岁月里，沉重的十字架如我沉重的罪孽，必须由我来负载。

我被放逐。放逐在生命的末日里,黑暗一点点吞噬着我,兽的嘶嚎在咬啮着我。我听见沉重的大门,在隆隆地转动,沉重地压过来。如双子楼轰然坍塌的一瞬,世界为之一颤。

我要逃走。我要逃走。

穿过颓墙废垣,穿过冷漠如霜的目光,被咀嚼的名字,标签一样穿过碎纸机的滚筒。那种粉身碎骨的感觉,了却了我死不瞑目的宏愿。风一样的轻飘,雾一样的沉重,然后跌落尘埃。

不!我是不灭的魂灵,我是劫后的余生,我是大难中的幸存者。

我依然高挺着难于驯服的头颅,纷乱的鬓发,犹似昂起的旗帜,高高飘扬着我的不屈。

当我经过一处豪华门第,有只狗对我狂吠着。当我怒目相向的时候,看它伸颈就戮、猖猖狂语的样子,我顿时感到与它一样的可怜,一样的卑微。人的尊严失却在狗的忠诚里,被豪华之气所迷惘。

我被放逐。被放逐的日子,我在逃亡。

我在逃亡。逃亡的日子,我像一只被遗弃的狗,在匆匆的逃亡中,遭受着棍棒石头的袭击。最不能容忍的是,有缕缕怜悯的目光,不时降临我身。那怜悯的针刺屡屡穿透我的心,令我欲哭无泪,欲语无言。

我被放逐。我在逃亡。

疼痛和疲惫已装满了我的行囊,多想有一处宁静的山野,躺下舔一舔伤口。就让自己守着孤独,守着一颗伤痛的心,将往事慢慢地咀嚼,和着风风雨雨,霜霜雪雪,回味着昨天的一切。

我的头颅,我那飘扬而又不屈的意志呵。

在沉沉的黑夜里,荒野弥漫,苍鹰盘旋,几点星光闪耀,一条路弯弯曲曲,在飘飘忽忽中自由地蠕动。

(选自《山东文学》下半月版 2016 年第 3 期,方舟于 2016 年 2 月逝世)

■[黑龙江]林柏松   **思　念**(遗作)

题记:一个词,长久地沉吟着,像暗夜里无法触摸的诗。

思念的雨汤汤而落,天与地相拥而笑

任你把不顾一切的思念烹煮上千次,仍浸着忧伤。我躲进沦陷的夜,黑暗正在磨洗一把利剑,然而除了我的目光没有别的光。无法写尽流淌的,是那个唯一远离我的她，她的泪水一定在哗哗坍塌……

思念是翩翩来也翩翩去的爱，是一壶倾倒不尽的情。思念让我仿佛看见暗夜里一座浅浅的青铜浮雕，我和她的两张年轻多情的脸，比不在更无情地存在。我用手去触碰青铜浮雕，结果浮雕立刻从闪耀的视野中消失。

千百年来，所有的思念都是血淋淋的……思念的影子在说话，影子让我们用青春交换青春。影子也经常披着无常，我想把影子捣毁，结果捣毁等于重建。

思念的雨还在下，水面上一支音乐和世界相反流淌。回眸，一瞥潮声如玉的生命。

没有思念不滑入爱的空白，我爱上了上帝咬过的半个苹果。从此，寂寞成灾……

梦见石头的梦

黑暗从哪里来？石头从哪里来？果实从哪里来？爱已死去，两头野兽以走投无路的血相识。风暴的唇紧贴透明的心，我在石滩里听到了果实的心跳。雷电，缠满一只绝望呼救的手。石头的话语，像海水粗野的肺叶，在沙滩上起伏。

一座墓碑在死亡里保存完好，一本书被吞吐的一刹那，顿时变成了瀑布。每一次翻阅和回顾都更换着死者，众多流逝的面孔，使黑夜越来越潮湿。诗，是诗人灵魂里长出的骨头。骸骨无数，无不记得被疼痛敲打的经历。睡在草下的一定是风，睡在风中的一定是我，因为我们都想逃避火辣的太阳。

晒干的石头再次被埋入泥土，等待生根。我从一块钉死我的木头摸到森林在我身体里复活。躺在冰川下的一首诗，于一个词重新起源。历史浅浅地勾勒我的颅骨，我从墓穴里俯瞰世界，也看自己怎样以黑暗的勇气闪闪发光。在没有灵魂的地方，记忆被轻轻触碰，都是血。

多年后，汪洋之水变成了冲天大火！那些石头，那些果实，它们在自己之外，行为在欲望之外，梦在梦之外。大地深处的太阳像一汪水被看不见地掬起，盈盈声音的影子，从它们内脏的小小地狱里开始焚烧。就这样，孤立片刻，体温犹存的梦，一击粼粼……

（选自《诗林》2016年第2期）

第十七辑　台港澳及海外华文散文诗（13家）

■ [台湾] 王素峰

斜斜的云朵

我们斜斜地躺着，牵着手，看着斜斜的云朵，等着从脸上经过。

斜斜的斜坡。
斜斜的飞机凌空掠过。

你高高地站在风中，我低低地躺在斜坡，躺在斜坡看飞机，你和我一起，一起看着飞机经过。
午后，我们一同数飞机，一、二、三、四……五、六、七……不知有多少人相聚或别离。

斜斜的斜坡。
斜斜的草尖顶着云一朵。

一株大杉直直地立在斜坡，我们斜斜地躺着，牵着手，看着斜斜的云朵，等着从脸上经过。
你说，我们什么时候乘那一朵云，你想和我牵手去摘星……是不是就让我们在梦中，就牵着手去银河？

斜斜的斜坡。
斜斜的风吹着日落。

你斜斜地躺在斜坡，我散散地踱着，踱着看日头，我们共同看着，看着那日头逐渐暗淡逐渐掉落。
我说，此刻，我们好似在斜斜的孤峰顶上，斜斜地烟尘不染，韶光飞逝间，不去哪，随时都和你牵手。

（选自《湖州晚报·散文诗月刊》2016年第5期）

■［香港］韦　娅

天　外

那来自天外的梵音，梦一样穿透黑色的夜，让睡眠变得如此冗长，而且安宁。

1　妈妈，住在天上的是谁？

是万能的主吗，是神圣的佛吗，是菩萨，抑或是万千骑士般的护法大神？

那闪亮的电光，沉闷的雷声，是谁握住了乌云的手，让火焰化作清风，雨声轻扬，泉流叮咚。

听，那来自天外的梵音，梦一样穿透黑色的夜，让睡眠变得如此冗长，而且安宁。

2　银白色的月亮挂在枝头，寂寥苍凉。

独自一人，仰望一轮冰月，妩媚而凄婉。云雾缭绕，一缕清丽的歌声，踏着夜的翅膀，翩翩而至。

让黑夜覆盖我吧，仲出小手，接住暗色的薄雾。

那些细碎的雨露，就这样潜然而下，铺向银白色的天路。

空气里，暗香浮动。

那可是来自天国的神秘的檀香？

3　我怎样才能到天上去呢，妈妈？

在金黄色的云光背后，正透射出万千道慈悲的光芒。林子上空的鸟儿们，挟着莫名的欢快，携清风而歌。地下万千的众生啊，有谁能仰面绚丽的光焰？

河岸边，微波粼粼；苍山下，万木葱茏。

星星落了，所有的人都回家了，只留下我。

我唱不出歌声的喉咙，向着苍天，轻诉我的伤悲。

我知道，你听得见的，妈妈。

4　那么，让我们祈祷吧！

在陌生的岸边，云霞暗流，歌声漂浮。

我不知道你是谁，天外，那来自天外的歌声。

影子俯向我，看我的长发如何优美地，在空中飘扬，又如何由油黑乌亮，转向如云的苍白。

金色的天空下，你微微一笑，不与我言语。我却知道，我已经等了你千年万年。

（选自香港《大公报》2016 年 7 月 3 日文学版）

■［香港］蔡丽双　　**杏　花**（外一章）

一句"红杏枝头春意闹"的唐诗，把故乡的杏花吟诵成一朵朵妙龄女子。

又是十里杏花红之春了。

一句"红杏枝头春意闹"的唐诗，把故乡的杏花吟诵成一朵朵妙龄女子。

有道是："桃花依旧笑春风。"杏花呢？杏花握在乡村女子的手中。美丽的邂逅，藏在记忆深处，芬芳的青春气息，淡雅而优娴。手握杏花，也握着杏红色的梦想。久久等待，沐着迎面的杏花风，等待下一轮杏花风。

不必在杏堤上，苦苦寻觅漏下的忧伤。花信风轮回妙舞晨曦暮色，幸福的仰望，把神圣的钟声敲响，袅袅余音，缭绕着温润人生的袭人花气。

在远方的人儿，是否端起酒杯的杏红，把相思和乡愁一饮而尽？

有谁知道，每一瓣杏唇，都衔着一分感动？

在感动深处，埋藏着希望的种子，沃下真情，必将辉煌人生的每一个细节。

古　堡

站立在历史的风云中，刀光剑影还缠绕在垛垛吗？

在争雄逐鹿的年代，只有喋血伏尸才能化作花季鸟语，血肉厮杀才能化作欢声笑语？可苦了千家万户；于是揭竿举旗，砸了皇权帝制！

古堡砖缝的小树野草，绿了又黄，黄了又绿，岁岁复年年，见证得了韶光的流逝？见证得了沧桑的变迁？

把古堡留作历史的胎记，以校正时代的航向。古堡，形态龙钟而心态年轻。

古堡，是岁月的老树，岁岁开花，年年结果，把一种警示和启迪捧献人间。

古堡，是一本教科书，把战争与和平，放进了人类良知的天平上。

（选自《香港文学报》2016 年 6 月出版总 139 期）

■［香港］文　榕　　**明镜倒影**（外二章）

——观英西峰林同名景色

忘却灯影和流光，相看两不厌的唯有你秀丽的神情。

当我顺着小路来到你身边，你尚熟睡在夏风之中，而我沿着红栅栏途经这必往的驿栈，我的心跳仍未与你应和。

骄阳下变幻着你的葱绿，深浅浓淡的视觉皆是不言的歌诗。于我并未小坐，仅有短暂的驻足时分，你迎面拂来的尘世气息和感动笼罩着正午的上空。

也曾在青绿中徘徊，也曾在诗歌中舞蹈，你却是唯一的邂逅，感念复感念，侧侧身，唯一梦境的轻萦和了悟。静静地走，若有所思，若有所苦，而我所有的苦痛只不过是一个倒影，在你轻灵的思索中。

此地是静寂的，尘埃一样轻浮，又似清流恰到好处。我在这古昔的驿栈上流连，忘却灯影和流光，相看两不厌的唯有你秀丽的神情。

当所有水色渐漫着青草，所有的倒影不再如镜，我凝望岸边的红灯笼，它辉映着青翠，使寂寞深深，也使寂寞摇曳为一盏风灯，飘扬在恍惚的红尘中……

借柳树为披肩
——回乡探父感怀

却说草长莺飞时节，错过了江南的秀丽，初冬的十一月，我重投故乡的胸怀。

蹀在鼋头渚、三山和梅园，借柳树为我的披肩，借清风的巧手铺开，顺着父爱缓行的方向，我堕入了太湖的情网。

苇草波光穿越三年光阴，如期拂上我丰润的渴望，荡漾的湖水边，父亲的背影，是冬日的暖阳。轻轻尾随时间，我们步入蠡园，轻轻凭靠的石桥旁，柳枝仍借出它的翠绿，冬日的披肩迎风飞扬。

如酒乡情，我们品成一杯茶，"层波叠影"的紫色围园内，我掷入水中小小的迷茫，于父亲的眼里寻回诗想。

细碎家常，在蠡湖水中泛起细碎涟漪，夕阳烛照温馨此刻，融化坎坷过往。静静地在父亲眼神里栖息，奉上心头暖意，于一连串聚焦中，时空宁谧，蠡湖水划开了黄昏的波浪……

在百合花开的仙乡

往事依依，不只在梦中，也在希望和我们把握的时刻。

此刻的放眼，烟雾弥漫的太湖之滨，氤氲在茶香的宛转里。

和父亲用眼神对话，抑扬顿挫的旋律，有灿美往日的回味、香甜的今朝和明天的期待。

我不愿遗漏他的只字词组，像他不能疏忽我的表情，这样的岁月和年华，仍有如此的从容静好，只借茶香体味，不须道明。

舒展一盏茶的容颜，让它的色泽安放两颗心，同落同起。我于父亲言语的尾音里小憩，如在百合花开的仙乡安眠，放逸的是孤独偏执，迎来飘逸的宁谧和清心。

静静地逗留，三两个时辰，生命的静美，轻轻地任伤逝随烟。我们只能把握当下的从容，不拘一格，像怀抱婴儿的初心。

醉乐堂，短暂偶然的尘世之旅，遗忘所有的缺憾与困倦，迎来崭新的渴望和笑脸。

（选自 2016 年香港《橄榄叶》诗报总第 10—11 期，《大公报》1 月 31 日、9 月 4 日）

■ [香港] 夏　马　　昨夜，有颗星星陨落

星星虽已陨落，但他还将在我们心中活上百年千年。

昨夜，风云突变，有颗星星在南边天角，悄悄陨落。

这是我们熟悉的一颗星，他的番号叫卢学永。

这颗星永远是明亮的，发出的光和热，照亮故乡众多莘莘学子的前程。

这一夜，香港散文诗学会的成员，心绪更不能平静。栉风沐雨二十载，不离不弃，同舟共济，每前进一步都留有星星的踪影。

星星说：我们有缘。

是的，是缘分把我们联结在一起。

星星虽已陨落，但他还将在我们心中活上百年千年。

（选自《香港散文诗》第 51 期，2016 年 6 月出版）

■ [香港] 钟子美　　跫　音（外一首）
——广州东山口怀旧

漫漫的长夜被痛苦分割得支离破碎，血色的淅沥夜雨饮泣着失去的光辉。

我老蘑菇头般从东山口地铁冒出，署前路纷沓的跫音立刻淹至耳际的警戒线，这千百双繁华过甚的跫音。

可是，这千百双中，怎么就没有一双是我熟悉的？那些令我魂牵梦绕的跫音，不都在署前路吗？

眼前就是铁路工人文化宫，是华丽转身后的旧相识。她的礼堂还在吗？《秋翁遇仙记》放映后，带着满足的笑声回家的跫音，还拥挤着站在礼堂的台阶上吗？那是父母亲兄弟姐妹的跫音——父母的，温暖，慢板，亲和；兄弟姐妹的，与春风同行，追逐着仙境中的五彩翩翩。

署前路小学小伙伴们中队齐步前进的跫音刚刚从校门出发，年幼而自信，就消失在我对沧海桑田的错愕中。

沧海桑田是紧接着的感怀。曾经给我们带来理想主义狂喜的大时代不久也把我们推下迷惘和失落的深渊。父辈的跫音凌乱而悔恨。

我们的跫音不再年轻，沉默，多思，甚至因忧郁而徘徊在东山口。黑暗中必须找到黎明。启明路窃窃私语的夜灯方才熄灭，回家的跫音搭上蝙蝠般飞行的自行车，自我英勇地期许，飞向南方，飞向远方……

此次我回来了，看我龟岗故居的楼影。阳台上，十岁的我依着茉莉花盆与我招手。七十岁的我，满身茉莉芬芳，留下一串跫音，背着秋天的太阳，离去。

跫音，苍老而自我倾听着。

跫音踩不住时光，却踩得住感受。

新水经注
——丙申八月八日前列腺术后作

这山山水水的腐败啊，山不容山，水不容水；山倾轧着山，水争流着水。
大自然的准则呜咽为地下的潜流。
终于崩圮了，一切旧秩序，终于崩圮了，罪愆和美好。掌故不再掌故，传说不再传说——泥石流从天而降，堰塞湖堰塞了一切生机。

我因此普罗米修斯赎罪般躺在无影灯下，让改变一切的鹰隼来啄食我曾经的内涵。
风止云止，倾听着大时代严厉的变迁。
半麻的巉岩峭壁下，科技在横行，科技在狂欢，他们分明在高呼着，革命者的革命就是革命者的嘉年华。

革命过后，死寂。

重布山水的新路漫漫。

漫漫的长夜被痛苦分割得支离破碎，血色的淅沥夜雨饮泣着失去的光辉。

失忆的高峰下是记忆苦难的深谷。

新水经注写成后，山水是否清明，已是这个新注乏力的所在。

（选自《香港散文诗》52 期，2016.12 出版）

■ [香港] 孙重贵

洞庭三记（组章）

试问岳阳楼，滚滚红尘，有几人有此抱负？

岳阳天下楼

洞庭天下水，岳阳天下楼。

巍巍兮飞檐盔顶、雕梁画栋、丹柱彩楹，恰似一只凌空欲飞的鲲鹏。

登楼远眺，洞庭水烟波浩渺，渔歌互答，含君山，吞长江，气象万千。

清风徐来，我心飞翔。范仲淹名句涌上心头：先天下之忧而忧，后天下之乐而乐。忧者，忧国忧民，进亦忧，退亦忧。乐者，乐天乐地，富亦乐，贫亦乐。

不以物喜，不以己悲。一座名楼，留给我太多的思考，太多的感动。我虽不如范仲淹那样，留下千古绝唱《岳阳楼记》，但我留下了一串串印在岳阳楼上深情的足迹。

诗酒神仙三醉亭

三醉亭。听其亭名，便令我怦然心动，心生向往。

水天一色的洞庭湖畔，三醉亭宠辱不惊。

亭不高，也不大，也不奇。是一位神仙的传说让这座亭子声名鹊起。吕洞宾仙风道骨，云游四海，袖里青蛇胆气粗，岳阳三醉，吟诗一首，扬名八百里洞庭。

背倚三醉亭，眼眺洞庭水，细细品味对月临风，有声有色，无我无人的境界，我手中无酒，心中已醉。

若是有一天，吕大仙重游洞庭，面对三醉亭，会醉得一塌糊涂吗？

爱心之泉柳毅井

一眼小小古井，盛满大于浩瀚洞庭湖的大爱。

千年的光阴流过，历尽沧桑的柳毅井依然光彩照人。一位应试落第的书生，碰上一位遭遇流放的牧羊龙女。同是天涯沦落人，相逢却是曾相识。

不避难，不避险，文弱书生千里迢迢传书，入井通湖面呈洞庭龙君。

柳毅救了龙女，匆匆离去，挥挥手，只留下一滴泪水。

滴水之恩，涌泉相报。龙女以寻常村姑的身份嫁给柳毅，有缘人终成眷属。

洞庭柳见证了两颗善心爱心，一滴水成就了一口水井的美名。

且让我们饮一捧柳毅井中的水，品尝千秋传承的爱心泉。

（选自《精彩》杂志 2016 年夏季刊）

■ [香港] 秀　实

斑　蝶（外一章）

- -
远离城区的那个中央花圃，群蝶飞舞如一场斑驳的焰火。
- -

静止时那是一个脸谱，动着时是焰火飞舞。

我没有察觉到衣橱上的监视者，伏在案头上睡着了，一本翻开了的诗卷在窗栏下让微风吟诵。而，我为一个远去的年轻人，贴上他遗留下来的年画。

那是一个残梦和一张旧画。

他沿大街走向繁华的市区，淹没在滔滔人潮中，那些遗留在道路两旁的花圃是孩提时代的记忆。我捡起了那张年画，龙和色彩彻夜舞动。

风如一泓浅水，夜间的气温更冷。斑蝶终于枯萎为脸谱，那是焰火燃烧的最后一刹那。我醒来，所有已无半丝痕迹。

远离城区的那个中央花圃，群蝶飞舞如一场斑驳的焰火。

蝼　蚁

满城灯火在窗外，只有茅湖仔山那一片黝黑，是沉默的。

隔着窗栏，我在书写我的罪疚。文字如蝼蚁般繁殖，渐渐在夜深时，堆成一个又一个的土窠。那些蚁蝼攀爬满屋，在纷乱如麻的地毯上，聚拢成群，又穿梭往来，并有了局部的冲突。

有的爬到我身后的墙壁，在那众多的书册里进进出出。它们驮负着那些点或捺，沿路遗下了那些撇或钩。

子时临近，混沌一片的黑暗渐渐透出光阴。蝼蚁慢慢形成了它们的王国。我察觉到那模糊的边界。

蝼蚁以触须的摆动和世界沟通着。它们那八种的摆动方式，记录了那随着生活而来的忏悔。

我抬头，黝黑的茅湖仔山和我沉默相对。

（选自《湖州晚报·散文诗月刊》2016 年第 6 期）

■［香港］蔡曜阳

红 梅（外一章）

> 沉浸苦寒的大度，跨越严冬的从容，首占一年春汛。

那一朵朵红宝玉精雕的五瓣梅，心意熙暖，期盼丹艳。

沉浸苦寒的大度，跨越严冬的从容，首占一年春汛。引春色铺展无边云水！以血染的鲜红，在梅的家族中独树一帜，潇潇洒洒地向千家万户喜报春的消息。

红梅魂携着春风，轻盈地步入昂扬而悠远的旋律，传唱千古！

箜 篌

一双纤纤素手，弹拨七根弦线，乐韵悠悠，一路回响着悲怆与喜悦。

玲珑箜篌手，把寸寸心事，融进声声呼唤；恣肆纵横想象的翅膀，时而如脱兔，时而似处子，时而如急雨，时而似和风拂动依依垂柳，把一往深情寄予人间。

一曲《箜篌引》，一种古典，一种沉凝，鸣奏出古代充满浪漫色彩的传奇。

特有的中国弦乐器，极尽风流偶傥，鸣奏出当今崛起一种气势！

（选自《香港文学报》2016 年 3 月出版总 138 期）

■［香港］蔡佩珊

乡村二胡手

> 彩色的花果，彩色的诗韵，彩色的希望，都在他的弓弦间缠萦、飞翔，曼唱歌吟！

一把弓，两根弦，他可拉出万马奔腾的壮观，可拉出惊涛拍岸的雄奇，可拉出喜共婵娟的祝愿，可拉出巴山夜雨的思绪，可拉出西出阳关的哀怨……

行走阡陌，垦耕垄亩，汗水磨砺着他的人生，智慧和灵感擢升他的才艺。

二胡声声，拉出乡恋，是皎月泻下的脉脉清辉；

二胡声声，拉出悲伤，是流泉呜咽汩汩的愁韵；

二胡声声，拉出欣喜，是金莺播撒婉转的娇鸣；

二胡声声，拉出愤怒，是利剑闪烁裂胆的寒光。

二胡声声，直抵心灵深处。彩色的田野，彩色的庄稼，彩色的花果，彩色的诗韵，彩色的希望，都在他的弓弦间缠萦飞翔，曼唱歌吟！

（选自《香港文艺报》2016年8月出版总第56期）

■［澳门］贺绫声　　　醉　驾

我是一只醉猫，没有人知道我的下落。

一瓶红酒在我眼前碎成一片星空，鲜红色的酒精染红天地，亦醉了我。

这时，不知从哪里传来一声又一声的叫喊，车子已经分不清该前进还是后退，固守在孤灯下，像座被人挖空了的坟墓，而我的手正穿过黑夜，穿越人群，穿透寂寞的心灵，回到宇宙之始。

我骑上一只饥饿的猫，奔跑于狭窄的马路间，时而惊愕时而兴奋，寻找一条失落的鱼。宝马飞驰而过，我只需轻轻一跃，便可跳过围墙以外的世界，治疗自己的伤痛。黑夜如雨般洒下，舔着我受伤的肌肤，世界变得湿润而柔弱。

我又跳到一辆废弃的汽车上，从破裂的玻璃窗里看到我的父母坐在镜台前哭泣，我又看到自己的前世、今生与来世，在摩天轮上不停旋转、旋转，再旋转。这夜很漫长，我怎样反复跳跃，也跳不到日出的高度。突然救护人员来到我身旁，我看到一条马路的尽头是明天。

小城温暖如常，汽车从一幢幢巨大的城市墓穴开出，如蚁般爬行地上，阳光击穿破裂的窗子来到我身上，慢慢融化了昨夜冰冷的灵魂。

我是一只醉猫，没有人知道我的下落。

（选自《湖州晚报·散文诗月刊》2016年第6期）

■［美国］姚　园　　**视野之上的春**（组章）
——题旅美艺术家李洪涛先生同名油画

题记：相信是一串祝福的转嫁，期待是一抹日出的红河。

源

有着水一般的淡定、浩瀚、丰盈的源，

有着水一样清澈、透明、灵动的源，

有着水一路不着一字，却流长的源，

有着水一方的情怀，把担当扛在肩上的源，

有着水一生的深邃，放低自己辽阔自己的源，

有着水一世的包容，让各种声音扑面的源，

有着水一缕漾漾的涟漪，在春风中迎来又一岸的源，

是光的留痕，是绿在枝头的百合，是蓝在苍穹的垂青，

是由近至远，诗情画意在远方的召唤，是笔墨如一束旭日的喷薄晕染，染红的不仅是作者的胸怀，也是读者寂寥的夜晚。

有源，就有不经意的缘分，和意念天空的圆满，以及文字构筑花园的四季缤纷；

有源，我们还会遇上油画鼻祖从我们笔尖醒来时令人悸动的忘我；

有源，我们携起前浪、挽起后浪，相融才能相生啊；

有源，我们的内心在瞬间汹涌，又在瞬间安宁。

源是你们呼唤的潮起，也是我们心灵需要的港口，

是艺术殿堂的一朵牡丹在大地馨香的暖！

禅的淡定

那不是瞬间幻化而生的一缕跃过俗尘的红绿，却是经年雨打磨砺而出如一袭蓝似的平静；那不是一抹色彩紧贴着一抹色彩俯身的倏忽诞生的传说，却是一种深邃到极致之后的洁净与透明与淡然的横空。

出世的是一朵或大或小的心愿。

在看得见与看不见的断层里穿越时空隧道的坚硬和柔软，悠然地挽起流年的一只云袖，不追不问半路邂逅的一卷风是白还是黑？

一切的一切都不过是欲望的囚徒；

一切的一切既可能缔造自己陌路，也可能让自己的远方在多彩中安宁。

与淡定起舞

不说昔日的旖旎，不道明日的蓝图。

视野之上的春天是与季节无关的现在，现在是向荣欣欣的正面、侧面，抑或背面、反面，亦不过是一阕音阶的过路。

　　不管那音阶是朝哪个区域游离，都是一朵声音的碧绿挽着一曲生命蔚蓝的双翼向着理想的扬帆。

　　此刻，相信是一束祝福的转嫁，

　　此刻，期待是一抹日出的江河。

　　然后，再把自己放空，空到万物占领脑海的每一粒细胞，瞥见的是心中初始的那一把火。

　　而点燃与熄灭都将源于爱，在爱越来越被高歌，越来越困惑沉沦的年代，淡定好像才是一株不被时间洪流席卷的花蕾。

（选自《散文诗》上半月版 2016 年第 7 期）

■［澳洲］庄伟杰

母性的海水（外一章）

——题摄影作品《传承》

　　有海水漫溢的地方，总有浪花的骨肉情，还有母亲的千叮咛万嘱托……

　　回归的船只，停泊在一湾沉默里。

　　水平如镜，静若处子。

　　安顿的是一种淳朴的守望。

　　空阔背景下营造的一方宁静，相比于朦胧，架构着别一种意境。

　　绵延的民俗风情，内蕴于时光深处，恰似筝声滔滔，或如南曲的清音古韵。

　　铺满了一片如水的情怀，也铺满了一汪殷殷的寄语。

　　情怀与寄语，寄语与情怀，浸润荡漾，交相映现。如同温情满怀的母亲——

　　躬身背负着天海的缤纷色彩，内心储蓄着爱、良善和梦想。

　　那双曾经太过灵巧而略显粗糙的手，带着一种传统的亲和力；那苍老陶罐里曾经的水，似有佛的心、道的影、儒家的风尚凝成的气味。

　　需要传承或衣钵的，总是活在一粒粒乡音里，活在母亲温暖的声调里，活在她们的素朴明澈里，活在她们的生命体温里，活在她们内心的清辉里。

　　良久地凝视着自身，喊一声大海一样的故乡，喊一声母亲，我似乎重新找回了孩子般的人生。

　　一湾海水就是母性的海水。一方水土养育着万千子民。

　　流淌的是一脉乡土精神，隐喻一种存在的力量。

　　无须说出，只要用心体会和牢记。

　　当阳光滑翔而来，我看见那位孩童，神情专注，心手感应。

　　像在默诵着经典的唐诗宋词，或者背诵着某个数学定理，锤炼着自己的内心希望。

而我，作为一个地道的游子，与这些既熟悉又陌生的镜头相遇，就是与一种古老的民风相遇，与一份烂漫的天真相遇，与不断拔节的幸福时光相遇。

在天与海之间、在船只与船只之间，我分明看见风和日丽，饱蘸海水的温润，从大地的身上穿过；

在传统与现代之间，在历史与现实之间，有海水漫溢的地方，总有浪花的骨肉情，还有母亲的千叮咛万嘱托……

题《拉网小调》

面朝大海，就像面朝故乡一样。

大海盛开了，阳光盛开了，鱼网盛开了，乡思也盛开了。

海水蜿蜒跌宕，波澜壮阔。阳光下的渔家人，海水浸过古铜色的肌肤。

拉网的瞬间，时光似已沉溺在一种风俗和习惯里，那是一种自在与和谐。

一支清悠的小调越过海滩，穿过时空，守望着每一个日出和日落。

在黎明怒放之际，是谁？欣赏着从眼前掠过的诗一般的渔家女，放慢脚步或散漫成一个浪子的形象，最大限度地洞开审美视界；

在暮色深沉时分，又是谁？学会如何制造梦境，让梦境在梦境里一次次超越或升华？

蓦然发觉，那些张开的网眼如同棋布星罗，都是会发光会说话的星星，在生命交错的美学里，大地的种子在渔歌小调里萌生枝叶，绿意盎然。

此刻，在南方都市的某个角落，想象着自己躺在金光闪闪的交响乐章上，看天看海看海天之间上下波光粼粼，一种滚烫的乡音翻涌在血脉里。

最绚丽的时候，常常冒出贵重金属的声音。当精神之光旋转，比前路还要遥远。

我望向海那边的故乡，那是生我养我的地方。

（选自《中国魂·散文诗》2016 年第 4、5 合期）

【附录】

2015–2016 年度散文诗集出版及活动信息

（一）年度重大事件、重要活动

◎ 2015 年 11 月 27 日，水晶花的散文诗集《大地密码》获得四川省作家协会举办的第八届"四川文学奖"，中国诗歌学会副会长、四川诗歌学会会长、著名诗人杨牧在初评推荐语中提到该诗集中的"组章《雪花女儿》入选《2014 中国年度散文诗》头条"（漓江版，邹岳汉主编）（见《大巴山诗刊》2015 年冬季号 108 页）。

◎散文诗人方舟（方喜利）2016 年 2 月于青岛逝世（1955–2016）。

◎ 2016 年 3 月 28 日，由中外散文诗学会、浙江日报嘉兴分社主办，嘉兴市南湖区文联、《散文诗世界》杂志社、嘉兴市南湖区作家协会、嘉兴市南湖区朗诵家协会承办，著名散文诗人晓弦统筹策划的"红旗飘飘——著名诗人赵振元散文诗精品朗诵会"在嘉兴南湖音乐厅举行。赵振元、海梦、宓月、桂兴华、晓弦以及当地有关领导、文化界人士 500 余人与会。

◎ 2016 年 6 月《星星》诗刊（上旬刊）发布：第二届星星·散文诗获奖者：周庆荣；获奖理由："周庆荣长期在散文诗之路上孜孜耕耘，他的写作以一种极具张力的方式，在轻盈、空灵、理想与险峻、沉郁、世俗之间纵横，丈量大地历史的厚重，究览心灵与命运的旨归，劲显锋利的存在之思。他的作品所灌注的深邃的拷问精神，更新了散文诗的内涵，也让我们看到了当代散文诗巨制出现的可能。"

◎ 2016 年 6 月 9–13 日　新疆散文诗学会、《伊犁晚报》社在新疆伊宁市举行"2015 年度（第九届）中国散文诗天马奖获奖颁奖会"，获奖者应邀参加。本届获奖名单如下（以发表先后为序）：杨犁民 / 大地上没有一棵草是多余的、李需 / 让风吹（组章）、谢克强 / 认识石头（外三章）、张敏华 / 山山水水，为灵魂洗尘（组章）、支禄 / 横渡苍茫（组章）本届评委（按姓氏笔画）：冯明德、亚楠、邹岳汉、林莽、周庆荣、黄恩鹏、霍俊明，评委主任：邹岳汉

◎ 2016 年 8 月 18 日，中国作家协会会员、黑龙江省残疾人作协原主席、牡丹江市作协原名誉主席、牡丹江军分区退休干部、诗人林柏松，因病医治无效在牡丹江市逝世，享年 69 岁（1947–2016）。林柏松早年因在前线冻伤引起双下肢血栓闭塞性脉管炎至重残，不能站立，在近 40 年里忍着撕心裂肺的疼痛坚持写作，著有散文诗集《拨响灵魂之羽》《闲聊波尔卡》《风与风的争吵》，诗集《心的折痕》《长夜无眠》《去意彷徨》，散文集《自己的背影》等。

◎ 2016 年 9 月 1 日至 4 日，由《散文诗》杂志社、山西省运城市外事侨务和文物旅游局主办的第 16 届全国散文诗笔会在山西芮城大禹渡景区举行，《散文诗》杂志社、山西省运城市委宣传部、文联、大禹渡管委领导及本届评委、获奖者、笔会代表、当地作家诗人共 60 余人与会。"第七届中国·散文诗大奖"（2016 年度）获奖者：栾承舟、语伞；栾承舟获奖理由："以地域文化、敬重自然的抒写为主，能抓住地域文本独有的物象，主客合一，赋予其灵魂和内在的精神价值，注重风物的灵魂，注重自然态、生命态、精神态的结合，有着厚重的历史感和深远的现实意义。"语伞的获奖理由：其"散文诗文本，立体、多元、复调，与庄子哲学互融互渗，成为人本对现世生活理想困顿解惑的精神来源，关注现实社会的文化整体，针对现实存在问题进行积极的解剖，揭示了现代人性的悖谬和精神价值取向的偏离"。本届评委：谢冕、耿林莽、许淇、刘虔、冯明德、周庆荣、黄恩鹏。

◎ 2016 年下半年《扬子江诗刊》开始设置散文诗专栏。

◎ 2016 年 9 月 23 日，中外散文诗学会达古冰山笔会在四川省阿坝州达古冰山风景区举行。中外散文诗学会主席、《散文诗世界》总编辑海梦、中外散文诗学会副主席、《散文诗世界》主编宓月等出席。

◎ 2016 年 10 月 9 日，著名散文诗人、著名作家、画家，原包头市文联主席许淇先生因病医治无效，于包头市逝世，享年 79 岁。许淇，1937 年出生于上海市。1953 年肄业于苏州美术专科学校绘画系。1956 年赴内蒙古"支边"，后来定居包头。1958 年开始发表作品。1980 年加入中国作家协会。文学创作一级。著有《许淇散文选集》《许淇散文诗近作选》《第一盏矿灯》《呵》等 20 部文学作品集和 2 部画集。2016 年 4 月，由内蒙古人民出版社出版 10 卷本《许淇文集》首发。曾任中国散文诗学会副会长。获"中国散文诗重大贡献奖"和内蒙古自治区党委和政府授予的"老艺术家杰出贡献奖"金质奖章等。

◎ 2016 年 11 月 6 日，由广东省作协广东文学院、广东散文诗学会、中山市文联、作协主办的"纪念孙中山先生诞辰 150 周年——黄刚散文诗研讨会暨朗诵会"在孙中山故乡举行。中国作协全委会委员、诗歌创作委员会主任叶延滨、《人民日报》高级编辑、著名作家刘虔，广东省作协副主席、中山市政协主席丘树宏，广东省作协副主席、广东文学院院长熊育群等全国 40 多位评论家、作家、诗人对黄刚写孙中山的散文诗集《山高谁为峰》以及《阳光不锈》《青海九歌》等作品进行了研讨，肯定其"以象写神，见微抒情，多面剪辑"等艺术特点。

◎ 2016 年 11 月 22 日，由广东散文诗学会、广东外语艺术职业学院、海丰县作家协会等单位联办的"真情·希望 – 柯蓝散文诗作品朗诵会"在广州外语艺术职业学院（燕岭校区）体育馆举行，同时成立"柯蓝散文诗研究会"，其成员有陈惠琼、王成钊、钟建平、唐建新、柳成荫、侯洁春、周珊玲、石磊、许宁航、杜青等。参加此次活动的还有中外散文诗学会会长海梦、副会长宓月、王幅明、刘虔、邹岳汉以及中国散文诗作家协会执行主席夏寒等。

◎ 2014-2016 为迎接中国散文诗百年诞辰到来，由萧风策划和主编的《湖州晚报·散文诗月刊》，自 2014 年第 1 期（总第 20 期）起，至 2016 年第 6 期（总第 49 期），连续推出"中国散文诗巡展"专辑，每期用 5 个版面集中刊发一个省市区（或地区）散文诗实力作家的优秀作品，并约请名家撰写综述文章，对当代中国散文诗创作进行了一次全景式扫描。本年度"巡展"先后刊出天津、湖北、江西、青藏、台湾、港澳 6 个专辑。第 7 至 11 期，先后推出"我们"、"青岛"、"甘南"、"汴京"、"泉州"等散文诗群的作品专辑，为"散文诗群"展示创作成果提供了发表平台。

◎ 2014-2016 萧风主编的"中国散文诗研究中心"微信平台，自 2014 年 6 月 1 日创办以来，坚持每天推出 4 个栏目，截止 2016 年 11 月 10 日，已连续推发 892 期，推出散文诗作者 1400 余人，其中"80 之后"青年作者 150 余人，已成为散文诗重要推广平台。

（二）散文诗理论著作·散文诗理论研究

◎《中国散文诗人访谈录》王志鑫编著，团结，2016，1（编入作者自 2009 年开始的对于中国散文诗界的前辈或理论研究者耿林莽、李耕、许淇、丁芒、徐成淼、海梦、蒋登科、夏马、蔡旭、邹岳汉、王幅明、秦华、崔国发、蔡丽双、闻华舰、文榕、海若、秀实、郭永仙、高海燕等 20 人的访谈录，每篇末附被访谈者代表作）
◎《散文诗创作探微》崔国发著，团结，2016，1（编入作者有关散文诗评论 16 篇，188 千字）
◎《散文诗创作手记》蔡旭著，河南文艺，2016，1（全书分"创作手记""跋涉之路""读诗笔记"三辑，共收入作者有关散文诗的理论文章 92 篇；前面有王幅明的序言，后面附作者文学年表、著作目录，是研究蔡旭散文诗的一部重要理论著作）

（三）散文诗作品选集·地方报纸散文诗专刊

◎《中外散文诗 60 家》王猛仁、李俊功主编，河南文艺，2016，1
◎《2015 年中国散文诗精选》王剑冰选编，长江文艺出版社，2016，1
◎《2015 中国散文诗年选》王幅明、陈惠琼选编，2016，1
◎《中国年度优秀散文诗·2015 卷》杨志学、亚楠主编，新华，2016，1
◎《2015 中国散文诗·阅读精品》夏寒主编，白山出版社，2016，2
◎《2015 中国年度作品·散文诗》邹岳汉主编，现代出版社，2016，3
◎《< 常青藤 > 诗刊 10 周年特刊——21 世纪华人诗歌精选》（其中"散文诗苑"含 34 人作品）姚园主编，

美国天涯文艺出版社，2016，4

　　◎《中国当代散文诗·2016》赵宏兴主编，中国书籍，2016，7

　　◎《新疆散文诗选》亚楠编选，作家，2016，1

　　◎《江西散文诗》季刊（创刊号 – 内刊）2016 年 10 月。

　　◎《源·散文诗》（季刊，创刊号 – 内刊）主编：汪志鑫、副主编：方齐杨、王晋，2016，3

　　◎《中国散文诗人 2015 年卷》汪志鑫主编，团结，2016，1

　　◎《中国魂·散文诗》（内刊）任期封总编、林雨田主编、执行主编潘志远，2016 年出版"创刊号"（双月刊）。

　　◎由亚楠任总编辑、邹岳汉主编的《伊犁晚报·天马散文诗专页》2016 全年出版 12 期。至此该专页已经出版整十年。

　　◎由萧风策划、主编的《湖州晚报·南太湖散文诗》月刊 2016 全年出版 12 期。

　　◎由萧风主编的《文学报·散文诗研究》2016 全年出版 6 期。

　　◎《一条河流的 23 种走向——第十六届全国散文诗笔会代表群像》，刘贵高主编，华龄，2016 年 12，收录出席"第十六届全国散文诗笔会"代表小睫、马端刚、王信国、王琰、叶枫林、刘海潮、刘贵高、张平、张作梗、肖志远、宋清芳、陈波来、杨启刚、牧雨、草馨儿、晓岸、徐庶、萝卜孩儿、清水、蒋志武、湖南锈才、朝颜、蓝格子等 23 位中青年诗人的百余章散文诗，配有作者简介和照片。

（四）个人散文诗作品集（2015–2016 年度及补遗）

　　◎《夜行马车》（分行新诗、散文诗合集）英伦著，中国社科，2006，8

　　◎《风与风的争吵》林柏松著，线装书局，2015，7

　　◎《绝句，那么美》阿土著，山东画报，2015，5

　　◎《筱露·斜阳》红筱（刘小红）著，暨南大学，2015，9

　　◎《雨夜·月夜》谢应明著，暨南大学，2015，9

　　◎《读海诗章》（分行新诗、散文诗合集）曲全胜著，中国文联，2015，12

　　◎《养拙堂文存》干猛仁著，文汇，2015，12（全套 9 卷，其中散文诗 5 卷约 1066 章）

　　◎《许淇文集·第 1–3 卷》，内蒙古人民，2015，12

　　◎《坐在生活的一角》蔡旭著，团结，2016，1

　　◎《鲲鹏的逍遥游》崔国发著，团结，2016，1

　　◎《圣洁的河流》王忠智著，团结，2016，1

　　◎《大地血殇》（长篇叙事散文诗）罗长江著，河南文艺，2016，1

　　◎《诗意肇庆》白炳安著，河南文艺，2016，1

　　◎《比春天更远的地方》文榕著，河南文艺，2016，1

　　◎《听夜或者听佛》陈于晓著，河南文艺，2016，1

　　◎《一湖长桥》莫独著，云南人民，2016，1

　　◎《心语风影》陈平军著，线装书局，2016，3

　　◎《心灵笔记》（散文诗、散文合集）徐泽著，花山文艺，2016，3

　　◎《浏阳河畔的乡愁》苏启平著，万卷出版公司，2016，3

　　◎《在时间深处相遇》李松璋著，北方文艺，2016，4

　　◎《风吹弯了天空》周根红著，现代，2016，5

　　◎《点燃蓝空的遐想》（散文诗、分行诗、评论合集）王昭荣著，现代，2016，6

　　◎《海之珠　珠之海》蔡旭著，羊城晚报，2016，6

　　◎《与众不同》白炳安著，宁夏人民，2016，7

　　◎《青鸟》苏扬著，华龄，2016，8

　　◎《乡村如此静寂》张道发著，作家，2016，8

　　◎《风拍大西北》支禄著，中国文联，2016，8

　　◎《大草原》盖湘涛著，作家，2016，9

　　◎《披褐者》李俊功著，河南人民，2016，10

　　◎《伍荣祥诗选（1982–2015）》（分行诗、散文诗合集）四川民族，2016.10

　　◎《宋庄：我的油画布》沉沙著，现代，2016，10

　　◎《高原卜那一片爱的水城》李晓妮著，吉林文史，2016，12

图书在版编目（CIP）数据

2016中国年度作品. 散文诗 / 邹岳汉主编. —北京：现代出版社，2017.1

ISBN 978-7-5143-5601-4

Ⅰ.①2…　Ⅱ.①邹…　Ⅲ.①诗集—中国—当代

Ⅳ.①I217.1

中国版本图书馆CIP数据核字（2016）第326258号

2016中国年度作品. 散文诗

主　　编：邹岳汉

策划编辑：庞俭克

责任编辑：曾雪梅

出版发行：现代出版社

通讯地址：北京市安定门外安华里504号

邮政编码：100011

电　　话：010-64267325　64245264（传真）

网　　址：www.1980xd.com

电子邮箱：xiandai@vip.sina.com

印　　刷：三河市宏盛印务有限公司

开　　本：710mm×1000mm　1/16　　印　　张：16.75

版　　次：2017年1月第1版　　　　　　印　　次：2017年1月第1次印刷

书　　号：ISBN 978-7-5143-5601-4

定　　价：36.00元